GILLES MARTIN-CHAUFFIER

BELLE-AMIE

roman

BERNARD GRASSET
PARIS

BELLE-AMIE

DU MÊME AUTEUR

POURPRE, Mercure de France, 1980.
LES CANARDS DU GOLDEN GATE, Mercure de France, 1982.
SANS EFFORT APPARENT, Balland, 1987.
L'OUEST, Bernard de Fallois, 1991.
UNE AFFAIRE EMBARRASSANTE, Grasset, 1995. Prix Jean Freustié.
LES CORROMPUS, *roman*, Grasset, 1998. Prix Interallié.

« Méchant, moi ? Quelle erreur ! Quelquefois un trait m'échappe. Qui aime bien châtie bien. Ce qui est grave, c'est le plaisir que j'y prends. »

François Mauriac.

AVERTISSEMENT

Dans ce tableau de la société contemporaine, tout est vrai, sauf tout. Quand des lieux ou des comportements semblent inspirés de la réalité, c'est que chaque époque a une certaine couleur, rien de plus. Personne n'a servi de modèle et aucun portrait n'est ressemblant. Si certains sont cruels, n'accusez pas la narratrice. Pour ceux-là, elle a employé l'aquarelle. C'est pour rendre la bonté des autres qu'elle a dû forcer le trait.

PROLOGUE

Je hais la France et j'ai de bonnes raisons. Pourtant je l'aimais. Elle me ressemblait. Sa futilité m'agaçait mais son élégance la rendait unique. L'Allemagne, les Pays-Bas et les autres cultivaient l'esprit de sérieux. Les Etats-Unis incarnaient une forme de vulgarité. Je m'en tenais à des idées très simples. Mon pays me semblait une jolie femme, un peu précieuse ridicule mais charmeuse, seule de notre sexe capable de s'imposer parmi les hommes. J'aurais dû écouter mon père. L'âge et sa culture lui avaient enseigné le scepticisme :

— La France n'existe pas. Tu n'auras jamais affaire à elle, mais aux Français. Alors que nos chers Anglais respectent la loi et se méfient de l'autorité, nous vénérons l'autorité et contournons la loi. Seule une insurpassable coquetterie nous cache le mépris universel qui nous accable.

Il me plaisait d'avoir un père misanthrope. Toute sa vie, il avait enseigné l'histoire au collège Saint-François-Xavier de Vannes. Il n'avait presque jamais quitté le

Morbihan. Même dans ce paradis, les gens l'avaient déçu. Il gémissait parfois mais ne se permettait aucune colère, changeait peu d'humeur et s'en tenait à une mélancolie amusée. Le pauvre n'avait aucun sens pratique, pas une once de méchanceté et aucune idée de ce qu'est la télé. Au lieu de le croire, je lui souriais. J'avais tort. Il connaissait la France mieux que moi. Il lui avait consacré un petit essai d'historien d'art ; déformant un vers de Du Bellay, il l'avait intitulé : « France, mémère des arts ». Il la jugeait ridicule et malhonnête. Il en avait le droit car lui était clair comme le vent et pur comme le torrent.

S'il vivait encore, je lui dirais qu'à mon tour, j'ai découvert la méchanceté et l'égoïsme de notre pays. Par malheur, sur le chemin de cette sagesse, j'ai traversé des épreuves qu'il n'a pas supportées. Voilà pourquoi j'écris ce livre.

Pour toi, papa chéri, qui m'a tout expliqué et que je n'écoutais pas. Mon papa si tendre, désarmé et doux. Mon papa sans amis que j'aurais pu prendre en tutelle.

Pour toi que j'aimais tant parce que tes qualités merveilleuses n'avaient aucune valeur sur le marché.

Pour toi que je vais venger.

PREMIÈRE PARTIE

Romance

CHAPITRE I

Tout a commencé le soir où j'ai fait la connaissance d'Harry Sandster. Deux mille journalistes de mode, quatre cents photographes et deux cents top models s'étaient abattus sur Paris pour les collections printemps-été 1988. La saison précédente, sur les podiums, on n'avait vu que des squelettes bantous si maigres qu'on les aurait glissés dans une boîte aux lettres. A l'agence, nous roulions sur l'or : huit de nos trente filles venaient d'Afrique. Les défilés avaient des airs de Revue nègre. Pour plaire aux tapettes du milieu, il suffisait d'enfiler un boubou et de se glisser un os entre les narines. A présent, les maisons de couture exigeaient le dernier modèle blond écrémé. Aryennes à un point repoussant, des volées de Suédoises pépiaient dans les cabines. Entrouvrir leur chemisier, c'était pénétrer dans une laiterie. Avec mes Soudanaises, je broyais du noir.

— Noire, comment ça noire ? Chocolat au lait ou chocolat à croquer ? Pousse sur le lait, oublie le café...

Je t'en prends deux parce que c'est toi, mais nuance papier kraft, pas plus. C'est clair?

Si l'apparence des Noirs ne convenait plus, leur musique restait bonne à entendre. Mes rares Walkyries défilaient sur fond de rap. Cela n'arrangeait rien : je déteste cette forme de bruit. Des petites brutes écervelées sautillent en psalmodiant : « Eh mec, eh mec... » Du Carrousel du Louvre à l'Institut du monde arabe, partout où les créateurs présentaient leurs modèles, ils répétaient la même phrase sur le même rythme : c'était gai comme le muezzin. Naturellement, je prenais ces délires avec le sourire. Dans la mode, l'enthousiasme sert d'alpha et d'oméga au raisonnement. De toute façon, je m'amusais. Pendant la haute couture, on ne sait où donner de la fête. Le soir, j'essayais bien de cloîtrer mes filles dans leur hôtel mais impossible. Cinq Suédoises de 20 ans lâchées à Paris n'écoutent personne. Surtout les miennes : dès qu'on faisait appel à leur cerveau, ces merveilles se repliaient sur elles-mêmes comme un canapé-lit. Je leur pardonne : elles n'avaient jamais à faire le premier pas. Des centaines de vautours attendaient de leur fondre dessus. J'aurais dû les accompagner mais le rôle de chaperon me va comme un tablier à une vache. Je rentrais me coucher.

A la fin de la première semaine, traditionnellement, le samedi, une grande soirée marque le point culminant de nos folies. Cette année-là, c'est Dior qui recevait. Mon mari avait annoncé notre venue. A l'entendre, il s'agissait d'un déplacement professionnel.

Je ne crois pas qu'il connaisse le sens exact du mot travail. L'idée qu'il se fait d'un métier, c'est de jouer les pachas dans un harem. A 25 ans, il a créé une agence de mannequins. Sa première épouse l'a fait marcher pendant cinq ans. Ensuite, une fois achevée ma carrière de modèle, j'ai pris le relais. Pourtant, avec ses cheveux blonds, ses dents blanches et sa silhouette de surfer, Fabrice personnifie dans le milieu le dynamisme hétérosexuel. Il est né sous la bonne étoile : même assis devant la télévision, sa tâche favorite, il dégage de l'énergie. Tout le monde le croit sportif alors que son plus gros effort physique se résume à de longs marathons téléphoniques avec ses copains photographes. Officiellement, c'est du boulot. C'est vrai : ils parlent de filles. Cela dit, peu m'importait : j'avais un mari sexy et c'était un amant très satisfaisant qui aimait les femmes. J'aurais préféré qu'il ne les aime pas toutes mais je ne me plaignais pas. De son côté, du reste, quand ma fidélité posait question, ce qui arrivait aussi, il ne cherchait jamais la réponse. On s'entendait à merveille.

Quand on s'est installés ensemble, je n'ai exigé qu'une chose : avoir ma propre salle de bains. J'adore la solitude et cela ne date pas d'hier : mon premier souvenir remonte au jour où j'ai refusé que ma mère m'habille. Fabrice a vite compris l'importance de ce lieu stratégique. Nous passons nos journées et la plupart de nos nuits ensemble mais il réserve toujours ses conversations essentielles à cet endroit. J'étais en train de dessiner un trait de khôl sur ma paupière lorsqu'il s'est assis sur le coin de la baignoire. Comme d'habitude, il s'est avancé sur la pointe des mots. Qui donc l'intriguait ? Une certaine Anika, une Suédoise entrée à l'agence quinze jours plus tôt. Il voulait connaître son programme du lendemain. J'ai répondu avec un fouet dans la voix :

— Elle défile avec Linda.

— Evangelista ?

— Non, Linda Dupont... Qu'est-ce que tu crois ? Bien sûr, Evangelista !

— Quel âge a-t-elle ?

D'habitude, quand on me pose une telle question, je réponds : « Elle a 17 ans, elle va sur ses 25. » Cela cloue le bec des assistants de Gaultier, Saint Laurent, Montana et autres qui, en réalité, se moquent éperdument de l'âge de leurs portemanteaux ambulants et ne les regardent jamais après leur « passage ». Avec Fabrice, c'était différent. Il comptait exercer son droit de cuissage mais ce lâche exquis ne s'y aventurerait pas sans l'assentiment muet de la patronne de son agence, moi. Pour cela, il suffisait entre nous d'un mot : « Elle est majeure. » Elle l'était, je l'ai dit, il a souri, j'ai compris, il l'a senti. Nous aurions dû changer de sujet de conversation. Il a insisté. Cette Anika lui tournait dans la tête. Il lui trouvait l'allure de Claudia (Schiffer, naturellement). Ses rêveries ont fini par m'exaspérer :

— C'est vrai, c'est tout à fait Claudia. A condition que tu rétrécisses ses narines de trois centimètres, que tu lui étires les yeux de cinq, que tu les teignes en bleu, que tu lui ourles la lèvre supérieure et que tu lui diminues les oreilles. Au passage, tu lui gonfleras les seins, tu lui grefferas des cils dignes de ce nom et tu lui rajouteras dix centimètres.

Hérissé de prudents mensonges, le cours de la pensée de Fabrice se hâte lentement. S'envoyer en l'air avec sa Suédoise allait réclamer quelques précautions. Je risquais de tiquer. Je l'ai rassuré en le chassant avec gentillesse de la salle de bains. La soirée Dior m'incitait à la clémence. Comme Churchill, Gianfranco (Ferré) a des goûts très simples : il se contente du meilleur. Il recevait sur le toit de l'Institut du monde arabe, face à Notre-Dame, au-dessus des berges de l'île Saint-Louis. Je préfère ces cadres vieillots aux happenings de Jean-Paul (Gaultier) qui veut paraître jeune et nous exile en banlieue dans des hangars posés sur une pelote d'autoroutes, au centre d'un océan de parkings. Naturellement, même là-bas, à part les vigiles, les seuls Noirs sont Naomi et les copines.

La mode est une grande famille façon mafia où tout le monde s'embrasse et se jauge. Devant nous, attendant de saluer Gianfranco, Ellen Wenworth pérorait. Chroniqueuse de mode au *New York Times*, elle se prend pour Charlemagne et, aux défilés, quand elle va trôner au premier rang, on s'écarte devant elle comme la mer Rouge devant Moïse. Aucune chance pourtant qu'elle parle d'une star du milieu. Elle n'écrit que sur les débutants géniaux. Toujours le même refrain. A la première collection, elle vante l'audace du nouvel élu, son mépris des règles et son époustouflante fantaisie. A la deuxième, elle découvre la grande culture du tissu de l'enfant chéri et lui prête quelques références classiques de bon aloi. A la troisième, elle s'extasie sur le sens de la tradition qui s'épanouit dès qu'on retire aux modèles les accessoires délirants qui les animent. A la quatrième, sur le ton des adieux de Fontainebleau, elle commente l'évolution du jeune maître qui tend vers l'épure. A la cinquième, elle oublie pour toujours son Petit Prince devenu grand. Pour autant, on continue de la redouter car, parfois, sans rime ni raison, pour ne pas perdre la main, elle se « paye » un poids lourd du milieu. Ça ne loupe pas : dans la semaine qui suit, les grossistes américains diminuent leurs commandes de 50 %. Depuis trente ans, elle se comporte comme une peste et elle doit bien en avoir 65.

Vieille comme une cathédrale, elle s'était peinte comme une miniature. Entre son rouge à lèvres, son blush, son fond de teint, son fard à paupières et ses traits de sourcils, elle déclinait toutes les nuances de l'arc-en-ciel. Pire encore, elle s'était ficelée dans un entortillement de rubans : à chaque soupir, ses 70 kilos menaçaient de faire sauter les coutures. Tout à coup, elle s'est retournée, a reconnu Fabrice et l'a embrassé avant de regarder derrière nous. J'ai craqué :

— Tu ne vois plus de l'œil droit ou c'est moi qui sens le gaz ?

— Excuse-moi, chérie. Je regardais Rachel, le nouveau top de Montana. Elle a de si grands yeux.

— On peut le dire comme ça.

— Et toi, comment le dis-tu ?

— Elle a un léger problème thyroïdien.

Ellen a daigné sourire, a embrassé l'air à dix centimètres de ma joue et a remis le couvert sur Rachel :

— Qu'est-ce que c'est que ce bonnet de bain qu'elle porte sur la tête ?

— Rien, Ellen. Ce sont ses cheveux avec un litre de gel.

Elle s'est retournée en gloussant que j'étais méchante et – je la connais – en enregistrant le dialogue pour le glisser dans son prochain papier, immanquable ragoût de médisances passées au petit feu de la jalousie féminine.

Enfin on a salué Gianfranco. Chez Dior, il avait décroché un bâton de maréchal mais il ne la ramenait pas :

— Tou sais, chérie, avec cé Arnault, jé mé méfie. Si j'ai fermément pris pied quelque part, c'est sour un glaçon en train de fondre.

Il ne se berçait pas d'illusions et nous a recommandé de bien nous amuser. Des hôtesses indiquaient à chacun la table où son couvert l'attendait. Plus sérieux qu'il n'en a l'air, Fabrice avait dû passer des coups de fil : il n'était pas à la mienne, mais à celle d'Anika. Avant même que j'aie le temps d'en rire, la maîtresse de cérémonie m'a sauté dessus. C'est une Polonaise, elle s'appelle Carole Pilsudski. Directrice d'une agence de relations publiques, elle fait un « événement » de tous les dîners qu'on lui confie mais pose à l'aristocrate blasée et agace tout le monde par ses sucreries verbales car sa voix tranchante comme le verre trahit toutes les trois minutes sa vraie nature : le sadisme. Dans le milieu, on ne la connaît que par le charmant surnom forgé à partir de ses initiales : Pipicaca. M'ayant agrippée par le bras, elle m'a parlé comme en confession :

— Je t'ai placée à une table très importante, avec une de nos clientes privilégiées, Clémence Saint-Claude, la femme du PDG des laboratoires Poitou, tu sais, ceux qui mettent au point le vaccin contre le sida. Je t'ai assise à côté du vrai patron du groupe, un certain Harry Sandster. Sois gentille, fais-le rire. Il peut nous être très utile. Et à toi aussi.

Avec ces derniers mots prononcés sur un ton rempli à ras bord de sous-entendus, elle espérait sans doute me présenter comme une délicate attention la fleur qu'en vérité elle avait tendue à mon mari. J'ai mis les pieds dans le plat :

— Et Fabrice, tu l'as confié à qui ?

— A personne, chérie. Uniquement des petites crétines de 18 ans, bêtes à manger du foin. Et encore on n'a pas tout vu : leur niaiserie n'a pas terminé sa croissance. Je t'assure : tu ne risques rien.

Hypocrite ! Je l'aurais griffée. Au lieu de ça, j'ai promis d'être bien sage et, avant de gagner ma table, j'ai bu une ou deux coupes de champagne en papotant avec quelques copines dans mon genre, frelons bourdonnant qui piquent les gens comme ça, sans raison, parce qu'elles ne savent pas faire autre chose. Arrivée à ma table la dernière, j'ai salué l'un après l'autre mes convives. Clémence Saint-Claude était assise à côté d'un des bras droits de Thierry Mugler, un dur à cuire outrageusement musclé qui parlait de la Callas d'une voix traînante et que je soupçonne de porter des slips de cuir en dentelle. Elle n'avait pas fini de se poser des questions sur son voisin. Moi non plus d'ailleurs : le mien, Harry Sandster, n'avait pas du tout l'air d'un grand manitou de la finance – mais alors, pas du tout. Un vrai grand-père noyé d'alcool, brûlé de tabac et confit de graisse. Derrière un bon matelas de lard, deux petits yeux fureteurs posaient un regard ironique sur les parages. Poli, il s'est levé pour m'accueillir. Il mesurait presque deux mètres. Son tour de taille devait frôler mon QI, dans les 130. Il portait un costume blanc. On aurait dit une sorte de Peter Ustinov. En grande fille toute simple, je lui ai avoué mon étonnement :

— On m'avait annoncé vos hautes fonctions. Je m'attendais à un énarque en costume trois pièces, aux lèvres minces et au regard si froid qu'il donne toujours l'impression d'exiger des précisions supplémentaires.

Il s'est rassis et m'a répondu d'une grosse voix lente avec ce merveilleux accent anglais :

— C'est un travers de l'époque. Les gens sont obsédés par le besoin de faire coïncider la logique et la réalité. Je n'ai pas fait l'Ena et je n'ai donc pas été admis sur dossier dans la vraie vie. Désolé. Mais j'ai quand même des choses à dire.

Puis il a posé sur moi un de ces regards de papy gâteau qui vous ramènent petite fille, l'été, en vacances. Je me le rappelle d'autant mieux que par la suite, avec les années, en ma présence, cette innocence n'est plus apparue sur son visage que par miracle, comme l'herbe au Sahara. Là, parmi les créatures baroques de la mode, son imagination battait la campagne et il posait des questions sur tout le monde. Etant donné que je laisse mon cœur au vestiaire dès que je sors en ville, il a dû me trouver méchante comme le gel mais, quand Pipicaca est passée le saluer, il l'a remerciée de m'avoir placée à côté de lui. Elle l'a mis en garde :

— Méfiez-vous d'Arielle, elle est infernale.

— Ça tombe bien : j'apprécie le ciel pour son climat mais pour les fréquentations, je préfère l'enfer.

Bref, on s'entendait à merveille et il a semblé définitivement conquis lorsqu'il a découvert que j'étais bretonne, du golfe du Morbihan. Il n'y était jamais venu mais en avait entendu parler comme du paradis terrestre. J'ai abondé dans son sens et que je sois née à l'Ile aux Moines a achevé de lui plaire. C'est simple : il me l'a fait répéter – chose exceptionnelle chez lui qui, une fois qu'il a enregistré une information, la classe dans sa mémoire comme on referme un dossier. Il voulait tout savoir de l'île et a paru stupéfait qu'elle n'ait jamais hébergé de moines. Or c'est un de nos motifs de fierté.

— Autrefois nos terres appartenaient aux moines de Saint-Gildas-du-Rhuys, voilà tout. Mais on ne les voyait pas. Et chez nous, il n'y a jamais eu de seigneur non plus.

— Bof, les seigneurs, c'est rien du tout. Je leur dis bien des choses, moi, aux seigneurs !

Cette réponse m'a exaspérée. D'abord parce que, sous l'Ancien Régime, tout le monde rampait devant le seigneur et ensuite, parce que tout le monde en avait un – sauf nous ! Et puis, je déteste les expressions triviales de gros macho bourru qui gonfle la voix comme s'il venait de marquer le bétail. Je l'ai renvoyé au corral :

— Bravo, mais c'est banal. Plus personne n'hésite à dire merde aux seigneurs. Il est plus fort de dire merde aux pauvres.

J'ai cru qu'il allait m'embrasser. Je lui faisais voir des arcs-en-ciel. Il a parlé de m'engager chez Poitou. Il leur fallait absolument des gens comme moi. Pour quoi faire ? Mystère. Nous n'en étions pas encore là. Et nous n'y sommes pas arrivés car, son café bu, Clémence Saint-Claude s'est levée et l'a prié de bien vouloir la raccompagner. Avec son ras-du-cou en lamé or qui descendait aux mollets, elle avait l'air d'une cotte de mailles suspendue au mur du château. Elle m'arrivait à l'épaule et elle m'a foudroyée du regard quand Sandster m'a baisé la main et demandé de réfléchir à sa proposition. Pour ramener cette punaise à son insignifiance, j'ai bien marqué l'indifférence que m'inspirait la grande firme de son mari :

— C'est entendu. Laissez-moi quelques jours pour songer à votre offre et puis demandez à quelqu'un d'autre. D'accord ?

Il m'a souri, il a pris le bras de Clémence et il est parti.

CHAPITRE II

Au fond, Sandster se moquait des gens puissants sur le ton d'un Caton bourru mais, le soir, il se faufilait dans leurs raouts. A Paris, rien n'est plus banal que cette agilité et, au bout de trois jours, je n'aurais plus pensé à sa proposition si le comportement de Fabrice ne m'avait poussée à claquer la porte. Du jour au lendemain, mon cher époux avait déserté le domicile conjugal. Pauvre niais : il secouait son carnet de chèques comme le torero agite la muleta, Anika fonçait sur lui, il y voyait de l'amour. J'en pleurais de rage – mais des larmes rentrées, coulant derrière les yeux, grasses et lentes, de l'eau lourde, prête à exploser. Devant lui, je me taisais, tendant seulement l'oreille vers le frou-frou de l'ulcère à l'estomac que je sentais couver. Bien décidée à faire payer très cher à Fabrice ses rêves à la guimauve, j'attendais que Sandster me fasse signe. Ça n'a pas tardé.

Une semaine exactement après la soirée Dior, il a téléphoné à l'agence. Il proposait de m'emmener déjeuner. Ça tombait on ne peut plus mal : les collections parisiennes achevées, nous passions nos journées au téléphone afin de « booker » nos filles à Milan. Je n'avais pas une minute à moi. Pour exaspérer Fabrice, j'ai choisi de disparaître deux ou trois heures. Dans l'esprit de ce pauvre chou, travailler c'est signer deux chèques et trois lettres en fin de matinée, claquer une bise sur le front de sa femme et réfléchir au film qu'il ira voir après le déjeuner. Pour une fois, il mettrait la main au charbon.

Hasard cocasse : c'est cette oie d'Anika qui a ouvert la porte et conduit Sandster à mon bureau. Quand son regard se posait sur moi, elle semblait au bord de l'attaque en piqué mais on aurait dit que ses jambes avaient une articulation de plus que les nôtres. Sandster n'a remarqué que sa démarche, parfaite. Il bavait :

— Elle est en mousse, ou quoi? Elle a l'air plus fluide que l'air.

— C'est exactement ça. Et pour voyager plus léger encore, elle ne s'est encombré le cerveau que d'un pois chiche.

Il a compris et laissé tomber cet insignifiant sujet. Mon bureau lui plaisait beaucoup. La simplicité fait sans doute impression sur les gentlemen-farmers qui prennent les dorures de Buckingham Palace pour le nec plus ultra de l'élégance. Là, en matière de dépouillement, il était servi. Le plancher était en bois blond et j'avais peint les murs à l'éponge dans un beige pâle proche de la pierre de taille. La pièce semblait vide mais, dans son cadre de bois verni bleu roi, la reproduction d'une Nativité de Simon Vouet occupait tout un mur. Sur la table, une imposante lampe en argent était coiffée d'un abat-jour en opaline bleue et, autour des doubles fenêtres, des rideaux Versace or, argent et bleu roi achevaient de donner une touche luxueuse à rien du tout. Les filles d'*Elle Déco* étaient venues faire des photos et ce raffinement donna à songer à Sandster – dans son registre :

— A ce que je vois, les affaires marchent !

Il ne voyait rien, le pauvre chou. Le musée de Rennes avait offert le Vouet à mon père en paiement de la préface d'un catalogue, Donatella s'était débarrassée de tissus mal imprimés, meubles et sièges noirs venaient de chez Ikea... Mais peu importe : si ce Mister Pickwick comptait me faire des offres, il n'était pas l'heure de pleurer misère. De ma voix la plus patricienne, j'ai clos toute discussion d'argent comme on claque une porte en fer :

— C'est la magie de la mode. Elle ne demande pas de compétence particulière et elle est envahie de parasites mais la mauvaise herbe donne de très jolies fleurs.

Il a répondu : « Je vois », sa formule fétiche et son mensonge le plus fréquent car il ne voyait pas grand-chose. Il m'a juste demandé si obtenir le nom de mon décorateur était « dans le périmètre du possible ». Le périmètre du possible ! Cette formule tarabiscotée lui allait comme un gant au pied. Innocente, je lui ai demandé d'où sortait ce charabia.

— C'est le langage à la mode chez Poitou. Parfois, je m'imprègne à mon insu de l'esprit maison. Ne m'en voulez pas. A table, je parlerai normalement.

Garée en double file, une longue Jaguar attendait en bas de l'immeuble. Sandster a prié le chauffeur de donner ses clés et lui a demandé de venir nous chercher chez Petrus un peu avant 3 heures. Puis il a pris le volant lui-même. Tableau de bord en bois de loupe, garnitures en cuir bleu marine, installation télé, son char d'assaut avait l'air d'un salon. Sandster le conduisait avec une lenteur accablante comme si cette nonchalance était un luxe supplémentaire. Même les piétons nous doublaient. Heureusement que nous n'allions pas loin. Du haut de l'avenue de Wagram où est installée l'agence, il suffit pour se rendre chez Petrus de franchir la place des Ternes et de tourner à gauche dans la rue de Courcelles : trois minutes et un coup de volant. Ça nous a pris un quart d'heure.

Le restaurant nous a jeté son silence à la figure. Une fée bourgeoise s'était penchée sur le berceau du décorateur. On avait l'impression d'entrer dans le sanctuaire assoupi du repas en note de frais, puis de traverser un salon calme et courtois où il est de bon ton de se laisser détrousser avec un plaisir discret. On ne servait que du poisson et la moindre friture coûtait 100 francs. Cela frisait l'indécence. J'ai joué l'ingénue :

— Leurs rougets doivent être de très bonne famille pour qu'on les facture à ce prix ?

Entre ces murs lambrissés de chêne cérusé, on parle naturellement au passé simple. Le maître d'hôtel expliqua que « sa marée fut pêchée le matin même ». J'ai commandé un bar. Sandster aurait aimé que je prenne une entrée avec lui et s'est moqué de mon appétit d'oiseau. Le lieu m'énervait, ma patience était à bout, je l'ai allumé en plein vol :

— Soyez gentil, oubliez cette expression : les oiseaux avalent chaque jour l'équivalent de leur poids.

Le sommelier s'est approché. Pas très grand, la peau blanche comme le papier, les cheveux roux coupés très court, l'air d'un rugbyman irlandais, il savait déjà à quel numéro il avait affaire. En bon Britannique piqué de civilisation française, Sandster en rajoutait dans l'œnophilie. On nous a donc proposé trois vins. Sont arrivées sur la table dans des seaux à glace une bouteille de sancerre, une de bâtard-montrachet et une coulée-de-serrant. Dans aucun livre, dans aucun film, dans aucun souvenir, jamais aucun parvenu n'avait fait ce coup-là. Mister Bean prenait son argent pour une bombe A. Un instant, cet étalage m'a découragée, puis j'ai haussé les épaules. Je l'avais bien cherché : quand on est pianiste dans un claque, on ne fait pas la morale au client.

Un serveur avait déposé quelques crevettes grises sur une soucoupe. Indifférent à mes états d'âme, Sandster les gobait l'une après l'autre tout en faisant des cartons sur les VIP installés aux tables voisines. L'un d'entre eux, auquel il avait serré la main en arrivant, excitait sa verve. Très grand, les cheveux blancs soigneusement peignés en arrière, un costume gris impeccable assorti à sa chemise et à sa cravate, il ressemblait comme un frère à Hubert de Givenchy. C'était l'incarnation parfaite de l'aristocrate rassurant qui n'a jamais élevé la voix. Visiblement, il donnait de l'urticaire à Sandster.

— Il est vice-président du Crédit de la Seine et c'est une nullité intégrale. Il se trompe sur tout avec un art infaillible. Dans les années 70, il a prêté des sommes folles à des dictateurs du tiers-monde qui n'en peuvent plus de payer leurs dettes et qui ont mis le système au bord de la banqueroute. Aujourd'hui, il a plongé tête la première dans la spéculation immobilière et, là encore, il jette les milliards par la fenêtre. Demain, il voudra se refaire et il investira en Russie. Je le connais ce zéro : il ne comprendra jamais rien à rien.

— Pourquoi le gardent-ils alors ?

— Parce qu'il a une particule et parce qu'il a fait l'Ena. Comme paravent, il a grande allure. Aucun risque que les affairistes se passent des services d'un incompétent aussi chic. De toute manière, avec ce qu'ils savent les uns sur les autres, le Crédit de la Seine ne peut plus bouger. S'il ne file pas droit, ses « amis » lui tomberont dessus comme une tonne de béton.

Parfois, il parlait lentement, sur le ton fatigué du vieux de la vieille à qui on ne la fait pas. A d'autres moments, il laissait planer autour de lui un halo de toute-puissance parisienne. Il jouait sur tous les tableaux mais dans la mode aussi, on regorge de pipelettes qui ont mille idées à développer et mille secrets à révéler. De toute façon, les intonations anglaises me caressent toujours les oreilles Je l'ai donc laissé tourner le moulin à médisances et propager des avis sur tout comme on sème des graines. Avec moi, elles tombaient sur du sable car il parlait surtout de politique, sujet assommant en France où elle se résume à un jeu télévisé entre politologues et politiciens, les uns avançant leurs sondages, les autres présentant leurs statistiques, les uns et les autres incapables de changer rien à rien. Moi j'aimais l'histoire quand mon père la racontait et lui donnait des allures d'opéra. Lorsqu'elle opposait les clowneries de Jacques Chirac aux finasseries de Mitterrand, elle me laissait froide. Comme je n'ai jamais connu autre chose, je n'ai jamais voté de ma vie. Ça n'a pas étonné Sandster.

— Dans la mode, vous êtes des rigolos !

Pauvre petit esprit supérieur ! Il en savait autant sur la mode que sur la philosophie kantienne. Avec nos pensées frisottées et nos phrases à rubans, on connaît bien mieux la France que ses ministres qui parlent à blanc. Leur socialisme et leur libéralisme se résument à une contenance qu'ils prennent par habitude comme un éventail qu'on agite par réflexe. Parfois ils attrapent au vol l'idée d'un autre mais chez nous, chez les coiffeurs et les tapettes, chez les maquilleuses et les fashion victims, toutes les humeurs, les impressions, les sensations, les images et les couleurs de l'époque sont perçues, analysées, comprises et descendues dans la rue avant même qu'un seul de nos lourds « élus » en ait l'ombre d'un écho. Il y a quinze ans, au lieu de papoter à la télévision avec Alain Duhamel, ils auraient mieux fait de se demander pourquoi la couture se jetait sur le style punk et pourquoi Hollywood filmait des histoires de bandes en banlieue. Au lieu de ça, ils avaient élu à l'Elysée un vieux cuistre et ils nous éliminaient d'un sourire condescendant comme on passe amusé devant une volière pépiante. Comment discuter avec des gens qui prennent l'UDF au sérieux et Jean-Paul Gaultier à la légère ? Agacée, j'ai renvoyé l'angliche chez lui, parmi les Pygmées :

— Rigolo n'est pas une insulte. Et nous, au moins, quand on s'exprime, on sait de quoi on parle.

— Mon Dieu, je n'en doute pas.

— Vous faites bien car le monde entier s'incline devant le professionnalisme de la mode parisienne alors que ce même monde s'esclaffe devant la prétention de notre classe politique qui se croit si subtile et cultivée.

Quand je veux, je peux être méchante comme une botte d'orties. Mais cela lui plaisait. Les vacheries des autres l'enchantaient comme un hamac où étirer mollement sa cruauté. Du moins tant qu'on ne se moquait pas de lui car, ainsi que je l'ai vite découvert, s'il appréciait de massacrer l'amour-propre d'autrui à coups de hache, il se froissait dès qu'une épingle perçait le sien. De toute manière, il ne m'écoutait plus. Il n'avait pas émis de commentaire sur le premier vin mais il rejeta le deuxième aux oubliettes d'un arrêt définitif : « Trop doux. » Avant de se prononcer sur le troisième, il engloutit les deux crevettes qui restaient devant nous dans leur petite soucoupe. Eussé-je eu envie d'en goûter une, tant pis. Il me réservait des provisions plus épicées : ses idées.

— Vous avez bien raison de ne pas vous intéresser à la politique. Les partis se succèdent et ce sont toujours les repus qui font la leçon aux pauvres. La gauche vaut la droite. Les socialistes se livrent aux mêmes calculs que les autres. A force d'expliquer l'inexplicable, les ressorts de leur conscience se sont distendus. Dans trois mois, Mitterrand sera réélu et sa bande reprendra ses petites transactions secrètes. Espérer de lui une quelconque intégrité, c'est comme caresser du bois. Vous n'êtes pas d'accord ?

Le sens de sa métaphore m'échappait mais là n'était pas la question et, s'il était en veine d'aveu, je souhaitais qu'il poursuive. J'ai joué l'ingénue et prétendu ne songer guère à ces hautes affaires. Aucune importance. Son discours cheminait selon un labyrinthe inexplicable et butait sans cesse sur ses prétentions viticoles. Il s'accordait de savants apartés avec le sommelier et, pour finir, ayant goûté le troisième vin, il fut convenu que nous en reviendrions au sancerre de la première bouteille. Alors seulement, il a fait remplir mon verre. Tout cela peut paraître grotesque mais, sur le moment, Sandster m'a semblé pittoresque. Ce type était une sorte de blague, mais une bonne blague : avec sa silhouette et sa couleur, il rappelait les petits cochons où les enfants placent leurs économies et tout dans sa démarche, son propos et sa suffisance, parlait vraiment d'argent. Par des fils étranges, il touchait à la vraie puissance. A son arrivée, l'homme du Crédit de la Seine l'avait salué avec déférence et sa carte de visite ne laissait planer aucun doute : je déjeunais avec le vice-président de Poitou, le premier laboratoire médical français, une multinationale de la santé installée sur les cinq continents. Qu'allait-il me proposer ? Je n'en avais pas la moindre idée. Quand il s'est mis à m'interroger sur les hommes, j'ai eu peur. Un instant, j'ai craint qu'il ne fasse la danse du bourdon, là, dans ce repaire de bourgeois. Or, les monuments sexagénaires marinés dans le brandy ne sont pas du tout mon genre, ni les vieux maigres dont les pectoraux pendouillent sur la cage thoracique comme des taies d'oreiller mouillées sur un fil. J'aime la chair fraîche, les bras épais, les épaules carrées, les muscles dessinés et, par-dessus tout, j'aime Fabrice. Sans lui vouer, cela dit, un culte irréprochable. Mon imagination bat vite la campagne. Ce petit sommelier roux, par exemple, mes yeux ne pouvaient se retenir de le suivre. Quant à accompagner le fil de la pensée de Sandster, impossible. Après qu'on m'eut servi le bar que j'avais commandé, la conversation se porta sur le golfe du Morbihan.

La paupière lourde, une ombre d'ironie dans le regard, l'air de rien, comme s'il m'interrogeait à la légère, par pure curiosité, il m'a posé des questions sur notre propriété de l'Ile aux Moines, sur la profession de mon père, sur les idées politiques de ma mère... Tout à coup, plus rien de brutal, de blessant ni de péremptoire dans sa conversation. Avec les gros godillots de sa familiarité, peser les mots au gramme près aurait réclamé une légèreté bien au-dessus de ses moyens : je l'ai vu venir. Nous touchions au cœur du problème. Il ne m'avait choisie ni pour mon physique, ni à cause de l'agence, mais pour mes liens avec le golfe. Du reste, au café, il a joué cartes sur table :

— S'il gagne, Mitterrand devra dissoudre l'Assemblée. Alexandre Darmon se présentera alors aux législatives à Vannes. Il a déjà été élu à Hennebont en 1973 mais, après avoir perdu sa circonscription en 1978, il a repris son métier de médecin et le député qui a ramené le siège au PS ne cédera pas sa place.

»Il va donc venir chez vous. C'est un Breton, un des jeunes loups de Mitterrand et, s'il est élu, il retrouvera le ministère de la Santé. Or, pour des raisons très complexes que je vous expliquerai un jour, Poitou aura besoin de lui. Mon marché est simple : je veux que vous l'aidiez à réussir son parachutage et, surtout, que vous entriez dans ses petits papiers. En échange, je vous donnerai de l'argent. Beaucoup d'argent.

Sur quoi, il a sorti un havane monumental d'un étui en cuir rouge flamboyant. Chez lui, d'ailleurs, ce jour-là, tout était rouge : son gilet de daim, sa cravate, ses chaussettes, son portefeuille... Ça n'était même pas ridicule. Les Anglais auront toujours à mes yeux un vrai génie pour rendre élégante leur loufoquerie. D'un signe, il a réclamé le briquet à cigares qu'un serveur avait déjà déposé sur notre desserte. Quand il eut fini d'allumer son barreau de chaise, il rejeta la fumée vers le plafond, ramena les yeux sur moi et précisa son offre :

— Quand je dis « beaucoup d'argent », je veux dire « énormément d'argent ».

L'affaire était dans le sac. Je ne résiste pas à ce type d'arguments. Rien d'étonnant : j'ai toujours été vénale et je m'en suis toujours fort bien portée. Un détail, cela dit, me chiffonnait : de quoi exactement avait l'air ce Darmon ? Il faisait partie des sabras de Mitterrand, la jeune garde apparue au congrès d'Epinay. Dans mon souvenir, il ressemblait à un énarque, un peu grisâtre, sérieux, le genre barbant qui n'a jamais été jeune. Il devait avoir 45 ans. Pas vieux donc. Mais à part soulever son stylo, ses biceps ne lui servaient jamais à rien. Avec ça, il était immense. Le *Canard enchaîné* l'avait d'ailleurs surnommé « le petit Alexandre le Grand ». Avec mon goût pour les costauds, j'avais à peu près autant de chances de prendre mon pied avec cet échalas que d'être abattue par un terroriste. Mais à quoi bon jouer les mijaurées ? J'ai répondu que, d'avance, cette aventure m'amusait beaucoup. Je ne mentais même pas : la perspective de laisser Fabrice en rade avec Anika m'enthousiasmait. Au pire, Darmon ne me ferait pas de mal : je n'aurais qu'à fermer les yeux et dresser mes comptes.

Que j'accepte d'emblée a désarçonné Sandster. Il a posé le verre de cognac qu'il réchauffait dans sa paume et m'a couvée du regard :

— Votre détermination m'impressionne. Si vous réussissez, vous me rendrez un énorme service. Je ne l'oublierai jamais.

— Ne jurons de rien. Mais dites-moi vite et clairement jusqu'où je dois aller, quand je dois partir et combien vous allez me donner !

J'ai cru que je l'avais giflé. Simple, avide, barbare, égoïste et familier, il croyait posséder le monopole du cynisme. Au lieu de me répondre, il a signé la note et a bougonné qu'il allait me « recontacter » (c'était son style de charabia) pour donner ses instructions.

Le chauffeur nous attendait mais j'avais envie de marcher et j'ai décliné leur proposition de me déposer. Sandster l'a prié de s'asseoir au volant, m'a prise par le bras, m'a amenée devant le coffre, l'a ouvert et a soulevé un pan du plaid écossais qui traînait au fond : il recouvrait des liasses de billets de 500 francs. Il en a pris cinq et me les a tendues :

— Voici 50 000 francs. Considérez-les comme un acompte et prenez l'habitude de ne pas mégoter. Vous le découvrirez vite : avec Darmon, il faut tout payer. Pour lui, 50 francs ou 50 000, c'est pareil. De toute manière, il ne veut pas les sortir. Il est très radin. Mais ne vous tourmentez pas : la France va beaucoup vous amuser. Aux premières loges et derrière le décor, le spectacle vaut le coup d'œil.

Puis il a refermé le coffre, il m'a baisé la main et il est allé s'installer à côté de son chauffeur.

CHAPITRE III

Je n'ai pas beaucoup attendu, Sandster a mis son plan de bataille au point en très peu de temps. Le lundi suivant, il a téléphoné à la maison. A 7 heures du matin ! C'est son genre : il imagine qu'on fait pousser l'herbe en tirant dessus. Résultat : il passe sa vie à presser le mouvement, puis à attendre sans fin. Il alla droit au but :

— C'est décidé, Mitterrand se lance. Il ne fera qu'une bouchée de Barre le gaga et de Chirac le guignol. Aussitôt réélu, il dissoudra. Darmon part ce week-end pour Vannes afin de rencontrer les responsables locaux du PS. Vous m'avez bien dit que votre château est immense.

D'où sortait ce délire ? La propriété datait de 1633 et faisait sensation mais je n'avais jamais parlé de château. Pas question cependant de le contrarier. Qu'il abatte d'abord ses cartes. J'ai répondu avec un foulard dans la voix :

— En effet.

— Parfait. Que votre mère change les draps. Il habitera chez vous. Et qu'elle lui aménage un bureau. Je lui envoie de l'argent.

Il parlait un peu trop à l'impératif urgent mais cet entrain me plaisait. Au passage, il a habillé pour l'hiver les responsables de la section socialiste de Vannes-Ouest.

— Ce sont des chiots. Darmon les tiendra en laisse. Ils vont se méfier de vous mais prenez leur hostilité pour ce qu'elle est : une sorte d'hommage envieux. Moins ils ont à offrir, plus ils sont jaloux des autres. De toute façon, ne vous tourmentez pas : ils n'auront pas voix au chapitre.

Bien entendu, Fabrice passait la nuit avec Anika. Mon bonheur n'était donc pas complet puisque je ne pouvais pas le mettre à la seconde devant le fait accompli. J'ai préparé mon départ en grand secret pendant quatre jours. Quand, enfin, le jeudi vers midi, je lui ai annoncé que je partais, il m'a regardée avec les yeux écarquillés. De saisissement, il n'a même pas essayé de me retenir. Avec une certaine classe, il n'a pas non plus dévalué Anika comme l'auraient fait tant d'autres, toujours prêts à trahir leurs passades quand les affaires se compliquent. Au fond, il ne croyait pas à cette disparition. Il avait tort : dès la première heure, j'ai senti que j'allais m'amuser et j'ai bel et bien tiré un trait sur l'agence. Avant de m'éclipser, la veille, je m'étais signé un dernier petit chèque pour bons et loyaux services : 120 000 francs, le montant du préavis que, dans la foulée, généreuse, je me suis accordé le droit de ne pas faire. Quatre heures et demie plus tard, j'étais à Port-Blanc, sur l'embarcadère, face à l'Ile aux Moines.

De l'autre côté de la passe, étendue de toute sa longueur des abords de l'océan jusqu'à ceux de la rivière de Vannes, barrant le golfe, mon île semblait assoupie, douce et molle comme une sirène enroulée dans son écharpe d'algues. Le soir allait tomber, le soleil n'était pas apparu, un halo de gris s'était posé dans son écrin : le gris du granite et celui des cales, celui de la vase et celui des barques, celui des nuages et celui des vagues, celui des bois et celui des toits... On nageait dans cette teinte mélancolique et silencieuse comme si on l'avait versée du ciel. L'eau la répandait, la côte la marquait, les mâts la perçaient, les façades la soulignaient... Comme à chaque fois, j'ai eu l'impression d'appareiller sur un vaisseau fantôme et d'abandonner la vie, ailleurs, au loin, sur le continent. Embarquant sur la vedette du passeur, je me suis glissée dans mon golfe, ma petite mer de famille, véritable joyau de l'Europe occidentale, où le temps s'est interrompu, dissous dans une rêverie paresseuse, épanoui dans une simplicité grandiose. Je n'étais pas là depuis cinq minutes que je baignais dans le bonheur. Et sur la grand-cale, qui m'attendait ? Mon père.

Il portait un costume de flanelle gris sur le col roulé en cachemire beige que Dior avait offert à Fabrice l'année précédente. Avec ses yeux bleu pâle, ses longs cheveux blancs rejetés en arrière, sa silhouette mince, presque maigre, il était irréprochablement élégant, précieusement « fini », luxueux comme une édition originale. Aucun homme ne sera jamais aussi beau que lui et il ne s'en est jamais rendu compte. Sa vie sentimentale s'est cantonnée à sa mère, à la mienne et à moi. Il ne voit même pas les autres. Du temps où il enseignait l'histoire à Saint-François et depuis qu'il a pris sa retraite, son existence s'est résumée à de petits travaux d'érudition, de longues promenades, de brèves conversations et d'infinies lectures, largement de quoi broder la trame d'un temps bercé par la musique classique qu'il écoute toute la journée. S'il est heureux, il passe du Mozart, s'il se laisse aller à sa mélancolie, il écoute en boucle les *Chants des enfants morts* de Mahler. Ma mère survient, retire le disque et l'envoie faire des courses à Vannes. Il obéit, achète des revues, s'offre un havane et revient souriant.

Il m'a embrassée, a saisi mon sac de voyage et ses mots de bienvenue ont glissé en moi comme une mer calme sur le sable fin. J'ai pris son bras et nous avons remonté le port. Vers l'anse du Lério, au pied du bourg, comme s'il me guettait caché derrière la pointe du Trech, le soleil a ouvert une cage pleine de dorures. Enhardi par cette invasion de couleurs, mon père a demandé pourquoi je quittais Fabrice, son gendre chéri, qui avait dû lui jouer au téléphone la grande scène du désespoir conjugal. Pour rester dans la note poétique qu'inspirait l'éclairage, j'ai pris le ton de la femme blessée à laquelle on refuse un enfant. Ça n'a pas marché. Vieux romantique mais bon connaisseur de sa fille, mon père a éclaté de rire :

— Depuis quand demandes-tu son avis à Fabrice sur quoi que ce soit ? Si tu avais souhaité un enfant, tu l'aurais fait, toute seule, comme tu agis toujours et comme tu as plaqué l'agence, d'une heure sur l'autre.

Il s'exagérait mon cynisme comme il s'exagérait tout, mais il n'a pas insisté. Sorti de son cher XVIIe siècle pour défendre Fabrice, et tombé sur un tout petit mur, il est retourné à ses marottes. N'ayant rien d'extrême sinon ses habitudes, il a annoncé qu'il avait eu le temps de préparer le far rituel qui m'attendait sur la table de la cuisine à chacun de mes retours. Il comptait nous servir un thé « grand genre » dans la chambre où « Sa Majesté », ma mère, faisait la sieste. C'était tout lui : il se rabattait vite sur son quant-à-soi et m'a jetée dans les bras d'une autre pour qu'elle prît en charge l'affaire Darmon. Naturellement, il n'a pas prononcé le nom du ministre. Il devait voir son arrivée comme un cataclysme et comptait se terrer dans son bureau tant que tout ne se serait pas réglé, sans lui.

Mon père dut forcer le portail avec le pied. Rouillé des gonds à la poignée, il faisait piètre figure. On avait l'impression de pénétrer dans le château de la Belle au bois dormant. La peinture des volets s'écaillait, ses grandes dalles disjointes donnaient à la cour d'honneur une allure vallonnée, la vigne vierge envahissait les fenêtres et même la large porte d'entrée en bois donnait un sentiment de délabrement poétique : le jour (et l'air) passait à travers ses linteaux. Officiellement, on ne réparait rien par choix. Ma mère avait tranché :

— Retaper Kergantelec, ce serait remettre des couleurs aux fresques de Michel-Ange. Horrible ! N'y comptez pas de mon vivant. Les manoirs sont faits pour les courants d'air, les craquements de parquet et les tapisseries décolorées.

Sa pudeur procédait par affirmations définitives et ne se laissait pas aller aux rêveries. Puisque nous n'avions pas les moyens de restaurer la propriété, elle faisait de son inaction une profession de foi esthétique. Je suis allée l'embrasser dans son domaine, une des deux immenses chambres du premier, l'étage noble. Royale, la pièce ouvrait à la fois sur la cour et sur le parc. Un antiquaire avait proposé une fortune pour son magnifique mobilier Empire offert à un aïeul pharmacien général par la reine Hortense qu'il avait guérie en vingt-quatre heures d'une crise de goutte. Trois mois plus tard, il s'était fait tuer à Eylau alors qu'il rédigeait une communication pour soumettre son remède miraculeux à l'Académie des sciences. La famille avait retourné tout le Morbihan à la recherche de ses notes. En vain. Tout avait disparu sur le champ de bataille – et nos rêves de fortune avec. Ma mère citait toujours cette catastrophe avec émotion. Elle aurait très bien su affronter la richesse. Et l'a d'ailleurs prouvé dès ses premiers mots :

— Chérie, depuis trois jours que M. Sandster m'a appelée, je n'en dors plus. Ton Darmon me fait saliver.

Il ne sortira pas d'ici sans que je lui aie tiré poil ou plume. Du reste il ne s'en formalisera pas. Il y a longtemps que pouvoir et honnêteté ne se saluent plus.

C'était notre chef, elle voyait Darmon comme une proie et, dès qu'elle apprit l'existence des premiers 50 000 francs de Sandster, elle m'en taxa 20 000 – pour le portail et la porte d'entrée justement. Soudain, après s'être repue de leur charme vermoulu, elle ne supportait plus leur décrépitude. Elle a éloigné mon ironie comme on chasse un moustique, exaspérée :

— C'est ça, le miracle de l'argent : il transforme vos pensées coupables en péchés innocents. Les gens ne le savent pas parce qu'en vérité, ils ont peur de lui et n'osent pas l'attraper par les basques quand il passe à portée. Pour saisir le magot, ce n'est pas de l'appétit qu'il faut, c'est de l'estomac.

Pour ça, elle n'en manquait pas. Ni de culot, ni même de muflerie. Elle ne laisserait pas filer Darmon.

— Je me chargerai des basses besognes. Je le débarrasserai en vitesse des importuns, des bons à rien et des parasites que son arrivée va attirer comme les mouches. Crois-moi : dans quinze jours, il ne pourra plus se passer de nous. D'ici là, je vais le traiter comme un pacha.

Alors elle s'est levée et m'a entraînée de l'autre côté du palier, dans la chambre de mon père expédié au deuxième étage pour laisser place libre. Avec le crédit ouvert par Sandster, en quarante-huit heures, elle avait fait poncer et lustrer le parquet. Puis elle avait changé les rideaux et acheté un matelas neuf. Darmon aurait droit à nos deux dernières couvertures en cachemire. Dans la salle de bains, des savons Roger et Gallet exhalaient une douce odeur de vétiver et ma mère avait renouvelé le stock des serviettes et des gants de toilette. Les deux lits de la chambre d'enfants attenante étaient partis pour le chais. A leur place, elle avait installé un joli bureau Empire remonté de la bibliothèque et un petit canapé du même style confisqué au salon.

— De toute manière, en bas, tout est XVIIIe ; ils faisaient pièces rapportées... Ici, ton Darmon se croira dans une suite des Relais et Châteaux.

J'ai glissé qu'elle en faisait peut-être un peu trop mais elle ne m'a pas entendue. Elle flottait dans son rêve et m'a prise contre elle :

— Il paraît qu'il a des dents de requin, ce ministre. Eh bien, il a intérêt à en avoir aussi l'aileron. Sinon, il ne m'échappera pas.

Puis elle m'a quittée et elle est partie s'occuper « de tout, comme d'habitude ! ». Je suis retournée dans sa chambre, je me suis assise dans le profond fauteuil près de son lit et je me suis assoupie tandis que, sur la toile de Jouy, le soleil, se couchant derrière le vieil if encore plus âgé que la maison, égayait de rose les pélicans décolorés dont l'envol désordonné donnait, dans les souvenirs de la petite fille que j'avais été, une allure de longue plage à la chambre de ma mère...

Et, en effet, il est arrivé. Une voiture de la préfecture l'a déposé à Port-Blanc, il a pris la vedette du passeur et il a débarqué sur l'île, tout seul. Je l'attendais sur la cale. Très grand, les cheveux très noirs et très longs, il faisait plus « Grand Inquisiteur » que bon docteur. Mais surtout il était plus laid que beau. Comment pouvait-il être breton ? Il ressemblait à Nosferatu et n'avait que la peau sur les os. Son nez lui dévorait le visage. Il ne lui manquait que le menton en galoche. Cela dit, dès qu'on détournait le regard, il suffisait de tendre l'oreille pour tomber sous le charme. Sa voix douce et prudente conférait à chaque phrase un parfum de confidence. Les prélats libertins de l'Ancien Régime devaient pratiquer un tel chuchotement élégant. Peut-être était-il envoûtant dans le noir. La partie s'annonçait compliquée. Il m'a baisé la main, j'ai confié ses deux valises au taxi de l'île, puis nous sommes partis à pied pour le bourg. Ancien médecin, puis député, il avait appris à poser des questions très vite précises. Arrivés au bout du port, il pénétrait déjà dans mes quartiers privés et il a sauté sur une phrase équivoque où j'avouais que je venais de quitter mon mari actuel :

— Combien de maris avez-vous donc eus ?

J'ai répondu sur le ton le plus détaché, très Deneuve, comme si je dialoguais en pensant à autre chose :

— Vous voulez dire : en comptant le mien ?

Il a éclaté de rire, m'a pris la main et l'a serrée quelques secondes de plus que nécessaire pour marquer son amusement :

— On va s'entendre à merveille. Les saintes-nitouches me sont toujours sorties par les yeux. Vous n'avez pas l'air d'en être une, mon chou.

Depuis que nous bavardions, j'attendais le moment où je pourrais exprimer gentiment mais clairement qu'il n'était ni ne deviendrait mon supérieur. Je lui suis tombée dessus à pieds joints :

— Soyez gentil, gardez vos « mon chou » pour vous. J'ai un sens du ridicule très développé.

Quand on a l'habitude de discuter avec François Mitterrand et les syndicats de la Fonction publique, j'imagine qu'on apprend vite à garder le sourire quoi qu'on entende. Darmon, en tout cas, n'a pas marqué le coup :

— Harry Sandster m'avait prévenu que vous jouiez volontiers les jeunes colombes mais que vous ne loupiez pas vos proies quand vous redescendiez sur terre.

— Il a tort, il ne faut jamais médire de ses amis.

— Ce serait se priver beaucoup.

Cette dernière vérité a achevé de me plaire, il en a profité à nouveau pour me presser la main et, comme si de rien n'était, nous avons poursuivi notre promenade. Le soleil brillait mais il avait plu dans la matinée et le décor semblait lavé jusqu'aux brins d'herbe. L'absence d'automobiles, un certain silence, les sentiers obscurs qu'assombrissent nos vieux arbres, les propriétés anciennes aux vastes portails ou, au contraire, les petites maisons blanches alignées sur la côte comme des mouettes, tout ramenait à un passé tranquille, sans contraste ni violence, dans un dégradé vert et bleu où le présent s'efface. Comme les autres, Darmon est tombé sous le charme, à sa façon intuitive et équivoque.

— J'aime ces vieux repaires de fortunes raisonnables. Rien n'est clinquant, ni ne heurte l'œil. On se sent dans un club pour les gens qui ont eu de la fortune, plutôt que pour ceux qui en ont.

C'était bien un habitué de la cour de Sa Majesté Mitterrand Premier. Mettant le pied sur l'Ile aux Moines, il ne songeait pas un instant aux pêcheurs et aux paysans mais il fantasmait sur les vieux livres reliés pleine peau qu'il dénicherait sur nos étagères. Sa Bretagne, c'était cachemire, Chateaubriand et havane au coin du feu. On ne risquait pas chez nous de le détourner d'une telle disposition d'esprit, au contraire. Mon père en a rajouté dans le registre grand bourgeois hors du temps. L'histoire, la tradition et les formes en vigueur constituent pour lui l'alpha et l'oméga de la vie en société : il a donc reçu son hôte avec courtoisie. Darmon, lui, a salué mes parents avec une bonhomie gracieuse et amusée, irréprochablement poli et d'une désinvolture presque blessante. Chacun jouait son rôle : les hobereaux sans le sou rivés à leur seul héritage, l'éducation, le ministre puissant lié à son dernier luxe, la simplicité. Avant qu'il ne monte s'installer dans sa chambre, nous avons pris le thé dans la bibliothèque, face à l'immense cheminée où, au XVIIe siècle, les premiers habitants de la maison, les Pinto, une famille de corsaires, faisaient rôtir leurs chasses. Seul trésor de la famille, au-dessus de la porte, un trumeau portait la signature d'Eustache Le Sueur. Mon père l'avait découvert vingt-cinq ans plus tôt chez un brocanteur de Quimper. Darmon l'a repéré au premier coup d'œil. Ils ont parlé du peintre. Mon père en était le grand spécialiste en France. Il a traité ce savoir avec négligence :

— J'ai d'abord écrit sur l'histoire de l'art français, puis sur celle de la peinture du XVIIe mais, à présent, depuis dix ans, je ne travaille plus que sur Le Sueur. Cette curiosité en forme d'entonnoir ne requiert que la faible dose d'efforts que je suis capable d'apporter à une étude. Et elle correspond à l'époque : bientôt les spécialistes du rein gauche ignoreront tout du rein droit. Du coup, désormais, on me consulte.

Amusé, Darmon a répondu sur la même note :

— Ne vous battez pas la coulpe. La vie est incompréhensible. Moi non plus, je n'ai aucune disposition particulière pour siéger dans un gouvernement. Je remédie à ces failles par un tour d'esprit amusant, de la clarté dans l'expression et un ton libre. Cela suffit amplement à Mitterrand qui, du coup, lui aussi, me consulte.

Bref, tout se passait à merveille. Seule ma mère s'impatientait. Elle aime mettre sans tarder les points sur les « i ». Résolue à ne pas se contenter du rôle d'aubergiste, elle aurait aimé en savoir plus sur les projets de campagne de Darmon dans le golfe. S'il en avait, rien ne pressait : il s'est levé et a demandé à quelle heure on dînait. D'ici là, il comptait relire quelques pages des *Mémoires d'outre-tombe* sur la Bretagne :

— J'y piquerai quelques formules. J'ai des goûts très simples en littérature : pour cette campagne, le vicomte et le *Guide bleu* suffiront à l'affaire. Je me méfie de ceux qui étudient trop. Les gens se prévalent de leur surmenage. Rassurez-vous : ce n'est pas du tout mon style.

Il l'a prouvé au dîner en renvoyant ma mère dans les cordes dès qu'elle abordait la question de son programme d'action. Il ne se berçait d'aucune illusion : d'une part, il ne connaissait rien aux problèmes locaux, d'autre part, il serait et ne resterait qu'un parachuté. Moins il ferait campagne, moins il étalerait les lacunes révélatrices de sa nature parisienne. Il comptait faire parler de lui mais ne pas se montrer. Pourtant, il ne manifestait aucune crainte.

— De toute façon, je serai élu. Les Français sont légitimistes et cohérents avec eux-mêmes. En 1981, lorsqu'ils ont chassé Giscard et élu Mitterrand à leur propre stupeur, ils lui ont ensuite donné une écrasante majorité à l'Assemblée. Nous sommes un peuple très mûr qui s'y retrouve à merveille dans les alternances et les cohabitations. Ce sera en 88 comme en 81. Et je passerai à Vannes comme je suis passé à Hennebont en 73 : d'extrême justesse mais sans contestation possible.

Tout semblait simple. Il se promenait dans ses raisonnements comme dans un palais aux portes grandes ouvertes. Cela dit, il avait raison : les événements l'ont prouvé. Une fois expédiés les lieux communs sur la politique, on s'amusa beaucoup. Mon père incarnait l'érudition scrupuleuse, la conscience humaniste et le savoir plus que l'administration. Darmon évoquait la culture désinvolte, l'inconscience moqueuse et le pouvoir plus que l'Etat. Avec cela, ils s'entendirent sur tout. Seul un sujet de discorde apparut tout à coup : moi-même. Dieu sait pourquoi mon père affirma que sa fille était une femme droite et honnête. Qu'est-ce que ces épithètes venaient faire à table ? Mystère. J'allais hausser les épaules quand ma mère s'en mêla. Elle se souciait de droiture et d'honnêteté comme de mon certificat d'études et plaçait ces prétendues vertus loin derrière l'audace et le calcul. Elle eut à cœur de me présenter sous un jour moins niais :

— Comme toujours mon cher époux rêve éveillé. Notre fille est très différente et tout à fait imprévisible. Parfois, elle paraît avoir pris le meilleur de son père et de moi : mes yeux, sa taille, son humeur, mon énergie... D'autres fois, elle combine tous nos défauts : ma colère, son irrésolution, ma voracité, sa paresse...

Amusé, Darmon m'a parlé dans les yeux :

— Je crois que je vous préférerai dans le second rôle. Il faut être vorace et paresseux et ne jamais s'opposer à ce qui est naturel. Tout le monde souhaite cheminer sans hâte, ni soucis, dans une allée à l'ombre.

Il a laissé passer un instant et il a ajouté :

— En douce compagnie.

Nous nous étions trouvés, lui et moi. Et, d'abord, ce fut un délice.

CHAPITRE IV

En quelques semaines, tout s'est mis en place. Darmon arrivait à l'Ile aux Moines le jeudi soir. Dans la journée, il passait sur le continent et parcourait la circonscription avec les responsables départementaux du PS qu'il trouvait ennuyeux comme la fumée. Quand il rentrait en fin d'après-midi, nous allions nous promener dans les chemins creux de la pointe de Brouel ou au Trech. D'un moment à l'autre, son attitude changeait. Traversant le bourg, il me prenait par le bras et j'avais l'impression de remonter à l'autel. Longeant la plage du Vran, inquiété par l'aspect violemment romantique du lieu, il conservait ses distances et me parlait d'affaires sérieuses. Cette façon de faire la cour à l'ancienne me convenait et je me gardais de brusquer les choses. Mon excitation jouait aux montagnes russes. Nous ferions l'amour bien assez tôt. Entretemps, séducteur, libertin, il laissait planer cette perspective et parsemait ses propos de phrases ambiguës. Cette irrésolution faisait partie intégrante de son personnage. Où qu'il fût, il se sentait ailleurs. Etre médecin à Hennebont l'avait tué d'ennui. Parmi les premiers, il avait rejoint Kouchner à la fondation de Médecins sans frontières. Aujourd'hui, il le percevait comme son grand rival. Ils s'étaient disputés à propos du Nicaragua. Impossible pour eux de se mettre d'accord sur la façon d'utiliser les sandinistes comme marchepieds. Au fond, la médecine leur cassait les pieds. Ils se rêvaient en héros de John Le Carré. Alexandre avait été déçu qu'on lui confie le ministère de la Santé. Un poste à la Défense l'aurait plus excité. En 1984, après trois ans à s'occuper de sécurité sociale, il n'en pouvait plus. Il avait intrigué pour devenir fonctionnaire international. Nommé numéro deux de l'OMS (Organisation mondiale de la santé), il avait parcouru le monde. Il n'aimait que ça. C'était un personnage de roman. Et, en effet, dans ses promenades, il m'emmenait en conversation sur des sentiers où je rêvais de rester seule avec lui. La culture mitonnait doucement au creux de sa fantaisie et ses phrases élégantes amenaient sans à-coups à des observations subtiles et souriantes. Avec lui, on se sent toutes intelligentes – et belles, car il ferait du charme à une porte. En tout cas, émue par ce long flirt romantique, je suis tombée amoureuse pour de bon. Je n'attendais qu'un signe pour m'« immoler ». Il ne s'est pas hâté – sans doute à cause de ma mère : trousser sa fille sous le toit familial aurait inutilement compliqué les séjours dans sa circonscription. Il m'attendait au tournant, à Paris. Quand il n'a plus tenu, il m'y a fait rappeler.

Un beau matin, à l'aube, Sandster m'a convoquée. Il a téléphoné à 6 heures et demie du matin. Complètement insensible à la crainte de déranger, ce paysan voyait en toute politesse la manifestation d'une angoisse « middle class » : il voulait me rencontrer le soir même. Par chance, ma mauvaise humeur (comme ma conscience) est équipée d'un interrupteur. Je n'ai pas pesté, loin de là :

— Mais non, ça ne me dérange pas du tout de passer chez vous, je n'en ai que pour six heures.

Il n'a pas saisi si je parlais sérieusement. Moi, en revanche, le soir, à peine posé un pied chez lui, j'ai tout compris du personnage. Rattacher la décoration de son appartement à un style précis relevait de l'épreuve du sphinx. Prenant les fonds de Poitou pour les siens, il avait dévalisé les Puces à tort et à travers. Au Louvre des antiquaires, ils devaient le voir arriver de loin, proie succulente et plastronnante, clairement estampillée « nouveau riche ». De tels gogos, on se les repasse comme des reliques sacrées. Ils l'avaient lesté d'un capharnaüm de dorures : tables basses à marqueteries d'écaille et motifs d'arabesques, bureau Mazarin (!) à huit pieds aux ferrures ornées de mascarons, fauteuils à piètements en « os de mouton »... J'étais gênée pour lui. Ses cadres étaient si lourds qu'ils rendaient même les tableaux prétentieux. Inutile de préciser que tous étaient accrochés là où on les attendait : au-dessus de la commode, bien au milieu entre les portes...

Louis XIII, Louis XIV, Louis XV et Louis XVI, il mélangeait tout. Il y avait même du Charles X, de très jolies petites chaises autour d'une table à jeu. Comme l'appartement était immense, un bon décorateur aurait pu s'arranger de ce bric-à-brac mais Sandster avait réussi à surcharger le lieu au point de le rendre étouffant : des tapis se chevauchaient par-dessus la moquette, aucune embrasse ne manquait aux rideaux, des passementeries entouraient les fenêtres, couraient sous le plafond, contournaient les portes... Détail pittoresque : la télévision était encastrée dans une espèce d'armoire chinoise ; juste à côté, le meuble jumeau servait de bar réfrigéré. Je croyais ces horreurs réservées aux films sur la mafia de Hongkong. On étouffait dans ce boudoir de cocotte. Il aurait fallu arracher des murs les tissus imprimés, passer les napperons par la fenêtre, descendre les lampadaires torsadés à la cave...

Assorti à ses chichis, Sandster portait une robe de chambre écarlate par-dessus ses vêtements et avait enfilé des mules en daim noir. Détail authentique : ces chaussons portaient un écusson. Il croyait imiter le Premier lord de l'Amirauté recevant dans son « home, sweet home » mais c'était Robert Hirsch dans le rôle de Monsieur de Pourceaugnac. Il fumait un havane et m'a demandé ce que je voulais boire. Quand j'ai répondu « un coca », il a débouché pour moi une bouteille de Veuve Clicquot – une demi-bouteille, d'ailleurs, mais passons. Lui-même s'est resservi un whisky. Assis sur son immense canapé en velours beige, il avait l'air d'une tache d'encre sur une feuille de parchemin.

Dans cet entrepôt des Galeries Barbès, une seule chose manquait : les livres. Il n'y en avait aucun. Etonnée qu'il n'ait pas commandé 200 mètres de reliures en cuir, j'ai demandé pourquoi. Il a eu l'air stupéfait :

— Avoir besoin de lire des romans, c'est ne pas supporter la réalité. Cette année, je n'en ai acheté qu'un : le Paolo Coelho.

— Il vous a plu ?

— Oui, parce que je l'ai pris en Poche. Pour 40 francs, ça valait la peine. A 110, j'aurais tiqué.

Il se donnait le genre de l'ours à qui on ne la fait pas et je n'ai pas insisté. De toute façon, il m'attendait au tournant. Tout à coup, il s'est dessiné un grand sourire sur le visage et m'a demandé où en étaient mes « rapports » avec Darmon. Etait-il sous mon charme ? Et moi-même, étais-je tombée sous le sien ?

— Je vous demande une réponse de femme, bien sûr.

Il voulait certainement dire « directement du fond de l'utérus ». Je n'ai donc pas tourné autour des mots : oui, j'avais « ferré » son homme, nous attendions l'heure la plus romantique pour passer à l'acte. Cette simplicité lui a plu. Il s'est cru autorisé à continuer sur le même registre. Le pauvre, malheureusement, s'emmêlait les pinceaux entre désinvolture et muflerie :

— Je m'en doutais. J'ai vu Darmon avant-hier, nous avons parlé de vous et il m'a dit : « Elle n'est pas d'une beauté irréprochable mais, en dix secondes, elle convainc tout le monde du contraire. »

Dans la bouche de Sandster, cette citation était un compliment. J'ai fait semblant de la prendre comme telle – et non en pleine figure. Il s'est cru encouragé à poursuivre dans le marivaudage et ça n'a pas loupé, sous prétexte de galanterie, il m'a balancé une pique :

— C'est vrai que vous avez des seins magnifiques. Grâce à la silicone, peut-être ?

Ses entrechats de pachyderme commençaient à m'exaspérer. J'ai dit stop :

— Et votre petit culot de goujat ploutocrate, c'est au collagène que vous le gonflez ?

Au lieu de se froisser, il s'est resservi un whisky. Puis il a changé de sujet et les choses sérieuses ont commencé. Les sondages avaient parlé : Mitterrand s'apprêtait à balayer Barre et Chirac. Tout Paris savait déjà que Darmon allait récupérer la Santé. Les huiles des grands laboratoires lui écrivaient ou passaient des coups de fil. Et il en allait de même chez tous les partenaires du gouvernement : chacun réanimait ses réseaux. Poitou n'attendrait pas le mois de juin pour engager la petite amie du nouveau ministre. Cela ferait jaser. Dès le lendemain, par conséquent, la chef du personnel me recevrait. Détachée par le service de presse auprès de la présidence, je serais chargée des « opérations spéciales ». Cette formule qui ne veut rien dire emballait Sandster.

— En clair, vous dépendrez de moi directement. Vous toucherez 30 000 francs par mois et on vous remettra une carte de crédit au nom de Poitou. Elle vous ouvrira une ligne mensuelle de 100 000 francs.

Jusqu'à ce jour, je croyais avoir des principes. J'ai compris que mieux valait m'appuyer dessus et les enfoncer sous terre. Pour quelques-uns le pouvoir se confondait avec la caverne d'Ali Baba et, Dieu sait par quel miracle, ils m'y invitaient. Un instant, très bref, j'ai pensé à mon père, moins ingénu qu'il n'y paraît et très lucide sur la France. Mais sa morale ne collait pas du tout à l'atmosphère du moment et je me suis contentée de poser un regard amusé sur Sandster. Espérais-je qu'une légère ironie donnerait un rien de distance à ma complaisance ? Si oui, il m'a vite remise à ma place. Avec un fort accent anglais. Son français le lâchait un peu quand on l'énervait :

— Ne me regardez pas comme ça. On méprise un homme, mais on ne méprise pas son argent.

Rien n'échappait à ses petits yeux fripés. Il m'avait jaugée et il se moquait de mes états d'âme. D'ores et déjà, il m'avait rangée parmi ses employées et il n'allait pas supporter longtemps ma condescendance. Il avait parlé sur un ton si dur que, de honte, j'ai rougi. Il m'a achevée :

— Vous rougissez encore, c'est touchant. Mais ça vous passera. Moi, je ne sais plus le faire.

Un appartement m'attendait, à l'étage au-dessous. Sandster m'y a emmenée en pantoufles. Pour s'épargner quinze marches, il appela l'ascenseur mais confia ma valise au maître d'hôtel qui descendait à pied. J'ai horreur de ces petites grossièretés et j'ai un peu exagéré mes remerciements. Comme tous les arrivistes présomptueux qui ignorent qu'il faut être aimable avec les gens qu'on croise en montant de crainte de les retrouver quand on redescendra, Sandster a levé des yeux agacés au plafond. Puis il a repris son rôle préféré, celui du colonel Brouillard, mystérieux à souhait :

— Poitou possède plusieurs appartements dans l'immeuble. Vous n'y verrez sans doute personne. La plupart des habitants vivent à l'étranger et la rue de Lubeck leur sert de pied-à-terre. Inutile de chercher à connaître leurs noms. Et, si vous les croisez, n'engagez pas la conversation. Non qu'il faille jamais décourager une confidence, mais soyez prudente : en certaines sphères, recevoir un aveu est aussi dangereux que le faire. Les gens que nous hébergeons ne tiennent pas à faire savoir dans leurs pays respectifs qu'ils sont logés par un « trafiquant de bactéries »...

Cette formule m'a frappée. Le charmant accent anglais de Sandster en adoucissait l'incongruité mais il l'avait prononcée sur le ton absolument calme de l'évidence. Défendre l'indéfendable ou médire de ce qu'il aimait... il adorait la provocation. Car c'en était une. Sandster avait choisi la médecine par vocation et, déjà aventurier à 20 ans, s'était spécialisé dans les pathologies coloniales. Au Kenya, à la fin des années 50, il avait acquis une grande réputation en éradiquant la dengue des hauts plateaux proches du Kilimandjaro. Engagé par un laboratoire britannique, il avait passé les douze années suivantes à mener des campagnes de vaccination en Afrique. Anglais jouant sans cesse à l'Anglais, quand il évoquait cette époque, il signalait volontiers pince-sans-rire la disparition de l'esclavage parmi les fléaux du XXe siècle. En 1970, scandalisé par le comportement de la Couronne lors de la guerre du Biafra, il avait renvoyé sa médaille de MBO (« Member of the British Empire ») et était passé en France chez Poitou, à l'époque petit laboratoire. Il lui avait taillé un empire en Afrique et, depuis vingt ans, l'entreprise et lui avaient surfé sur la vague du succès. Au point qu'à présent, il appartenait à la poignée de ses vrais dirigeants. Sauf que lui, contrairement aux purs financiers, savait très bien ce qu'est une bactérie. Et pouvait s'en révéler une de première quand il voulait dire du mal de ses rivaux. Un jour, plus tard, je l'ai entendu dresser le portrait de Paul Saint-Claude. C'était viral :

— « Ce pauvre Paul est du genre insignifiant qu'on ne remarque pas plus qu'une plaque d'égout. Il est si nul qu'il ne dérange personne. C'est sa force : il vole sous les radars... »

Dans l'entrée, une toile déprimante montrait un chemin de halage l'hiver sous la pluie. Je cherchais déjà des yeux une penderie où la reléguer quand Sandster l'a désignée comme « un charmant petit Corot accroché là pour votre arrivée ». J'ai donc suivi en silence, dans le salon, sa nuque épaisse et menaçante : là encore, trop de tableaux, de tapis, de bibelots... Déjà parcimonieuse au deuxième étage d'une rue étroite, la lumière s'effaçait complètement dans cette débauche de velours et d'imprimés. Heureusement, les trois chambres n'étaient pas encore aménagées. Il suffirait d'y remiser ces brocantes et de tout repeindre en blanc, en rose, en gris... Je réfléchissais à ces futilités quand Sandster m'a ramenée sur terre :

— Darmon passera vous chercher vers 8 heures. C'est pour ça que je vous ai demandé de rentrer à Paris. Il vous emmène dîner en ville. Tâchez de faire bonne impression : c'est chez Paul Saint-Claude, mon patron. Et le vôtre, désormais. Je passerai demain matin. Vous me raconterez.

J'ai ouvert ma valise et fait couler un bain. On se serait cru dans un hôtel : savons, shampooings, brosse à dents, tout était sous plastique. Dans sa robe de chambre, ce pauvre Sandster devait se prendre pour un mélange de Ruppert Murdoch et du baron de Rothschild mais, comme maître de maison, il embrouillait complètement serviettes et torchons : il avait beaucoup de goût, mais que du mauvais. Si Poitou me payait à ne rien faire, au moins j'allais leur réaménager joliment cet appartement. D'avance, leur Carte Bleue me brûlait les doigts. A 8 heures et quart, le téléphone a sonné, je n'ai eu qu'à descendre. Darmon m'attendait sur le trottoir. J'ai parlé sur un ton traînant d'enjôleuse menaçante .

— Alors, comme ça, je ne suis pas très belle mais j'arrive à le faire croire. Eh bien vous, vous n'êtes pas très habile, même si des courtisans vous assurent du contraire. J'ignore quelles sont vos intentions mais vous allez en baver. Croyez-moi : vous ne m'avez pas encore glissée dans votre poche.

Ma remarque ne l'a pas désarçonné. Il a souri, m'a baisé la main, m'a prise par la taille et m'a parlé à l'oreille :

— La beauté apparente, ça n'est rien, absolument rien. Comme les classiques, « je laisse les femmes belles aux hommes sans imagination ». Choisir une compagne pour sa beauté, c'est comme manger un oiseau parce qu'il chante bien... De toute façon, pour moi, vous êtes ravissante.

Sa voix profonde et son rythme lent mariaient à merveille la canaillerie innée et la bienséance acquise et, comme d'habitude, je suis tombée sous le charme de sa courtoisie espiègle, sans rien de trivial ni de gourmé, parfaite en somme. Le chauffeur nous a ouvert la porte et on est partis pour l'avenue Georges-Mandel, chez Paul et Clémence. Sur le chemin, Darmon les a croqués comme des cacahuètes :

— Dans les dîners, Paul prétend que c'est l'appartement de fonction du PDG de Poitou, mais c'est faux. Il l'a fait mettre à son nom. Le voir s'étaler dans les journaux comme l'archétype du patron de gauche est tout simplement grotesque. Vous n'aurez qu'à voir le menu de Clémence : elle prend le caviar pour des petits pois. Chaque mois, elle jette par les fenêtres de quoi nourrir une cité entière de Seine-Saint-Denis.

Des colonnes, des portiques, des statues, des guirlandes de fleurs sculptées... L'immeuble avait l'air d'une pâtisserie d'anniversaire. L'architecte avait épuisé une carrière entière de pierres de taille. Dans le hall, on franchissait une succession de portes vitrées en acajou. On aurait tenu à dix dans l'ascenseur en fer forgé style « monument historique ». A la fois guindé, austère et ostentatoire, un tel dépouillement relevait du prodige. Darmon a adopté la seule attitude possible : n'y prêter aucune attention.

Un maître hôtel en veste blanche et gants blancs a pris nos manteaux pour les confier au bloc opératoire. Un autre nous a menés au salon, au bout d'un kilomètre de couloir pavé de marbre blanc à cabochons noirs. C'était immense, le genre d'appartement sur lequel le soleil ne se couche jamais. Clémence nous a accueillis, mondaine et froide, apathique et polie, souriante et ennuyée, visiblement respectueuse jusqu'à l'aliénation des règles qui lui assuraient une vie de rêve dont rien ne revenait à son mérite. A mon intention, elle a évoqué le dîner Dior à l'Institut du monde arabe – mais sur un ton si mécanique que son amabilité est tombée par terre comme un glaçon. On m'a présentée au patron d'une agence de publicité et à sa femme, au directeur financier de la Générale des eaux et à la sienne, à un éditeur de chez Albin Michel et à la bombe sexuelle qui l'escortait. En tout et pour tout, elle portait une esquisse de jupe et une sorte de voile noirs. Son sourire de tueuse professionnelle claironnait : « Attention, champ de mines. » Dans cette réunion de petits vieux, elle avait un air agréablement rafraîchissant. J'ai seulement prié pour que personne ne lui dise que j'avais une agence de mannequins : je n'aurais pas coupé à la danse du ventre.

Il sortait des maîtres d'hôtel de tous les coins de porte. Un troisième m'a servi du champagne dans une coupe – ce qui m'a surprise car, à Paris, depuis dix ans, on ne le boit plus que dans des flûtes. Pour ne pas risquer d'en renverser, je me suis assise dans un des cinq (!) canapés de la pièce. Bien qu'immense, celle-ci dégageait une atmosphère douce et feutrée. Pour l'éclairer, on avait multiplié les lampes mais toutes diffusaient une lumière faible ou légèrement teintée. Aux murs, on aurait dit que les tissus rose ou beige à l'origine avaient été trempés dans du thé. Un savant désordre régnait et on aurait passé des heures à feuilleter les albums de peinture qui traînaient partout. Il y avait même un grand tableau moderne posé par terre, contre une commode. Le décorateur des Saint-Claude ne s'était pas moqué d'eux : avec ce salon censé les représenter, il leur avait dessiné le plus flatteur des autoportraits. J'étais en train de tomber sous le charme quand la pépée de l'éditeur m'a rejointe. Elle avait un profil d'épervier et le caractère qui va avec.

— Non mais vous l'avez sentie, cette pimbêche de Clémence ? Elle se croit obligée de se noyer de Guerlain pour oublier sa vie harassante de courses en Austin entre Franck & fils et Dalloyau.

Casser un peu de sucre sur le dos de l'hôtesse ne me dérangeait pas. Comme nous toutes, elle menait sa barque sur un océan d'argent mais, elle, ne se contentait pas d'en arracher quelques gouttes. Déployant étourdiment ma jalousie, j'ai rectifié le propos : je voyais plutôt Clémence chez Dior et Chanel que chez Franck & fils. La peste en est convenue :

— Vous avez vu les bougies de chez Fauchon et les coupes Baccarat. Elle achète des marques. Elle n'a pas assez de goût pour croire que ce sera beau sans étiquette.

Et ainsi de suite. Finalement, elle n'était pas mesquine : tout le monde y passait. Darmon, « ministre depuis ma naissance au moins », le publicitaire « à qui il faudrait une bonne liposuccion du moi », Paul « en état perpétuel d'ébriété financière »... Je n'ai pas regretté qu'elle m'ait rejointe. Elle était habillée comme pour le carnaval de Rio mais, dans ce dîner de morts-vivants, elle annonçait un peu de rigolade. Quand son fiancé éditeur est venu la chercher pour passer à table, Darmon s'est présenté à elle et l'a félicitée d'oser porter de si jolis décolletés. Il en fallait plus pour la démonter :

— On est à deux pas de la place Dauphine. En sortant, mon cavalier me dépose au Bois. Je n'aurai pas besoin de rentrer me changer.

Avant qu'il ne propose de l'accompagner, j'ai sauvagement pincé le bras de Darmon. Il m'a passé la main sur la taille pour murmurer une perfidie contre la maîtresse de maison.

— Trois verres par personne, les porte-couteaux de chez Christofle et le lit de roses blanches au milieu de la table... Clémence n'en manque aucune. Au café, je parie qu'on aura droit à la pyramide de Ferrero Roche d'or. On a beau faire, la gauche tralala sera toujours là, indélogeable comme un gros tas de cailloux.

Je cite ces mots car ils résument Darmon mieux que cent papiers d'analyse du *Monde*. Mitterrand le « bluffait » car ils partageaient les mêmes snobismes. Les idées de gauche les laissaient de marbre mais ils dégustaient l'atmosphère « ville d'eaux » comme une madeleine : le salon de thé de chez Harrod's, la verrière du casino de Plombières, les planches de Knokke-le-Zoute avant la guerre leur arrachaient des soupirs nostalgiques. Pendant des années, ils s'étaient astreints à écouter *L'Internationale* ; à présent, ils ne rêvaient plus que d'un pianiste jouant Schumann sur une chaise Louis XV à montants blancs et dossier rose. Entre eux ils donnaient des surnoms tirés de la *Recherche* à tous les mandarins de la nomenklatura socialiste : ce soir-là, Clémence fut Mme Verdurin.

Le Séguéla de la soirée, avant de s'asseoir, couva la table d'un regard amoureux. Elle lui inspirait une « formule » :

— A part le manque de serpents, on se croirait au paradis.

Au rythme de sa voix, il était clair qu'il s'avançait dans ses phrases comme dans un palais et que nous n'avions pas atteint le terme du propos. Malheureusement pour lui, ma copine l'a coupé dans ses effets :

— Rassurez-vous, je suis là.

Tout le monde a ri, même lui, mais il a fixé sur elle un regard froid comme le soleil de janvier qui éclaire sans réchauffer. Saint-Claude a raconté que leur copropriété venait de refuser l'installation de Johnny Hallyday dans l'immeuble. On avait organisé une rencontre entre le chanteur et les résidents. Après une heure de dialogue, en le raccompagnant à la porte, la vieille comtesse qui les recevait avait demandé à Johnny si le français était vraiment sa langue maternelle. Sans préciser ce qu'il avait lui-même voté, Saint-Claude semblait aiguillonner par ses sous-entendus un ostracisme qu'il stigmatiserait ensuite. Mais cette pauvre Clémence s'en est mêlée trop tôt, avouant sa satisfaction et cassant l'entrée en matière soigneusement mesurée de son mari qui l'a reprise en baissant la voix, en ralentissant le ton et en grimaçant un sourire, comme s'il se forçait à parler gentiment à une petite fille qu'on aime bien mais qui ne comprend que des bribes de la conversation. La soirée s'annonçait électrique. Pour éviter les sujets polémiques, on s'est rabattu sur l'élection présidentielle. Personne ne misait un kopeck sur Chirac, pauvre loup édenté se prenant pour un lion. Même l'éditeur, son « ami », le trouvait tragique :

— Il a la tête et les jambes, mais séparées. Quand il vous dit bonjour, vous avez encore sa main dans la vôtre mais lui est déjà à l'autre bout de la pièce. A l'Elysée, il s'ennuierait. Il lui faudrait des guerres, des dissolutions, des drames...

Chacun prenait Mitterrand par un bout différent mais tout le monde tombait d'accord : il allait gagner, il limerait le bout des dents du capitalisme et rien ne changerait. Son socialisme ne déplaisait à personne, au service de ceux qui souffrent de l'injustice, mais aussi de ceux qui en vivent. Darmon, censé porter l'auréole au-dessus de la tête, ne protestait pas. Parfois seulement il priait qu'on l'excuse et il s'autorisait à ajouter une petite note en fin de page : chacun écoutait avec politesse l'ancien et le futur ministre de la Santé et, immanquablement, ses phrases au déroulé de tapis rouge en rajoutaient dans le cynisme. Plus tard dans la nuit, il a tenté de m'ouvrir les yeux :

— A Paris, il faut usurper les vices qu'on n'a pas et cacher les vertus qu'on possède. Moi je suis de gauche, d'une gauche qui alourdit, épaissit, empoussière, se gave de douleur, se tartine de compassion. Inutile que j'en rajoute. A la tête de l'Etat, on n'attend pas des bonnes sœurs confites dans la charité... Mais je peux être gentil, à mes heures.

En effet. A minuit et demi, il m'a ramenée rue de Lubeck. Courtois, il m'a accompagnée jusqu'à la porte. Polie, je l'ai invité à prendre un dernier verre. Armé d'un septième sens, il a cinglé sur le petit meuble chinois transformé en bar (dont Sandster avait encore un exemplaire dans son bureau de la tour Poitou). Je lui aurais bien posé des questions sur cette extraordinaire intuition mais il s'est approché de moi et l'heure ne m'a pas paru propice aux interrogatoires de femme jalouse. J'avais très peur. Physiquement, il ne me plaisait toujours pas. Jamais un homme aussi peu gâté par la nature ne m'avait touchée. Au début, j'ai gardé les yeux ouverts, posés au loin, sur les rideaux, sur une gravure... Pour échapper à mon malaise, j'ai pensé à Fabrice. Mais Darmon m'a ramenée à lui à force de caresses exquises sur les bras, les chevilles, le haut de la poitrine... Plus rien de dominateur, ni d'affirmé chez lui. Il perdait divinement son temps. Nous sommes partis dans la chambre, que nous n'avons pas éclairée. Alors, peu à peu, sans effort et sans avoir le sentiment du sacrifice, en savourant l'instant, je l'ai rejoint et j'ai baissé le pont-levis...

Plus tard dans la nuit, caressant mes cheveux, il a murmuré qu'il n'oublierait jamais. Il n'était pas le premier à prendre ce genre d'engagement, j'avais envie de dormir et j'ai émis un léger doute :

— Jamais ! C'est bien long.

Il n'a pas fait de commentaire et je n'ai pas insisté. Mais j'avais raison.

CHAPITRE V

A 7 heures du matin, on a sonné à l'entrée. Darmon avait filé. En vrai gentleman sans me réveiller, ou en vrai mufle sans me dire au revoir ? Mystère. Le temps de me poser la question, l'œil mi-clos, l'oreille entrouverte, j'ai entendu une clé s'agiter dans la porte de l'appartement. Pas de surprise : c'était Sandster, encore dans ses chaussons. Il ne se gênait pas pour marquer sa force et faire sentir mon impuissance. Le maître, cependant, maintenait encore les formes : tenant à la main un sachet de croissants, il m'a annoncé qu'il venait me servir le thé au lit. J'ai joué le jeu et fait semblant d'être sensible aux attentions du grossier personnage qui s'imposait chez moi dès l'aube. Histoire de lui signifier quelle quantité négligeable il était lui aussi, je suis sortie du lit nue et, sans un mot, je suis partie pour la salle de bains, passant devant lui, indifférente, comme j'aurais longé un mur. Le temps d'enfiler un peignoir et de me rincer le visage (dix bonnes minutes), papy avait préparé le petit déjeuner. Un comble : il l'avait déposé sur mon lit, s'imaginant dans un roman du XIXe, croyant que j'allais papoter avec lui en nuisette et dans mes draps. D'office, j'ai pris le plateau et on est partis pour le salon. Cette petite rébellion ne lui a pas échappé. Contrarié, il s'est vengé en mettant bien les pieds dans le plat :

— Alors, heureuse ?

Ce lourdaud se serait mouché dans un voile de communiante. Il voulait que je lui rapporte ma petite cueillette de cochonneries de la nuit. Une telle humiliation faisait partie de mon programme de lavage de cerveau. J'ai hésité. Mimer une complicité crapuleuse ou l'envoyer aux fraises ? Inutile de chercher la réponse dans son regard impassible : il m'observait comme s'il voyait un feu de bois. Redevenue une jeune femme irréprochable, j'ai répondu sur un ton arrimé aux bonnes manières que la soirée m'avait enchantée : Paul Saint-Claude recevait en homme du monde. Eh bien, à ma propre surprise, ce numéro de bourgeoise ringarde a marché. Sandster a laissé tomber Darmon. Au fond, ce soi-disant tigre n'était peut-être qu'un gros chat vicieux. Tout ce qu'il voulait, c'était planter ses griffes dès le matin. Puisque je lui offrais Saint-Claude, il s'en est contenté :

— Pour épater la galerie, il n'y en a pas deux comme lui. Sa maison est décorée par Ralph Lauren, sa femme par Dior et son revers de veston par Jack Lang. Ce bon à rien vous a fait son numéro de charme. Il ne sert qu'à ça.

Le temps de lâcher son premier jet de venin, il avait dévoré un croissant. Pendant qu'il s'abreuvait, j'ai pris la défense du bon à rien qui dirigeait tout de même le premier laboratoire français. Sandster, là encore, n'en a fait qu'une bouchée :

— Vous débarquez de Mars, ou quoi ? Il ne dirige rien du tout. Confortablement niché dans son grand bureau au 35e étage de sa tour, il passe ses journées à lire les journaux et à jeter des coups d'œil sur son ordinateur. Ses hommes sur le terrain vendent Poitou dans le monde entier et lui se contente de veiller sur le moral des troupes. C'est Monsieur Tout-va-bien.

Comme les alcooliques dénoncent l'alcoolisme des autres et les avares leur avarice, moi, j'ai horreur des gens qui disent du mal de leur entourage – ma spécialité. Saint-Claude ne faisait peut-être rien sinon jouer les stars du matin au soir, mais c'était bel et bien le président. A mon avis, cela récompensait forcément quelques qualités. Sandster a pris cette remarque comme une attaque personnelle :

— Les vrais malins préfèrent la place de second. L'autre jour, chez Petrus, je vous ai montré le numéro deux du Crédit de la Seine, complice de toutes les irrégularités de sa banque. Tôt ou tard, la justice le prendra dans ses filets comme la petite sirène d'Andersen, mais cela n'intéressera personne. Quand un scandale éclate, il faut sacrifier des vedettes. On se jettera sur son patron et lui, il passera entre les gouttes. Parce qu'il ne monte pas sur l'estrade ! Ce sera pareil avec nous si les choses tournent mal. Le temps que les juges en aient fini avec Saint-Claude, nous serons loin. Croyez-moi, le beau Paul passera à la trappe. D'ici là, qu'il se pavane.

— En somme, c'est la jungle.

— Exactement. Un lieu parfaitement organisé où le lion plastronne et succombe déchiqueté tandis que les hyènes se contentent des reliefs du festin mais meurent de vieillesse.

Ses petites conférences cyniques le mettaient de bonne humeur. Un instant, il s'est tu, le temps que de doux calculs défilent en caravane dans son esprit. Puis, comme le chat joue avec la souris mourante, il a achevé Saint-Claude :

— Parce qu'il a été nommé par Mitterrand et parce qu'il a conservé son mandat sous Chirac, Paul croit qu'il s'en sortira toujours. Il se prend pour un caméléon. Mais quand la brigade financière épluche vos comptes, mieux vaut être blanc. Et ça, c'est une couleur que les caméléons ne réfléchissent pas.

Aux championnats du monde d'hypocrisie, je monte sur le podium à chaque fois. J'ai donc souri à sa formule et je me suis tue. Bonne idée : Sandster s'est levé. C'était son côté dandy : une fois produit son « effet », il s'éclipsait sans attendre que retombe la tension. Enchanté de son mot, il s'est montré gracieux :

— Soyez prête à 8 heures et demie. Je vous emmène chez Poitou. Vous signez votre contrat ce matin. La directrice du personnel souhaite vous rencontrer. C'est son boulot : connaître personnellement toutes les guêpes du guêpier.

La Jaguar attendait devant l'immeuble, en double file. Le chauffeur nous a ouvert la porte et a tendu à Sandster une pile de journaux. A part *Le Figaro* tous étaient anglais : le *Times*, le *Financial Times* et le *Guardian*. Personne n'allait refaire Harry Sandster. C'était un Falstaff, un vrai Anglais, un dur de dur, pas une grenouille. A cette heure matinale, il fallut une demi-heure pour atteindre la Défense. Sandster me déposa avant qu'ils n'entrent au parking. Inutile que j'arrive en sa compagnie. Je n'avais qu'à me présenter à l'entrée en débutante souriante.

Trente-cinq étages de verre fumé noir et un sommet en forme de triangle. La tour Poitou avait une silhouette de fusée, magnifique – à moins que ce ne soit de suppositoire, le fondement de leur prospérité. Des dizaines d'hommes et de femmes s'y engouffraient. Cela faisait peur. Pendant des années, ils avaient travaillé comme des forçats pour intégrer Polytechnique ou HEC ; maintenant, ils trimaient comme des ânes pour grimper dans la hiérarchie ; qu'allaient-ils penser d'une parasite dans mon genre ? Anxieuse, je me suis éloignée sur l'esplanade à la recherche d'un café. Rien à l'horizon. J'ai fini par en dégoter un, au bout du monde, au fond d'une galerie marchande, immense et sinistre. Et puis, j'ai sauté le pas. Je suis entrée chez Poitou, à 9 heures et demie, le 15 avril 1988.

Le hall en marbre noir avait la taille d'une aérogare. En métal argenté, gigantesques, les six lettres de Poitou grimpaient du sol au plafond, au bas mot dix mètres de haut. Des groupes de personnes se hâtaient vers les ascenseurs et se faufilaient dans les couloirs en glissant leur carte dans un lecteur électronique. Un déplaisant silence régnait. J'ai déposé mon passeport. Une hôtesse d'accueil en tenue noire m'a remis un badge et expliqué comment atteindre le bureau de Lucie de Vibert, au 33e étage, dans les hautes sphères. J'ai remonté des couloirs sans fin et sans autre bruit que le ronronnement diffus d'une machinerie invisible. Par les portes ouvertes, on apercevait des gens studieux penchés sur leur écran d'ordinateur. C'était irréel : des abeilles butinaient.

Arrivée à mon étage, j'ai suivi une importante vieille dame, enveloppée de tweed et tirée en avant par son teckel, tel un supertanker guidé par son remorqueur. Elle portait un incroyable boa en vison clair. Dans ces endroits, on voit de tout. Mais, surtout, on vous voit et on vous épie : très polie, souriante, une hôtesse m'a interceptée et m'a aiguillée sur une voie de garage, dans un salon d'attente, une pièce minuscule, sans fenêtre, perdue au centre de la machine, où on m'a oubliée. Sur une table de marbre traînaient les rapports d'activité de Poitou. Par conscience professionnelle, j'ai tenté d'en lire un. Un vrai pataphar ! Des colonnes de chiffres s'alignaient sous des abréviations incompréhensibles. Pour éviter la noyade, il fallait se raccrocher à des renvois mystérieux : « A corroborer. Se reporter page 12 pour transferts, page 26 pour chiffrage Bruxelles, page 31 pour accord PSTV... » Avant même de commencer, mes neurones partaient en lambeaux. Dire que ces gens voulaient que j'entre dans leur histoire ! Je n'en menais pas large. Et on me laissait mariner. Enfin un peu avant 11 heures, une nouvelle hôtesse est venue me chercher. Mme de Vibert m'attendait.

Lové dans son panier, très à l'aise, le teckel étalait le museau sur un coussin. Sans hâte, à petits pas, se traînant comme une saucisse, il est venu vers moi. Je n'allais quand même pas m'abaisser à flatter un chien et je l'ai ignoré. La petite vieille du début de la matinée me tenait à l'œil. Elle trônait en majesté derrière un bureau plein de papiers disposés comme à la revue. Rien ne traînait. Sans doute s'était-elle glissé un annuaire sous les fesses : assise ainsi, elle avait l'air grande. Après qu'elle m'y eut invitée d'un doigt, tel César au Colisée, j'ai pris un siège – un fauteuil très profond. La partie pouvait s'engager : elle me toisait.

A première vue, elle semblait rassurante, une sorte de Mamie Nova aux boucles soigneusement balayées, d'un joli blanc tirant sur le bleu. Vieux cuir, poudre et eau de Cologne : une odeur de sac à main de grand-mère planait dans l'air, très douce. Mais mémère et son boa n'étaient pas à la retraite. Elle voulait tout savoir : mes diplômes, mes emplois précédents, mes exigences... Tout à coup, à la vue des feuilles de salaire de l'agence, elle a paru très intéressée et elle a jeté un coup d'œil sur la photo qui trônait dans un cadre sur son bureau, celle d'une créature magnifique, rousse, sa petite-fille :

— Elle rêve d'être mannequin !

Quand on voyait cette gamine divine et cette vieille peau méphistophélique, on comprenait que la nature progresse par bonds mais j'ai gardé cette sage leçon pour moi. J'étais d'une humilité japonaise. Je m'admire encore. D'autant que la Lucie méritait bien le surnom de Lucifer sous lequel tout Poitou la connaît. Quand elle a terminé son interrogatoire, elle m'a abattue en plein vol :

— En somme, si je comprends bien, votre seule dimension extraordinaire, ce sont vos exigences salariales !

J'aime la clarté mais là, cette toupie m'a coupé le souffle. Je me suis d'abord tue. On vous le reproche rarement. Je cherchais quelle carte jouer. Je n'ai trouvé que la mode. Pour l'appâter et lui rappeler que je pourrais ouvrir des portes à sa petite-fille, j'ai parlé sur le ton le plus tranchant :

— Dans ma branche, 30 000 francs, c'est ce que gagnent certaines filles en une journée. Harry Sandster me les propose par mois. Ce n'est pas l'eldorado et sans doute a-t-il une idée derrière la tête.

— Certainement. Il en cache même sûrement plusieurs. C'est pourquoi, en plus de vos 30 000 francs net par mois, il met une carte de crédit Poitou à votre disposition. C'est normal, d'ailleurs, vous aurez des frais.

Lesquels ? Je n'en avais pas la moindre idée mais elle l'ignorait et, de but en blanc, comme s'il s'agissait d'une évidence, elle m'a révélé le pot aux roses :

— Cette autorisation d'essai thérapeutique en Afrique ne tombera pas du ciel, ni du jour au lendemain. J'imagine que votre ami, M. Darmon, nous la fera venir de loin.

Inutile de préciser que moi, je tombais des nues. Je suis restée silencieuse quelques secondes, les yeux dans le vague, comme si on m'avait privée d'oxygène d'un coup. Puis j'ai affiché mon air le plus ingénu pour demander :

— M. Darmon, l'ancien ministre de la Santé ?

Elle n'appréciait pas qu'on la prenne pour une cruche et elle a haussé des épaules exaspérées :

— Non, M. Darmon, l'électricien.

Sur quoi elle m'a priée de l'excuser un instant et elle est sortie du bureau : il lui manquait un papier. En une seconde, j'avais retrouvé mes esprits et je me suis extraite du fauteuil qui donnait l'impression d'être assise par terre. Sur sa table de travail, une pile de bristols à en-tête « Poitou – La Direction » a attiré mon regard. A tout hasard, j'en ai pris cinq ou six que j'ai enfouis dans mon sac. Déjà la merguez me jappait aux mollets. Je me suis assise. Au retour de la vieille, j'avais l'air de la gentille petite fille qui n'a jamais entretenu une mauvaise pensée de sa vie. Mémé m'a concédé un sourire :

— Ça y est, vous faites partie du sérail.

Etait-elle en train de me traiter de pute ? A coup sûr ! La Lucifer ne tournait pas autour des mots, comme elle l'a prouvé plus tard. Mais, ce jour-là, elle voilait encore sa franchise derrière une métaphore et j'ai choisi de croire qu'elle annonçait seulement mon intégration officielle à la Direction. Ensuite, sans faire d'histoires, j'ai signé les papiers qu'elle tendait. Dernier point : elle voulait savoir si j'aurais besoin d'un bureau dans la tour :

— On ne sait jamais. Vous pourriez y travailler.

Je n'ai pas répondu et un sourire sadique a soulevé son champ de rides :

— Je parle au conditionnel préventif, bien entendu.

Ça recommençait : à nouveau, elle mettait les points sur les « i » et je ne voyais pas le « i ». Cette fois, elle m'a aidée :

— Vous pourriez y passer de temps en temps. Donner quelques coups de fil. Ecrire des lettres. Lire la presse féminine. Afin que les secrétaires connaissent votre visage. A tout hasard. Au cas où, un jour, on vous demanderait de justifier vos revenus. Et par diplomatie, également. Les gens vont pester s'ils découvrent votre salaire et ne vous voient pas. Ils vont vous détester.

Elle énonçait ces mises en garde pour que je les répète à Sandster mais, sur le moment, ces calculs m'ont échappé. Qui donc pouvait m'en vouloir ? J'ai balayé sa remarque d'un haussement d'épaules :

— Me détester ! Cela me brise le cœur. Mais qu'importe. Je m'habituerai à vivre avec cette souffrance.

Elle s'est pris mon cynisme en pleine tête mais n'a pas protesté. Cette vieille chatte fatiguée était faite pour les petits coups de griffe, pas pour les corps à corps. Mieux, elle a daigné sourire et m'a raccompagnée à sa porte : je recevrai mon contrat et ma carte de crédit le jour même :

— Chez vous, rue de Lubeck.

Elle a laissé passer un temps avant d'ajouter :

— C'est-à-dire chez nous...

Redescendue sur le parvis de la Défense, j'ai cru que j'allais m'envoler. Le bonheur me faisait léviter. Lucifer était une vraie grand-mère de conte de fées, celles qui transforment les mois d'avril en mois d'août. J'allais jeter l'argent par les fenêtres. Du moins, dès que j'en aurais – car là, avec cent francs en poche, j'ai pris le métro pour rentrer.

Dans mon nirvana, le Corot de l'entrée m'a sauté au visage comme une gifle : de la laideur faite exprès. Tout l'appartement me sortait par les yeux. Avec ses lourds rideaux, dans un canyon comme la rue de Lubeck, il fallait une lampe de poche en plein jour pour ne pas se prendre les pieds dans les tapis. J'allais arracher les tissus, passer la moquette par la fenêtre, teindre en blond le parquet, peindre les murs de couleurs claires... Cela m'occuperait. Et pas plus tard que tout de suite. Inutile de demander le feu vert de Sandster. Le pauvre n'avait aucun goût et n'en aurait jamais : il n'était pas né à Kergantelec.

Par le téléphone intérieur, j'ai appelé son maître d'hôtel, l'Hindou sexy qui avait descendu ma valise la veille. Un peu sombre mais de grands cils et une silhouette baraquée en rupture violente avec les châssis de crevette en vogue sur les bords du Gange et, au contraire, en parfaite harmonie avec mes propres goûts. A tout hasard, pour plus tard, je lui ai fait un petit numéro de charme. Et, pour l'immédiat, je lui ai désigné deux armoires, deux consoles, trois tapis et deux lampadaires à descendre sur-le-champ à la cave. Le meuble chinois bar-télé était tellement kitsch qu'il méritait un sort à part. Sandster avait dû l'habituer aux caprices extravagants car le maître d'hôtel a paru trouver ma requête parfaitement normale : les services d'entretien de Poitou passeraient le jour même. Du coup, soulagée, je lui ai proposé une tasse de thé, histoire de le faire un peu parler de notre cher patron. Mais là, rien à faire : il a décliné mon offre avec un sourire. Il ne perdait rien pour attendre.

Pour commencer, je suis retournée chez moi – c'est-à-dire chez Fabrice, puisque chez moi n'est jamais chez moi. Je comptais prendre quelques vêtements, des affaires de toilette, des livres, nos CD, mon poster d'Edward Hopper... A cette heure, Fabrice aurait dû déjeuner au restaurant. Mauvais calcul : il traînait encore au lit. Calé contre les oreillers, une cigarette à la main, il rêvassait. Pour lui, rien ne changerait jamais : le matin n'existait pas et seule comptait la nuit, longue et imprévisible. En l'attendant, il avait envoyé Anika travailler à ma place à l'agence. Il passerait, charmant, à l'heure du thé. Une vraie mouche du coq.

Mon retour n'a pas eu l'air de le surprendre. Il m'a accueillie avec un grand rire, heureux comme un enfant à qui on tend un bonbon. Dire qu'il avait 35 ans, quatre ans de plus que moi ! Il en faisait dix de moins. Ce garçon ne s'était jamais autorisé le moindre souci. Il aurait toujours le même air vert et tendre comme un cœur de laitue. Je me serais bien jetée sur lui. Ses petites oreilles collées au crâne, son nez court et droit, ses lèvres pleines sans être épaisses, ses mèches blondes éparpillées sur le front, sa poitrine lisse, pâle et large... Il m'a mis l'eau à la bouche. J'aurais volontiers goûté à nouveau aux coups de reins, fraternels et brutaux, de mon mari. J'ai eu envie de le lui dire :

— Tu me connais, Fabrice. Je suis franche et directe...

— En effet, m'a-t-il interrompue, je te connais : tu es directe. C'est tout. Cela dit, continue : je sais traduire tes mensonges.

Ses mots ont coupé tous mes effets mais je n'ai pas protesté. Fabrice ne discute jamais et, dès qu'on s'énerve, il présente ses excuses et retire ce qu'il vient de dire. C'est la personne la plus pudique au monde et la plus secrète – donc, en apparence, la plus vide. Résultat : personne ne le prend vraiment au sérieux mais personne ne peut s'empêcher d'être cordial avec lui. Ça n'a pas loupé : il venait de me balancer une vérité douloureuse mais je suis allée m'asseoir sur son lit et on a bavardé comme si de rien n'était. Il savait à peu près tout de moi, connaissait le rôle de Sandster, a cité Darmon avec mépris, a évoqué Poitou... Visiblement, mon père le tenait au courant de chaque épisode de mes aventures. Elles ne l'amusaient pas tant que ça.

— Tu fais ta maligne mais tu devrais te méfier. Tu vas prendre des risques que tu ne maîtrises pas pour des gens qui ne voudront pas en connaître. Toute ton histoire sent l'arnaque. Méfie-toi. Garde des traces de ce que font les autres.

C'est toujours ainsi avec lui. Appétissant comme un joli fruit, il devrait n'avoir qu'un QI de bigorneau mais il n'est pas bête, au contraire, et il n'abandonne jamais ses raisonnements en route :

— En tout cas, veille à respecter les formes légales. Lis et relis ton contrat. Exige un bureau chez Poitou. Les dossiers en ordre sont comme les vertus : aucune n'est indispensable mais, si on ne les possède pas, les vices ne servent plus à rien.

Incroyable ! Sa Suédoise lui faisait lire Schopenhauer, ou quoi ? Heureusement, il a ressorti son sourire en prêt-à-porter et il a commencé à me regarder comme s'il allait prendre mes mesures. Habitué aux top models tous taillés dans le même bâton de sucette, il a dû trouver mes rondeurs appétissantes. Il a posé une main sur la mienne comme s'il souhaitait goûter à nouveau à une douceur dont il gardait un souvenir plaisant. A voix très basse, sans conviction, j'ai émis la crainte que cette intimité ne tombe pas au meilleur moment. C'était bien possible et lui-même se posait la question mais il a souhaité examiner la situation de plus près... Tout s'est très bien passé et je suis repartie enchantée. En gentleman, il m'a raccompagnée en voiture pour que je ne me fatigue pas à porter les valises que j'avais remplies de vêtements. On ne faisait pas plus aimable. Ni plus complaisant. Au point qu'au moment de nous quitter, rue de Lubeck, sur le trottoir, cela m'a troublée :

— Mais tu m'aimes, ou pas ?

Il a souri d'un air navré :

— Ma pauvre puce, tu ne sais plus où tu en es. Avec tous les mystères où tu baignes, ta main droite ne se rappelle plus où est la gauche. Tu es faite pour jouer les Mata Hari comme moi pour prêcher le carême à Notre-Dame. Tu vas te ramasser en beauté.

Il avait raison. Mais pas complètement. Et à l'époque, de toute façon, j'étais sûre qu'il avait tort.

CHAPITRE VI

D'une engageante couleur dorée, ma carte de crédit portait accolés mon nom et celui de Poitou. Un quart d'heure après l'avoir reçue, je pénétrai dans la boutique Mugler de l'avenue Montaigne. A des riens qui ne leur échappaient pas, ils ont senti qu'une proie de choix se posait chez eux. Pour une visite de reconnaissance, j'ai veillé à demeurer raisonnable et n'ai dépensé que 15 000 francs. Naturellement je n'ai pas songé un instant à m'encombrer de paquets et je leur ai donné l'adresse de l'appartement. Sur le trottoir d'en face, chez Dior, j'ai craqué pour un Lady Dior, le sac lancé par Lady Di, et pour quelques babioles qui feraient plaisir à ma mère. Il ne faut pas abuser de la parcimonie. Puisque je vivais un rêve, autant qu'il fût en couleurs.

J'ai hésité quelques jours à réclamer un bureau à la tour Poitou, puis j'y ai renoncé. Pourquoi se gâcher la vie ? S'ils souhaitaient ma présence, ils savaient où me trouver. J'ai préféré me consacrer à la nouvelle décoration de l'appartement. Je comptais donner dans un dépouillement sans concession mais ma mère s'est opposée à un tel intégrisme. Les greniers de Kergantelec regorgeaient de marines abîmées, de fauteuils Voltaire effilochés et de guéridons branlants qu'elle avait décidé de facturer au prix fort à Poitou. Elle m'a donc priée de trouver des fausses factures des Puces et de réfléchir à un savant mélange d'ancien, de moderne et de vide. Les contraintes vous forcent souvent à avoir du talent et, pour finir, ses quelques vieilleries devaient ne pas nuire à l'harmonie générale, au contraire.

Le soleil s'est installé à demeure sur les murs passés à l'éponge, légers et gais. Les moquettes sombres ont filé aux oubliettes et les tapis à la cave. Poncé et lustré, le parquet s'est mis à briller comme une patinoire et, en effet, marcher en chaussettes ou en bas est devenu une aventure à ne pas tenter avec un plateau entre les mains. Sandster ne protestait pas, loin de là. D'un jour sur l'autre, il récupérait des rideaux, un meuble télé ou une table pour son petit château de Malte, la seule île « anglaise » dont il supportait le climat – et dont il adorait le système bancaire. Toutes mes initiatives lui convenaient. Sur un point seulement, il s'est montré inflexible, exigeant de placer un miroir immense sur le mur qui encadrait la cheminée, là où je comptais installer une bibliothèque. Le côté spectaculaire me gênait d'autant plus qu'il le souhaitait en verre fumé. Sans me prendre pour une jeune vierge élevée à l'eau d'Evian, je ne tenais pas à vivre dans un claque. Après mille palabres, j'ai seulement obtenu que le miroir ne soit pas teinté. On se serait cru à Las Vegas mais l'effet agrandissait tant la pièce et l'éclairait si bien que j'ai capitulé. Bien m'en a pris car lui n'aurait pas cédé. Autour de la cheminée, en effet, il a fait poser par ses services des miroirs sans tain qui donnaient sur un petit dressing attenant à ma chambre. Mieux encore, il a placé des micros dans les accoudoirs de deux canapés et sous la table où l'on dînait. Ainsi, embusqué dans cet observatoire, pouvait-on voir et entendre tout ce qui se disait dans mon joli salon. Aucun risque qu'on ne surprenne l'espion : on avait dissimulé la porte du réduit dans une penderie face à mon lit.

Pendant les mois où j'ai vécu rue de Lubeck, Sandster a organisé une dizaine de dîners très discrets. J'accueillais les gens à leur arrivée et lui enregistrait leurs dialogues. Plusieurs repas eurent pour convives des responsables africains et leurs soi-disant opposants, en particulier congolais. Plusieurs, également, mirent en scène des hommes politiques français respectables qui, pour des raisons inavouables, souhaitaient discuter avec des gens qui l'étaient moins. Sandster ne portait aucun jugement sur ces rencontres. Seul lui importait d'en conserver une trace.

— Prenez ces cassettes et ces photos pour une sorte d'assurance-vie. Quand nos tours de magie auront cessé de les amuser, ils hésiteront à couper les fils de nos marionnettes s'ils sont entremêlés aux leurs.

C'était ainsi et je n'avais qu'à obéir. Du reste, si le caractère dictatorial de Sandster m'avait incitée à la révolte, ma mère aurait mis bon ordre à mes velléités de rébellion. Soudain le gros lot passait à portée de main de la famille ; à 60 ans, elle avait décidé de ne pas le laisser échapper. Pour s'assurer de mes bonnes dispositions, elle monta même à Paris avec mon père. Cela ne leur était plus arrivé depuis trois ans. Officiellement, il s'agissait de veiller sur ma nouvelle installation. En fait, elle venait prescrire ses consignes.

Sa vie traversait une phase d'enthousiasme et l'appartement lui plut. Son goût est formé d'une foule de dégoûts, aucune faute ne les inspira, elle me félicita. Grâce à Poitou, elle-même restaurait l'escalier dangereusement vermoulu de Kergantelec et elle envisageait de retaper la cour d'honneur dont le pavage présentait des vallonnements romantiques mais périlleux. Inutile de dire qu'elle plaçait déjà « Monsieur Sandster » (elle prononçait les deux mots comme s'il s'agissait d'un seul) parmi les dieux lares de la famille. Moins excité, mon père demanda s'il verrait un jour ce prestidigitateur. D'habitude ma mère le traitait comme son patient mais là, elle a tout envoyé promener, malade, goutte-à-goutte, fauteuil...

— Tais-toi donc, mon pauvre Charles. M. Sandster est le dernier clou où tu accroches tes peurs. Heureusement que tout le monde ne passe pas sa vie à trembloter entre des bouillottes. Il faut des gens pour que la société bouge.

Mon père a répondu au ralenti, pesamment méditatif, déjà prêt à éloigner son pied gauche de la flaque où il allait tremper le droit, certainement bien embêté de dire du mal d'un sujet de sa grande Angleterre, pays qu'il portait aux nues :

— Je me méfie des gens qui n'ont plus de besoins et qui continuent à avoir des envies. Ce n'est pas moral.

Qu'avait-il dit ? Le sang de ma mère n'a fait qu'un tour :

— Moral, comment ça moral ? La morale est un parapluie inventé par les mous pour se protéger des durs. Tu critiques le dynamisme comme si tu n'avais jamais entendu parler de la paresse. Moi, ce M. Sandster, j'ai hâte de lui exprimer ma reconnaissance et notre amitié.

Elle ne mégotait pas son enthousiasme. Plus fort encore : quand elle a découvert la salle d'observation derrière ma chambre, elle a entonné les trompettes de la renommée pour vanter le génie d'Harry tandis que mon père, hébété, fixait le miroir comme s'il y lisait déjà les attendus de mon incarcération à Fleury-Mérogis. Le paradis s'ouvrait devant elle. Talleyrand lui-même, mieux encore, Churchill, prenait en main le sort de sa fille. Elle comptait s'inspirer de lui en tout. Déjà, elle ne réglait les travaux de Kergantelec qu'en liquide de sorte qu'on ne lui demande jamais de justifier leur paiement. Elle nous voyait déjà racheter toute l'Ile aux Moines :

— Je vais ramener la famille à son ancienne place.

— C'est ça, murmura mon père, à la prison pour dettes.

Le pauvre était incapable de vivre avec gourmandise au jour le jour. Le mot « aventure » lui donnait de l'eczéma. A la première occasion, au contraire, ma mère serait partie planter du blé sur la glace. Une lueur inquiétante éclaira son sourire :

— On a passé notre vie à tirer le diable par la queue dans le château des courants d'air. A présent, on va se prélasser dans des bains de lait.

— Partie comme tu es, ma pauvre Perrette, méfie-toi de ne pas t'y noyer.

Sauve qui peut ! S'il commençait à la traiter de Perrette au pot au lait, je n'allais pas échapper à la scène de ménage. J'ai annoncé avoir réservé au Fouquet's, sur les Champs-Elysées, une cantine ruineuse où je prenais des habitudes. Enchantée, ma mère est allée se changer. Mon père, boudeur, est parti observer les travaux de la pyramide du Louvre et m'a donné rendez-vous, juste lui et moi, à 4 heures devant *Les Bergers d'Arcadie* – « de Poussin », a-t-il précisé à toutes fins utiles.

Au restaurant, ma mère, qui se flatte de jauger les caractères au premier regard, s'est surtout révélée experte en l'art de ne voir que les évidences. Autour de nous, des petites stars de catégories diverses côtoyaient des zozos de même calibre mais quelques têtes aperçues à la télé ont suffi à son bonheur et elle a eu le sentiment de s'aventurer dans le saint des saints. A entendre le son de sa voix, posé et bas, complètement rêveur, elle planait sur son nouveau nuage de prédilection, notre prochaine fortune. Une espèce d'Américaine à la mise en plis vertigineuse est apparue près de nous. Elle portait un ensemble vert pâle, disons chlorophylle, et elle a salué la dame installée à la table voisine, une amie mandarine : côte à côte, on aurait dit une coupe de sorbets Berthillon. Un ouragan ne les aurait pas décoiffées : quand elles se sont embrassées, une onde de laque nous a submergées. Peut-être inspirée par ces numéros, ma mère s'est lancée dans un discours où l'élégance n'était pas conviée aux premières loges. En gros, elle me conseillait de ne pas faire ma mijaurée, de mettre les deux mains dans les assiettes et de ne pas attendre qu'on repasse les plats. Elle n'avait aucun état d'âme :

— Tire la leçon de tes échecs et ne la ramène pas. Rappelle-toi ta prétention à l'oral du bac de français : ça t'a valu un 10 alors que tu avais eu 18 toute l'année. Et, à 25 ans, tu t'es mise à dos le patron de ton agence de mannequins. Ne recommence pas. Ne fais surtout pas ta pimbêche avec M. Sandster.

A mon avis, la seule leçon à tirer de nos erreurs est qu'on les reproduira. Le menu qu'on nous a tendu m'a permis d'en faire la démonstration immédiate. Ils avaient accolé des noms d'habitués à tous les plats qui me tentaient : salade de haricots verts Georges Cravenne, brouillade de tomates Robert Hossein, île flottante José Artur... J'ai précisé au serveur que je ne voulais aucun de ces trois empoisonneurs à table : qu'il leur dise d'attendre à la cuisine. Ma mère a secoué la tête. J'étais incorrigible. Avec mon sale esprit, j'allais tout faire rater. Pour la rassurer, j'ai promis de l'inviter à dîner avec Sandster. Cette exaltante perspective a relancé ses rêves. Rien de grandiose, cela dit : depuis trente ans, elle souhaitait faire des courses avenue Montaigne. Je l'y ai emmenée en sortant de table. Une fois au Louvre, le temps de découvrir où couvait le fameux Poussin, il était 5 heures.

Assis sur une banquette, mon père relisait ses notes. Il n'eut pas l'air de s'apercevoir de mon retard :

— Je ne m'ennuyais pas. Mieux vaut une conversation avec Poussin qu'entendre sans fin ta mère disserter sur les taux d'intérêt comparés de la Société Générale et de la Caisse d'Epargne.

Il m'a prise par le bras et on s'est promenés dans les salles. Tout compte fait, il n'aimait pas tant Poussin :

— Il est impossible de dire moins de choses avec plus d'images. Et, pourtant, les incongruités ne lui font pas peur : sur la même toile, un lac dort au soleil tandis qu'à l'arrière-plan une tempête courbe les ormes du parc. Il tire sa gloire de son mauvais caractère plus que de son pinceau. Quand il a refusé d'obéir à Richelieu et de quitter Rome pour Paris, tout à coup l'artiste a acquis un statut de personnage. L'intelligentsia lui en voue une reconnaissance éternelle. Mais regarde-moi ces paysages de campagne : on ne peut être plus diffus et plus pâteux. Il a beau faire flotter les plis de la robe d'Apollon, le souffle n'y est pas...

Et ainsi de suite. Sans hâte et à voix basse, il m'a entraînée à petits pas vers le XVIIe des maîtres qu'il vénérait, Le Sueur bien sûr, mais aussi La Hyre, Stella et d'autres que je confonds. Il avait un don pour voir ce qui échappe à tout le monde. Des ormes sous un orage lointain mais aussi des traits qui n'existaient pas. Blanchard l'enthousiasmait.

— Observe bien cette grande *Marie-Madeleine*. Du front aux seins, il n'y a pas une ligne dessinée. Uniquement des jeux de couleurs et de lumière. Tout est gai. C'est l'esprit français dans toute sa volupté. La religion devient troublante et Paris invente un art sensuel, superficiel et rieur. C'est l'époque où François de Sales publie son *Introduction à la vie dévote*, le premier best-seller de notre littérature, une espèce de roman courtois où la belle dame s'appelle Marie, où Jésus ressemble à Lancelot du Lac et où la prière s'apparente à une conversation de salon. On en a même publié des versions en vers. Mais ça, tu le sais...

Je ne savais rien du tout mais je voyais mon père radieux. Devant des tableaux, sa peur de la vie se dissipait comme la fumée dans un courant d'air. Il me prenait par la main et posait un bras sur mon épaule ; un sourire narquois donnait un air malicieux à son visage lisse d'homme qui ne s'est jamais mis en colère. Traversant la salle des *Noces de Cana*, il s'est mis à rêver sur l'appétit de Véronèse qui n'aimait peindre que des banquets, chez Simon le Pharisien, chez Lévi, chez Grégoire le Grand... Il ressemblait beaucoup à Darmon, avec la même insouciance à l'égard des vaches sacrées et consacrées de la culture – mais il était plus beau et plus noble. Plus archaïque, aussi : au fond, mon père regrettait l'époque des curés en soutane, ne trouvait à aucune romancière le talent de Mme de Sévigné et jugeait les impressionnistes « beaucoup trop tardifs pour moi ». A 19 heures, quand on a commencé à fermer les salles, je ne sentais plus mes jambes à force de marcher et de m'arrêter devant des toiles. Lui, frais comme un gardon, serait resté des heures encore. Au lieu de ça, on est allés boire un verre dans une brasserie du Palais-Royal.

L'enthousiasme de sa femme à l'égard de Sandster était trop théâtral pour n'être pas « joué » mais il se demandait où sa chère épouse allait l'entraîner :

— Elle m'a toujours fait l'effet d'une personne équilibrée mais là, elle m'affole. Le tapis vert n'aura jamais assez de tissu pour elle. Je te supplie de ne pas l'encourager dans ses folies.

J'ai promis mais le pauvre a vite compris que l'avenir n'emprunterait pas les sentiers popote dont il rêvait pour nous. Deux jours plus tard, en effet, à la veille de leur retour à l'Ile aux Moines, Sandster est passé saluer mes parents. Très élégant, fort aimable, il a donné de Poitou l'image d'un club sélect où il est de bon ton de se rendre. Au détour d'une phrase, sur le ton alléchant de l'homme qui vous ouvre les portes du paradis, il a glissé que leur fille serait convoquée de manière imminente devant le conseil d'administration. Ce mot a déclenché chez ma mère une sorte d'orgasme. Il a fallu qu'elle boive sur-le-champ une autre coupe de champagne. Dans la foulée, elle a convié Sandster à venir passer un week-end à Kergantelec. A cette invitation, une tonne de résignation impuissante s'est posée sur chacune des paupières de mon père. Heureusement pour lui, Sandster n'avait pas renoncé au Sussex pour aller s'égoutter dans le Morbihan. En France, il ne jurait que par la Provence, sèche, brûlante et étouffante l'été, morte l'hiver et pleine de commandos Casanis toute l'année – selon lui, notre seule province vivable...

Pour moi, un conseil d'administration, c'était une rassurante réunion de petits vieux chancelants sur leurs tibias, le genre parfumé à l'antimites qu'on ressort du placard deux fois par an. Si c'est le cas, je l'ignore encore car, en réalité, j'ai seulement été invitée à déjeuner par quelques membres du directoire de Poitou, au 34e étage de notre fameuse tour, le plus luxueux, celui où le groupe reçoit les huiles qu'il convient de séduire. Tapissé de somptueuses boiseries XVIIIe en chêne pâle, un large couloir desservait une succession de salons et de salles à manger aux noms plus grandiloquents les uns que les autres. Dans le salon Versailles où nous prenions notre repas, une baie vitrée longue de dix mètres (au bas mot) dominait Paris et faisait face à l'axe majestueux qui remonte jusqu'à l'Arc de Triomphe avant de redescendre vers le Louvre. Un maître d'hôtel en veste blanche proposait des apéritifs. Anxieuse, j'ai demandé un Perrier. Les autres invités, habitués du lieu, prenaient des whiskys ou du champagne. J'étais la seule femme. Un vieux monsieur charmant s'est présenté à moi et m'a fait part de sa joie d'accueillir parmi eux une Bretonne de l'Ile aux Moines. Ils avaient l'air de savoir tous très bien qui j'étais. Il avait beaucoup navigué dans le golfe et m'a expliqué qu'il avait servi trente ans comme pharmacien dans la marine où il avait atteint le grade de contre-amiral. Passé chez Poitou il s'occupait désormais des recherches en hématologie. Je lui ai souri d'un air niais, incapable de trouver un mot à dire sur cette exaltante spécialité. Tout élan m'avait abandonnée. Sentant mon trac, Sandster m'a prise par le bras :

— Pas de panique, poupée. L'amiral Fouquet est le type même du petit marquis aquatique qui n'a jamais remporté de bataille ailleurs que sur le bassin des Tuileries. Il n'est là que pour ouvrir des portes. Etant donné le petit contrat dont on va vous entretenir, on ne pouvait pas ne pas le convier aujourd'hui. Mais ne vous tourmentez pas : notre affaire se réglera entre Paul, Darmon, vous et moi. Les autres sont là pour faire joli. Parlez-leur de la pluie et du beau temps, ce sera bien suffisant.

Un peu soulagée, à peine, j'ai examiné les autres convives. De façon rassurante, ils ne ressemblaient pas du tout à la nichée de jeunes loups secs et affamés qui chassent en meute dans les états-majors. Le style Sandster est plus répandu qu'on ne croit. La seconde personne qui s'est présentée à moi, par exemple, était un gros père au nez en patate et aux bonnes joues en tomate que le destin accompagnerait visiblement toute sa vie avec un bruit de fourchette. Malgré ses allures de marchand de foie gras sur le marché d'Auch, il voyageait depuis des années dans le monde entier pour vendre des scintillographes moléculaires dont il était le meilleur spécialiste français. Mieux : il parlait couramment six langues, dont le mandarin. Ce déluge de compétences et ce physique à contre-emploi m'ont cloué le bec. Il a dû me trouver pas très maligne. Heureusement Paul Saint-Claude est arrivé.

Un léger désordre a continué de régner mais, en sa présence, tous se sont imperceptiblement tournés afin de l'avoir dans leur champ de vision, même ceux qui restaient à l'écart. Il tutoyait la plupart des gens et présentait le visage le plus souriant mais quelques-uns de ses supercracks lui donnaient du Monsieur le Président à chaque phrase comme s'ils se croyaient ses valets. Sa voix, grave et lente, accentuait encore l'impression de force tranquille qui émanait de lui. Il m'a baisé la main, m'a souhaité la bienvenue dans le groupe, m'a présenté plusieurs de ses adjoints puis m'a prise par le bras pour m'entraîner à table où il m'a priée de m'asseoir à sa droite. En termes brefs, il a évoqué ma carrière brillante dans la mode, a donné des précisons étonnantes d'exactitude sur mon rôle à l'agence de Fabrice et a expliqué que désormais, forte de mon ancien diplôme de Sciences-Po (première nouvelle !), je souhaitais revenir dans un domaine plus proche de mes compétences : la communication. Tout sourire, il m'a demandé de le corriger s'il commettait une erreur. On nageait en pleine fiction mais mon personnage me convenait et je n'ai pas joué à la plus fine :

— Tout cela est parfaitement exact.

Il a alors annoncé que je travaillerais sur le projet « Sida-Zaïre » mais, avant d'aborder le sujet, il souhaitait poser quelques questions aux autres convives. Ma présence rendant délicate toute discussion sensible, ils ont expédié les affaires courantes en termes brefs et techniques qui me passaient largement au-dessus de la tête. Tous travaillaient avec l'étranger et l'évocation de leurs contrats émettait une petite musique douce comme les froissements de billets, mais rien de plus. En matière de brevets médicaux, le silence, c'est la loi et les prophètes. Soudain, pourtant, à propos de l'Inde, le mot « commission » s'est posé parmi nous comme une grosse casserole où reviennent toutes sortes de petits légumes. C'est simple : le responsable du dossier se massait les poignets comme si les menottes s'y enroulaient déjà. Pour finir, il lâcha le mot « abus de biens sociaux ». Par une sorte d'exercice spirituel, jouant les demoiselles d'honneur, j'ai demandé de quoi il s'agissait. Sandster a éclaté de rire :

— C'est ce qu'on fait tous, ma chère. Mais ne vous inquiétez pas : c'est légal. Interpréter le code commercial relève plus de l'art que de la science.

Enfin, on en est arrivé à mon cas. Jusque-là, face aux topos de ses bras droits, Paul s'était cantonné à des formules évasives, des approbations implicites ou des refus muets juste signifiés par une dénégation de la tête. Ses silences étaient coriaces, comme emballés sous un film plastique. Je craignais qu'il ne s'exprime à demi-mot et que je ne comprenne rien. Vaine alarme : il a défini ma mission de la manière la plus claire :

— Arielle, le premier laboratoire capable de proposer un vaccin contre le sida sera du jour au lendemain le Maître du Monde. Nos équipes de recherche ont une longueur d'avance mais il faudra vite expérimenter nos cocktails thérapeutiques. Demain nos clients seront bien entendu dans les pays du Nord mais il sera évidemment plus facile de trouver des populations cobayes dans le Sud. Certains vont s'indigner mais la pression des victimes est telle que les grandes consciences d'Occident ne mèneront qu'un baroud d'honneur. Ce sont les Etats et les organismes internationaux de santé qui vont nous mettre des bâtons dans les roues. C'est leur rôle. Surtout chez nous où le pouvoir adore se draper dans les plis de la morale quand elle est assez vague et lointaine pour ne pas menacer les règles du jeu habituelles. Or, si nous voulons mener une grande étude sérologique en Afrique, nous avons besoin de l'aide du gouvernement français. Le pré carré africain n'est pas un vain mot. Qu'il nous soutienne et toutes les portes utiles s'ouvriront tandis que les voix discordantes se tairont. Seulement voilà, notre grand ami, Alexandre Darmon, va hésiter. Il est comme son maître, François Mitterrand : prendre une décision lui pose des problèmes cornéliens. Il n'aime que les ajournements. Malheureusement s'il ne donne pas vite son feu vert, nous devrons brûler nos rêves d'exclusivité comme du bois mort. D'où l'importance de votre mission. Financière d'abord car les enjeux sont énormes. Morale ensuite car nous allons en apparence endosser l'habit du savant fou dans un domaine, le sida, où les socialistes ne veulent plus prendre aucun risque...

Eh bien voilà, j'étais fixée. Moi qui croyais avoir une chance de fer à cheval, j'étais chargée de séduire un homme laid à faire fuir le jour pour qu'il autorise une société française à mener des essais cyniques à faire tomber la nuit. J'ai cru que j'allais avoir un haut-le-cœur. La bouche sèche comme du talc, j'ai seulement répondu que j'allais me plonger dans le dossier. Sandster m'a fixée de manière inquiétante. Sous ce regard, un verre de lait aurait caillé. Il espérait peut-être que j'annonce à table que j'en parlerais au ministre dès ma prochaine pipe. Je ne lui ai pas accordé ce plaisir. Et pour cause : je n'avais plus envie de rire. Mes illusions venaient de s'envoler comme un papillon. Ce qu'on me demandait, c'était de couper les ponts avec mon passé. Dans la mode, le sida était une cause sacrée. On ne me pardonnerait pas le moindre faux pas. J'aurais pu vendre des centrales nucléaires aux talibans, des couvertures chauffantes aux Saoudiens ou des congélateurs aux esquimaux, personne n'y aurait rien trouvé à redire. Mais me « sucrer » grâce au HIV, ça je ne l'emporterais pas au paradis. Mes amis allaient m'abandonner. Je l'ai senti sur-le-champ. Le ciel me tombait sur la tête. C'était le moment ou jamais de tout laisser en plan. Je n'y ai pas songé un instant. D'abord, ramasser la mise. On verrait ensuite. De là à faire des risettes, non. Je n'ai plus ouvert le bec du repas.

CHAPITRE VII

Paul avait glissé comme une évidence que j'aurais besoin d'une garde-robe. Chez Mugler, je suis vite devenue une idole : j'usais les miroirs à force de m'admirer dans les tenues les plus diverses. Je les voulais variées car Darmon m'emmenait partout avec lui. A Roland-Garros comme à l'Opéra, à une réception de l'ambassade tchèque comme à un verre de l'amitié dans une commune proche de Vannes, dans sa circonscription (la mienne). Cependant, je le précise, s'il m'associait à nombre des siennes, jamais il ne posait de questions sur mes activités, ni ne m'interrogeait sur mes sources de revenus. Il savait que je travaillais au service « communication » de Poitou – point final. Ma discrétion, cela dit, valait son tact : sur les conseils de Sandster, je n'abordais pas la question des essais thérapeutiques africains. Il valait mieux, en effet, que Paul exposât d'abord lui-même au ministre les enjeux de sa décision. Sandster comptait assister à cet entretien clé – ce qui m'a paru une mauvaise idée car Darmon le supportait mal.

— Votre ami Sandster m'énerve. Il en fait trop. Quand il s'assied à mes côtés, c'est plus fort que moi, il me gêne. Comme si un serveur prenait place à ma table pour attaquer sa salade de tomates.

Il en rajoutait. En vérité, Sandster et lui s'entendaient comme larrons en foire. A 20 ans, ils avaient fait médecine, à 30, ils étaient partis la pratiquer en aventuriers, à 40, ils avaient choisi le pouvoir. C'étaient deux cyniques généreux. Plus tard, dans le cabinet du juge, j'ai découvert qu'à mon insu, ils se rencontraient souvent. Mais, au printemps et pendant l'été 1988, je m'en moquais bien. Darmon me charmait. Imprévisible comme un chat, il survenait à l'improviste et filait à l'anglaise. Parfois paternel, mufle à d'autres moments, il me traitait avec désinvolture, insolence, humour, intelligence et charme. Son absence de prétention achevait de me séduire. La France ne tenait aucune place dans sa conversation. Il entretenait avec l'actualité politique une familiarité amusée et amusante qui touche à tout, ne vénère rien, profane volontiers et finit immanquablement par hausser les épaules. Jamais ministre n'a dû traiter ses dossiers avec autant de légèreté. Deux fois par jour, un motard me déposait des mots doux. Le cabinet faisait livrer des bouquets magnifiques à l'appartement. Un mercredi, après le déjeuner, Darmon m'a piqué une petite culotte et l'a glissée dans sa pochette avant d'aller à l'Assemblée nationale répondre devant la télévision à une question d'actualité. Certains jours, quand il m'invitait à partager son repas dans le jardin du ministère, rêveuse, j'imaginais que les dialogues au paradis devaient un peu ressembler à nos tête-à-tête. Après tant d'années passées à fréquenter des lieux excentriques et bruyants pleins de gens pittoresques mais mal élevés, je découvrais n'aimer que les endroits silencieux où on vous accueille à voix basse en vous vouvoyant. Quand il me raccompagnait à la porte de son immense bureau, il prenait ma main pour la baiser, la baissait jusqu'à ce que je m'incline, se penchait sur mes seins, les embrassait et me chassait d'une claque sur les fesses. Avec cela, étrangement mesquin : au restaurant, je devais toujours payer. Si je m'en étonnais, il mettait cette ladrerie au compte de sa sexualité, émoustillée à la perspective d'être entretenu en public par une jolie femme. Je prenais ainsi les mesures de mon grand homme, plus étriquées qu'à première vue, mais cela ne comptait pas. Son charme faisait tout passer. Et son intelligence. Dès qu'il abordait un sujet, la sérénité régnait. Incapable d'un geste brusque, d'une phrase mal construite ou d'un mot maladroit, il expliquait tout avec calme, clarté et insouciance. Le socialisme, par exemple, ne lui faisait ni chaud ni froid. A tout moment, ses phrases cyniques résonnaient comme des pelletées de terre jetées sur les cercueils de Jaurès, Blum et autres vieilles barbes. En petit comité, il abîmait tous les idéaux, même si, en public, il leur tressait des couronnes. Ainsi, la première fois qu'il m'a emmenée en voyage officiel, à Louxor, où il inaugurait un hôpital et une unité de traitement des eaux, il m'a annoncé d'emblée qu'il s'agissait de jeter l'argent par les fenêtres :

— Les aides publiques au développement, les subventions aux exportations, les commissions sur contrat, les garanties financières... Dans cette bousculade, beaucoup de poches se remplissent. Pour couvrir le bruit des pièces, on me demande de prononcer un beau discours. J'y parlerai de la France et de sa générosité. Je lui dois bien ce petit hommage. Elle m'a toujours servi de façon très satisfaisante.

Au fond, il avait envie d'aller avec moi feuilleter quelques pages de l'Ancien Testament. Plutôt que d'offrir une station d'épuration aux fellahs, il s'agissait pour lui de s'offrir un petit voyage de noces. J'ai accepté. Quelques semaines m'avaient enseigné qu'à Paris, pourvu qu'on connaisse les règles, il ne sert absolument à rien de les respecter.

J'étais la danseuse du ministre et Poitou notre vache à lait, il était exclu que je travaille. Peut-être certains acteurs se noircissent-ils des pieds à la tête pour interpréter Othello, mais pas moi : on ne me voyait jamais à la tour Poitou. En revanche, à la première occasion, je filais en Afrique prendre du bon temps aux frais du groupe. Du reste, en cette occasion, j'avais un prétexte valable : Sandster m'avait donné le feu vert pour aborder avec Darmon le sujet de notre grande expérimentation.

Les hauts fonctionnaires du Protocole possèdent un vrai don pour simplifier la vie des huiles. A l'atterrissage, Darmon a filé avec ses hôtes égyptiens et on m'a installée à l'Old Winter, dans une suite sur le Nil. Après deux heures à la piscine, j'ai embarqué dans une calèche pour le palais des Congrès où mon grand homme prononçait son discours. Aucune formule n'y manquait. On appelait à la mobilisation des créateurs pour élever l'éthique humaniste moderne, on tirait un coup de chapeau à la Déclaration universelle des droits de l'homme, on soumettait les préférences idéologiques au souci de la conscience, on évoquait l'indispensable décolonisation des esprits, on s'inquiétait de nouvelles lignes de fracture (?), on n'oubliait pas les formidables promesses des cultures minoritaires... Un vrai carnage intellectuel : le florilège de toutes les niaiseries tiers-mondaines. La nuit était tombée sur la fantaisie de Darmon avec la brutalité d'un rideau qu'on abat.

Et ce n'était pas fini. Son homologue égyptien donnait ensuite un souper. On dînait dans une salle immense et climatisée comme on en trouve partout, à Limoges comme à Bogota : aucune vue sur le Nil, ni sur les temples voisins, mais des cloisons amovibles, des plafonds en polystyrène et des chaises empilables. Darmon occupait la table d'honneur, on m'avait assise à une autre, à l'écart. Ma voisine se prenait pour Dalida en 1950 : rouge sur les lèvres et sur les ongles, cheveux et cils noirs comme le charbon, flots de parfum à la rose... Comme elle-même datait de cette époque, le résultat était pathétique. Heureusement, à ma droite, un charmant vieux monsieur du service des Antiquités parlait un français irréprochable, presque trop. Il m'a demandé fort courtoisement de quoi je m'occupais. Je lui ai répondu sur le ton le plus naturel et de ma voix la plus haut perchée dans l'élégance :

— De rien. Je couche avec Alexandre Darmon.

Un instant, une lueur affolée s'est allumée dans ses yeux – un peu comme si je venais d'avouer mon appartenance à un commando suicide du Hezbollah. Puis il a choisi d'en rire et s'est préparé à passer une bonne soirée. Visiblement connu et respecté par tous, il obtint d'un serveur qu'on apporte pour nous deux une bouteille de vin local, d'ailleurs ignoble : un mélange de jus de raisin et de désinfectant sucré. Excellent, cela dit, pour l'humeur. Comme il prêtait à tous les Français une impiété ironique, « Prof » m'a longuement et perfidement entretenue des mensonges du clergé pharaonique qui n'avait inventé le polythéisme que pour multiplier les occasions d'offrandes. Thot, le dieu babouin, excitait particulièrement sa verve et je crois qu'il déversait sur ses prêtres tout le fiel dont il n'osait abreuver les mollahs contemporains. Quand il a prêté à Jimmy Carter l'affirmation selon laquelle un gentleman est celui qui ne fait jamais souffrir autrui, j'ai répliqué dans son registre iconoclaste :

— Vous vous trompez. Le ministre Darmon cite souvent ce mot : il est de Saddam Hussein.

Amusé, il a jeté un regard amical vers l'auteur de cette savoureuse incongruité, a ramené sur moi un œil qu'allumait aussi le vin et, d'une voix profonde et douce, m'a proposé de l'accompagner, le lendemain, à la Vallée des Rois. Il la faisait visiter à Corinne Guerrier. Je lui ai demandé de répéter le nom. J'avais bien entendu :

— Oui, oui, Corinne Guerrier, la star...

Elle venait inaugurer un dispensaire financé par la maison Chanel et la charité ne la mettait pas de bonne humeur. A 10 heures, le lendemain, sur le perron du Winter, inaccessible, distante et pâle comme une étoile lointaine, elle a jeté sur moi le regard glacial que Vénus décroche aux misérables météorites qui souillent son orbite. Sur la felouque qui nous faisait franchir le Nil, elle ne m'a pas adressé la parole sinon pour s'étonner que « votre ministre ne nous ait pas accompagnées ». Je lui ai présenté les excuses du gouvernement :

— Alexandre n'est pas un fou de tombes. Et puis, son ami Mitterrand lui impose ce genre de corvée dix fois par an : c'est un vrai fanatique des gisants.

Elle m'a tourné le dos et m'a oubliée. Visiblement, elle se croyait d'une essence supérieure – quelque chose comme une truite sans arêtes, ou comme une cigarette sans nicotine. Elle ne lâchait quelques mots à voix basse qu'à un jeune homme angoissé qui, à chaque phrase de Sa Majesté, s'éloignait pour murmurer dans son portable. Quand le vieux professeur nous a accueillies sur la rive des morts, elle lui a tendu la main avec la lassitude bienveillante d'Elisabeth II saluant un chaman papou. Avant de monter dans le break Peugeot 504 un peu vermoulu qui allait nous emmener aux tombes royales, elle a posé sur le taxi le regard stupéfait de Marie Stuart qu'on embarque dans une brouette. L'assistant a sur-le-champ été prié de passer un nouveau coup de fil. Elle commençait à m'agacer.

Nous avons visité les tombes de Ramsès II, d'Aménophis IV, de Thoutmosis III et de quelques autres. « Prof » lisait les hiéroglyphes comme nous le français. Grâce à lui, tout devenait clair : les pagnes collés au corps désignaient les dieux qui ne se déplacent pas alors que ceux portés par les hommes étaient agités par le vent, les étrangers avaient le contour des yeux bleu, les femmes confinées à l'intérieur étaient peintes en jaune pâle, leurs époux en ocre... Facétieux, il se moquait drôlement des inscriptions transformant la moindre escarmouche en bataille géante mais la Guerrier souriait à peine et répondait moins encore, des phrases brèves qui, prononcées d'une voix blanche, sans baisser le ton à la fin de l'intervention, s'achevaient sur des points de suspension, comme si elle conservait la suite de ses pensées pour une meilleure occasion. Dès que nous quittions les tombes, elle mettait des lunettes noires et un foulard pour échapper aux chasseurs d'autographes que personne ne songeait à demander à cette imposante silhouette. Enfin, grâce à notre guide exquis, je passais une matinée de rêve quand, émergeant de la tombe d'un Séti quelconque, notre héroïne est sortie de ses gonds. Son petit assistant craintif qui restait à l'extérieur avec son portable – au cas, j'imagine, où Spielberg appellerait d'Hollywood – venait de lui parler à l'oreille et j'ai cru qu'elle allait le gifler. Elle en bafouillait d'indignation.

— Que je me secoue ! Ces voleurs entendent que je me secoue. Et dans quel sens ? De haut en bas ? De droite à gauche ?

Séti en rit encore : quelqu'un chez Chanel suggérait qu'elle passe caresser deux ou trois petites têtes dans un douar des environs où leur succursale humanitaire envisageait d'ouvrir un second dispensaire. En vingt secondes, elle s'est calmée, s'est emparée du portable et, très star, glaciale, laissant paresseusement tomber les mots de ses lèvres, elle a récité sa tirade en grande interprète blessée d'avoir à dire un texte si pauvre pour un public si médiocre :

— Vous me fatiguez. Cette visite n'est pas prévue dans nos accords. Apprenez votre métier. Si vous voulez que j'aille promouvoir votre nouveau bidonville, renégociez le contrat avec mon agent. Et stop.

Sur quoi, elle a tendu l'appareil au jeune homme, l'a prié de rentrer en vitesse à Louxor et de régler l'affaire avant son retour. Alors, quand nous avons repris la visite, toujours laconique, elle est soudain devenue attentive, souriant aux remarques ironiques de notre guide et semblant enfin jouir de sa promenade – comme s'il lui fallait cracher un peu de venin pour s'éclaircir la gorge et commencer vraiment la journée.

Au retour, nous sommes revenus en ville par la route. « On » tenait à nous montrer le nouveau pont sur le Nil. Quand on l'a franchi, ennuyée par la perspective de rester seule toute la journée, j'ai invité le guide à déjeuner avec moi au bord de la piscine du Winter. Il s'est excusé mais on l'attendait au temple de Karnak où un ouvrier nubien employé aux fouilles de la Chapelle Rouge avait été victime d'une insolation. Corinne Guerrier est tombée des nues :

— Comment ? Les Noirs prennent des coups de soleil ?

Prononcée par sa voix impassible et sans intonation, cette curiosité ingénue a sonné comme une provocation à la Marie-Antoinette conseillant la brioche à ceux qui manquent de pain. Sa patience à bout, le guide lui a coupé le sifflet :

— Mais oui ! Comme les Blancs. Qui, eux, comme les Noirs, mangent des bananes.

Ayant prouvé que sa règle était l'amabilité, pas la docilité, le guide a ensuite assuré Guerrier que cela n'avait pas d'importance. A l'hôtel, pourtant, vexée, elle a filé sans nous saluer. Il l'a exécutée d'un mot :

— Vous la rendiez malade. Personne n'a le droit d'être belle dans la même pièce qu'elle.

Les gentlemen capables d'un tel compliment ne courent pas les rues et je lui ai donné 500 francs. Il a paru juger la somme extraordinaire mais, sans entrer dans les détails, je l'ai assuré que, pour Poitou, c'était insignifiant. Et j'ai à nouveau insisté pour le retenir à déjeuner. A sa place, toujours prête à troquer ma mule pour un cheval, j'aurais accepté sans hésiter mais les délicatesses de cœur de ces messieurs d'un autre âge réclament plus de soins et j'ai dû l'inonder de sourires avant qu'il ne cède. Bonne idée : le temps qu'on nous dresse une table, Darmon nous a rejoints.

Pour échapper à un repas de travail, il avait prétexté un malaise lié à la chaleur. En Haute-Egypte, le mois de juillet rendait l'alibi plausible. Il est arrivé pieds nus et, du coup, pour la première fois, je l'ai trouvé infiniment séduisant. Rejetés en arrière, ses cheveux longs lui donnaient un air romantique. Avec son bermuda beige de colonel anglais et sa chemise Oxford bleu pâle pendante, il promenait la silhouette bon chic bon genre du yachtman qui traîne sur les pontons de Newport. Il faisait incroyablement adolescent. Son indifférence au poids de ses fonctions le rajeunissait encore. Il a mis le vieux professeur au parfum dès l'entrée en matière :

— Quand j'ai parcouru le discours qu'avaient préparé mes services, j'ai cru m'endormir. La moindre idée originale doit être imposée au cric mais là, il n'y en avait aucune. Il fallait flétrir l'injustice du marché, faire les gros yeux à la mondialisation et, naturellement, chute inévitable, adresser une pensée respectueuse au monde que nous allons laisser à nos enfants. Je sais que faire la leçon aux riches sans rien donner aux pauvres est l'alpha et l'oméga de mon action mais j'ai craqué. L'attaché culturel est en train de lire ces niaiseries à ma place.

Inutile de dire que mon vieux professeur facétieux goûta d'emblée ce cynisme enjoué. Lui aussi avait renoncé depuis longtemps à écouter les disques rayés des discours officiels. Les grandes idées ne lui servaient plus que de réservoirs à petites formules. Il répondit sur le même registre :

— La prochaine fois, monsieur le ministre, faites comme Caligula et inversez toutes les phrases. Demandez, par exemple, qu'on s'interroge sur les inquiétants enfants auxquels nous allons abandonner notre bonne vieille terre.

Relevant la tête pour le fixer bien en face, Darmon a répondu sur un ton neutre à la Guerrier :

— Je vous en prie, ne m'appelez pas monsieur le ministre.

Sur ses gardes, se demandant s'il avait commis une maladresse, le vieux guide n'a pas osé reprendre la parole. Très froid, Darmon a donné les précisions qu'on n'osait réclamer :

— Appelez-moi plutôt Votre Excellence.

Aucun sourire ni geste désinvolte n'était venu tamiser son outrecuidance. J'en avais le souffle coupé. Comment ne sentait-il pas l'odieux et le ridicule de cette recommandation ? La tension est montée d'un cran. Plusieurs secondes se sont alors écoulées, interminables. Enfin, il a éclaté de rire, nous a traités de sots et a prié le vieux professeur de l'appeler Alexandre.

Je cite cet incident car c'était tout lui. Darmon avait toute sa vie emprunté la voie du milieu et la réussite sociale entretenait avec lui une longue familiarité mais il adorait nourrir cette vieille compagne de rebuffades et de sarcasmes. Jamais il n'aurait toléré que l'étiquette ne respecte pas les règles à son égard mais, une fois établi le cérémonial, il adorait envoyer tout promener. Il méprisait la société et ses usages à un point extravagant – mais également dangereux car, indifférent aux témoignages parlants de déférence, il ne l'était pas à leurs marques sonnantes.

Pendant le repas, détendus et imbibés de rosé français qu'ils buvaient comme de l'eau claire, Darmon et « Prof » se sont promenés parmi leurs connaissances comme à travers un amusant labyrinthe. L'Antiquité pharaonique est devenue une pelote pleine de couleurs dont ils tiraient pour moi un fil, puis l'autre. Darmon se trouvait comme chez lui dans les différents empires mais son admiration n'émoussait pas son sens critique et il n'a pas fait de cadeaux aux scribes et aux artistes d'antan : ils n'avaient aucun humour, ils ne représentaient jamais l'amour, leur architecture n'a pas progressé pendant deux mille ans... Loin de protester, le vieux professeur imputait au clergé la dévotion à des règles figées. Les dieux, trop éternels, n'aimaient pas le changement...

Après le repas, Darmon a nagé une bonne heure dans la piscine puis m'a rejointe dans notre suite et nous avons fait l'amour. En plein jour, toutes fenêtres ouvertes, face à la rive des morts. J'étais bel et bien tombée sous son charme.

Plus tard, au coucher du soleil, nous avons fait un tour en felouque. Au fil du Nil et de la conversation, sans paraître y attacher d'importance, j'ai évoqué brièvement mais clairement ce que Poitou attendait de moi. Il n'a réclamé aucune précision et n'a émis aucun jugement mais m'a serrée contre lui et a pris l'affaire à la blague :

— Très bien. Et très intéressant. On en reparlera dans un an. D'ici là, qu'ils vous payent !

CHAPITRE VIII

Les choses se sont déroulées selon son bon plaisir. J'ai laissé passer les mois. A l'occasion, je me montrais à la tour Poitou. Les hôtesses du 35ᵉ m'accueillaient immanquablement avec une mine enchantée et je me retenais de les gifler pour voir si leur sourire allait me rester collé à la main. Au lieu de ça, je me faufilais dans le bureau de Sandster. N'ayant rien à faire de mon temps, je m'accrochais à lui comme la guenon insouciante à sa branche. De temps en temps, il m'invitait à déjeuner dans une des salles à manger de la présidence. D'autres fois, je me contentais de lire la documentation préparée par ses services à propos des pays où il m'emmenait dans les bagages de Paul. Le plus souvent, je venais chercher les messages personnels que Poitou souhaitait transmettre à Darmon – des correspondances fermées dont on ne jugeait pas utile de me révéler le contenu. A la première occasion, j'ai donc subtilisé un paquet d'enveloppes à en-tête de la présidence et dès lors, pouvant sans risque reconstituer le pli, j'ai pris l'habitude de consulter ces lettres. Sans grand intérêt de prime abord : elles se bornaient à des informations strictement professionnelles. Ce qui ne m'empêchait pas de les photocopier et de les adresser à ma mère qui archivait tout quelque part à l'Ile aux Moines. Bien nous en a pris. D'abord parce qu'un beau jour elle a compris que Poitou comptait s'emparer d'une société anglaise d'électronique médicale dont elle a acheté un paquet d'actions avant le lancement de l'OPA. Ensuite et surtout, parce que, à deux reprises, est apparu le nom d'un intermédiaire dont Darmon, plus tard, chez le juge, nia avoir jamais entendu parler. Ce qui me donna alors un précieux moyen de pression. Mais j'anticipe.

Au printemps 1989, je roucoulais. Darmon m'enchantait, mon statut m'emballait et aucune considération morale ne m'aurait fait renoncer à mes inconsistantes fonctions. Pour continuer de fermenter dans mon statu quo, ma mauvaise foi se révélait d'une extraordinaire fertilité. Quand mon père maugréait ou quand Fabrice jouait les Cassandre, je les abreuvais de mensonges sur le poids de mon travail. Le cours de ma vie serpentait paresseusement vers un estuaire que j'imaginais magnifique. Je ne me souciais pas d'en accélérer le mouvement.

C'est donc bien malgré moi que s'est précipité le rythme de mes affaires. Le signal du départ a d'ailleurs été donné, bien malgré lui là encore, par François Mitterrand en personne. Quand ça ? Lorsqu'il a prié

Alexandre de l'accompagner pour la Pentecôte dans son escalade de la roche de Solutré. A ma grande surprise, au lieu de le flatter, cet honneur a exaspéré mon cher protecteur.

— Ma cocotte, nous serons contraints de transporter nos bavardages dans le Morvan. Je vous prie de m'en excuser. Cette région insignifiante est un piège tendu à l'ennui qui, fait prisonnier, n'en est jamais reparti. A part le Président, tout le monde fuit ces parages où seuls les cimetières se remplissent. C'est sinistre, il pleut une fois sur deux et les cours de botanique de Tonton sont assommants : il connaît le nom de chaque brin d'herbe, ne nous en passe aucun et termine sans faute par une ode larmoyante à la Saône qui passe au loin.

La grimpette royale lui cassait majestueusement les pieds. Beaucoup trop jeune pour appartenir au premier cercle des intimes, il en était d'habitude dispensé. Deux fois déjà, il l'avait néanmoins endurée et cela lui avait suffi. Quand la date approchait, il veillait avec soin à organiser un quelconque mini-sommet interministériel européen. Là, il s'était laissé surprendre et s'en mordait les doigts :

— J'avais demandé qu'on écarte impérativement les coups de fil de Marie-Claire Papegay, la secrétaire particulière du Président. Peine perdue : elle a posé sa voix sur moi. Et rien à faire. C'est Versailles. Me voilà ravalé au rang des autres courtisans.

Il se méprisait de déférer à une convocation qui le rétrogradait au rang des simples fidèles du prince.

— Il entretient des cercles de proches qui se recoupent mal, se connaissent à peine, ne lui font pas d'ombre et ne peuvent prendre d'initiative à son insu. Dire que des ministres larmoient parce qu'on ne les invite jamais ! Et que certains remuent ciel et terre pour qu'on ne les oublie pas. Tels des chats errants, ils rôdent autour de lui avec l'espoir d'obtenir une caresse. Résultat : il les méprise et croit me faire plaisir en m'acoquinant à ses chiens-chiens. C'est pathétique : l'an dernier, ils ont lancé l'idée d'une souscription pour dresser un monument en mémoire de ce « pèlerinage »...

Le samedi soir, pour échapper au train des godillots qui embarquent gare de Lyon, Alexandre a improvisé un dîner avec le prince héritier du Koweït. Nous n'avons rejoint l'excursion qu'au petit matin, le dimanche, en hélicoptère. Dès 9 heures, tout le monde battait le pavé devant la maison familiale (une bicoque qui se donne des airs de Petit Trianon) de Danielle Mitterrand à Cluny. Et là, rien ! On se réfugiait au bistro et on attendait. Sous la pluie, le premier cercle ne devait pas se sentir grand-chose. Coup de chance, le soleil était de la partie. Parfois le portail royal s'entrouvrait, des manants locaux déposaient des fleurs, d'autres offraient des paniers de fraises, des ministres se faufilaient... Peu après, ils ressortaient. Compatissants, des voisins proposèrent une chaise à Alexandre pour qu'il fît antichambre assis sur leur pas de porte. Il grognait :

— C'est toujours ainsi. Il lève le camp à 9 heures, à 11, ou à 12... C'est selon. A moins qu'il ne soit déjà parti. Auquel cas, il faudra galoper pour le rattraper au sommet. Car pas d'échappatoire : quand il fait beau, il se prend pour Saint Louis et rend des oracles. Cela dit, je le comprends : avec tous ces glands autour de lui, il peut se croire sous un chêne. Patience...

Jack Lang et Monique saluaient urbi et orbi et m'ont dit bonjour comme s'ils me connaissaient depuis toujours. Alexandre m'a présentée à Georges Kiejman qu'il n'aimait pas, à Pierre Bergé dont il se méfiait, à Pascal Sevran qui l'amusait et à un résistant héroïque du Puy-de-Dôme dont il avait oublié le nom. Blue-jeans et pantalons de velours côtelé, gros pulls ou vestes en tweed, feutres à large bord ou bobs à la Sherlock Holmes, tous les déguisements avaient droit de cité. On se serait cru un dimanche aux Hespérides : des petits vieux enfilent des Pataugas neuves pour aller secouer les barreaux de leurs os. Franchement, la rue, les gens, la lumière pauvrette d'un soleil avare, tout faisait pitié quand, tout à coup, juste avant 10 heures, branle-bas de combat, dix voitures conduites à toute vitesse ont envahi les lieux. Nous nous sommes faufilés dans une Safrane avec Louis Mermaz travesti en French Doc et enchanté de ce cirque.

Enfin on nous a déposés au pied de la Roche. Affolante ! Elle culmine à 500 mètres et ressemble à une forteresse naturelle imprenable, le genre Monte Cassino, l'endroit à éviter à tout prix. Pas question pourtant de tergiverser. Le Président avait deux cents mètres d'avance. J'ai eu le temps de l'apercevoir : casquette de marin et parka grise, il avait choisi le style Grand Timonier. Pour grimper à son nid d'aigle, c'était parfait : de Berchtesgaden à la Longue Marche, il rendait hommage d'un coup à toutes les étapes de l'épopée du siècle. La suite s'est précipitée mais Alexandre a préféré rester à l'arrière du peloton. Dans le premier quart d'heure, on suit un sentier muletier très escarpé qui serpente à travers bois et vignes. Jouer des coudes ne le tentait pas. De toute façon, rien ne lui plaisait. Il jetait sur le paysage des regards à la dérive :

— Que cet endroit est triste. Et comme je n'aimerais pas en être le député. Ni vallons, ni lacs, ni ruisseaux charmants... Ni bruyères, ni landes... La terre est lourde, tout est cultivé. Et sur cette joue sans couleurs, une verrue qu'on nous demande d'escalader ! Pourquoi ne navigue-t-on pas plutôt sur le golfe ? Tant d'îlots, de couleurs, de reflets, de plages et de prairies, de chaumières lointaines et de rassurants clochers, de vert, de bleu et de blanc... Qu'est-ce que je fais ici ?

Il exagérait mais, en contrebas, les vignes ordonnées et les champs alignés concédaient une triste approbation à ces railleries. On ne devait pas souvent croiser de paysans. C'était le type même de campagne sinistre où des industriels en bottes saccagent la terre en la gorgeant de pesticides. Alexandre en rajoutait toujours : des bouffées fleuries traversaient l'atmosphère et des teintes d'aquarelle dessinaient au ciel une douceur française idéale. Dans les villages, les vieilles dames préparaient certainement des tartes aux pommes pour leurs maris qui lisaient *Paris-Turf*. C'était la France de Chardonne, Mitterrand s'y sentait aux anges et moi aussi. J'ai pris le bras d'Alexandre sous le mien, je lui ai glissé un baiser sur les lèvres et, bon pied bon œil, on a commencé à doubler des enthousiastes qui ne tenaient pas le rythme.

A bout de souffle, un vieux général s'était assis à l'ombre d'un châtaignier. Quand il a répondu au salut d'Alexandre, on entendait son pacemaker. Mais pas question de consoler les éclopés, le raid n'attendait pas. On enjambait des murets de pierres sèches, on pataugeait sur une espèce de glaise rouge encore gluante des dernières pluies, on remontait à la queue leu leu des chemins de chèvres. En solitaire, cette promenade devait être charmante. En groupe, c'était pénible. De l'épaule j'ai accroché une longue branche pleine de piquants qui a giflé la joue du monsieur qui me suivait. Il a eu la gentillesse de ne pas se plaindre, je lui ai tendu un mouchoir en papier. Cela tournait à l'arrivée d'une étape de montagne du Tour de France. Parfois, déguisé en baroudeur, un reporter fourrait son micro sous le nez d'Alexandre comme s'il le mettait en joue. Dès qu'ils franchissent le périphérique, ils se croient à Sarajevo. Les difficultés n'en finissaient pas ; même sur la ligne de crête, on se tordait les pieds sur une caillasse pleine d'éclats tranchants. Dans la Préhistoire, ils venaient ici tailler leurs silex. Devant moi, une pauvre femme s'est déchiré la cheville. Alexandre m'a forcée à passer mon chemin : on approchait, le sermon sur la montagne allait débuter, le moment était venu de se faire voir de Dieu. Tels des chevaux de course excités par la photo finish, on a franchi la ligne ventre à terre. Il s'agissait de trouver une bonne place parmi le cercle des apôtres. Ce fut facile : là où ils n'auraient pas cédé un pouce de terrain à un inconnu, les derniers élus favorisaient le passage du ministre de la Santé. Je distribuais des sourires enjôleurs. Dans mon dos, vingt personnes ont demandé d'où je sortais.

Tout à coup, il a été là, juste devant, seul entre le panorama et moi, comme auréolé au milieu du ciel bleu sur une carte postale de Lourdes. J'ai failli faire la révérence, il m'a regardée d'un air narquois et a glissé un mot à Alexandre, très bref. Il mesurait l'amitié comme une dose de farine et n'avait pas de temps à nous consacrer : l'heure était à la confection du mythe. Il s'est assis sur un trépied pliant tombé des nues et a répondu aux questions du cercle des journalistes. Ironique, patelin, calme, dans un français précieux, en grand seigneur revenu de tout, il a lancé des piques contre tout le monde. La droite dont il était « le dernier ciment », son Premier ministre dont l'hostilité ostentatoire masquait une « faiblesse de vieille fille », les journalistes incapables de profiter du spectacle parce qu'ils ne payaient pas pour le voir... Spirituel sans effort, il laissait tomber ses phrases comme Rita Hayworth retirait ses gants dans *Gilda* : avec une lente emphase.

Vu de si près, il semblait fragile comme une biscotte. Quadrillé de fines rides, le visage ressemblait à une pomme fripée gonflée par une bulle d'air. Avec ça, très pâle, très beau et une voix envoûtante qui avançait des idées réactionnaires comme il aurait arboré une paire de sabots, par provocation. Ainsi, après avoir tendu le bras vers le Jura, puis vers le mont Blanc qu'on voit (paraît-il) par temps clair, il a demandé, mine de rien, qui déjà avait dit : « La terre ne ment pas. » Et chacun de s'esclaffer.

Aujourd'hui, revenue du nirvana de ces années-là, j'ironise mais, à l'époque, j'étais sous le charme comme les autres. Seul Alexandre faisait la tête. Le sport ne lui réussissait pas. Il s'épongeait en maugréant :

— On dirait Chanteclerc. Il croit éveiller le soleil par son chant. Et tous ces niais savourent chaque mot comme une pastille. J'en ai plein les bottes...

Il aurait fallu que je lui tende un sucre. Au lieu de ça, je l'ai pris par la taille et nous nous sommes esquivés pour redescendre avant la foule. Une heure plus tard, Alexandre s'est enfoncé sur la banquette arrière d'une Safrane et a donné l'ordre de nous emmener sur-le-champ au Relais de Solutré, un restaurant, l'étape suivante de la procession. Après avoir rendu ses oracles, le Sphinx se mettait à table où le cours des divinations reprenait. J'emploie ce mot car, à son retour, le Président avait pour de bon quitté la sphère du réel : dès l'apéritif, en effet, il fut question de « moralisation de la vie publique » – sujet dont, en secret, il parlait avec lui-même en se tapant les cuisses.

Nous sommes arrivés les premiers et Alexandre m'a fait visiter les lieux. Un ménestrel de Leroy-Merlin était passé décorer la salle à manger. Au lieu de carreaux, les fenêtres s'ornaient de vitraux. Un manteau en bois sculpté donnait à la cheminée un air médiéval. On redoutait d'avoir à déplacer les sièges tant leurs dossiers grimpaient haut. C'était kitsch, tout à fait l'atmosphère d'une reconstitution télé pour tournage des *Rois maudits*. Mais l'essentiel était ailleurs : deux places nous étaient attribuées à la table du Président – seul détail important aux yeux d'Alexandre qui, ce point acquis, me ramena au jardin boire une coupe de champagne sous les arbres. Peu à peu, chacun nous a rejoints. Fils, belles-filles et petits-enfants, frères, sœurs, beaux-frères et belles-sœurs, la famille royale avait fait le déplacement au complet. On riait beaucoup. Alexandre allait d'un groupe à l'autre et m'a même présentée au maître des cérémonies. Très poli, souriant, il m'a regardée attentivement comme il aurait dévisagé la fille dont on parle parce que son carnet de bal ne désemplit pas. L'examen achevé, toujours aimable, il s'est retourné vers Alexandre pour lui demander des nouvelles de sa femme, la vraie. Puis il nous a tourné le dos. J'ai commencé à redescendre de mon nuage. Dix minutes plus tard, revenant à la salle à manger, l'atterrissage a été carrément brutal : j'étais reléguée à une table de journalistes, la plus éloignée du « saint des saints ». Ça m'a vexée, mais rien de grave. Alexandre, en revanche, l'a très mal pris. D'habitude, ses fonctions lui servaient de talonnettes à même de surmonter les vicissitudes ordinaires. Soudain, par ma faute, il collait au plancher du commun des mortels. Loin d'être meurtri pour moi, il souffrait d'une violente blessure d'amour-propre. Quelqu'un quelque part dans l'entourage immédiat, une femme sans doute, avait estimé que son statut ne l'autorisait pas aux fantaisies extraconjugales en présence de la Cour. Tombé de haut, il s'est fait très mal. En seigneur, il a eu l'élégance de se taire, de laisser vide sa place à la table d'honneur et de venir s'asseoir à côté de moi. Cela suffisait à ma dignité. Mais pas à la sienne.

Plongé dans la contemplation de son verre de pouilly-fuissé, il faisait la tête. Envoyée de Lyon par *Le Progrès*, sa voisine, une débutante dans le métier, n'osait pas le relancer. Heureusement pour l'animation du repas, un jeune homme de *Valeurs actuelles*, sautant sur l'aubaine, s'est emparé de la vedette. Sa silhouette, sa tenue, sa voix, tout trahissait le jeune marquis médiatique toujours à dénigrer ses proches et à refaire le monde. Très drôle, il ironisait sur un Président qui passe sa vie à lécher les plaies de l'époque du bout des lèvres. Au bout d'un moment, sortant de sa léthargie, au lieu d'endosser le rôle du défenseur que chacun s'apprêtait à lui laisser, Alexandre en a rajouté sur l'arbitraire des sentiments de François Mitterrand :

— Il ment toujours un peu à tout le monde, personne ne le croit et il ne croit personne. Cela complique la vie mais c'est excitant pour l'esprit.

Prototype achevé de la gourde qu'un point de vue inattendu met en transe, la jeune Lyonnaise demandait à chaque phrase si Alexandre parlait sérieusement. Il répondait d'un sourire sibyllin. En revanche, quand est arrivé sur la table du saucisson chaud, il a craqué, m'a prise par le bras et s'est levé. Déjà il avait contemplé sans y toucher l'entrée, un ciment bucolique baptisé purée. La corvée avait trop duré. Un quart d'heure plus tard, nous étions à bord de l'hélicoptère qui nous ramenait à Paris.

La vanité des hommes politiques est leur petit trésor, leur carré Hermès. On la lui avait chiffonnée en public. Il n'a pas ouvert le bec de tout le vol. Je me suis faite tendre et silencieuse. C'est ce qu'il fallait : quelques jours plus tard, le ministère a donné son feu vert à notre campagne d'expérimentation en Afrique. Et voilà, j'avais rempli ma mission.

CHAPITRE IX

Miracle : le thé de la fortune n'a pas infusé trop longtemps. Quinze jours plus tard, à 11 heures du soir, Sandster m'a priée de monter chez lui un instant. J'étais déjà couchée, en train de lire *Sodome et Gomorrhe.* Quand il donnait un ordre impératif, discuter avec lui revenait à implorer un orage de se calmer. Je me suis donc rhabillée et j'ai obtempéré. Le maître d'hôtel indien, de quart lui aussi, m'a menée jusqu'au salon en affectant de ne pas voir ma grimace excédée. Sandster trônait à sa place habituelle, au centre de son canapé, entouré par des piles de magazines. Il passait ses nuits, ciseaux en main, à lire des revues scientifiques. Déchiquetées, elles se transformaient en fiches, puis en notes impérieuses dont il bombardait ses services de recherche.

J'ai cru qu'il suçait une matraque. Erreur : il mangeait tranquillement un énorme cigare. A première vue, il en avait jusqu'à l'heure du petit déjeuner. Grâce au feu de bois, la pièce baignait quand même dans une odeur délicieuse car mon impénétrable Hindou jetait une poudre de santal dans la cheminée chaque fois qu'il venait ranimer les flammes. Ces délicatesses de geisha chez une brute comme Sandster m'enchantaient mais je n'en ai rien dit. J'avais appris à connaître mon homme : aucun humour à son propre égard. Il ne pardonnait rien, enregistrait vos vacheries dans ses dossiers et, à la première occasion, il vous présentait la note. Si la fantaisie le prenait, il pouvait hurler. Il lui était arrivé de chasser des collaborateurs à coups d'insultes en anglais et de cendriers. A la tour Poitou, même les meubles avaient peur de lui.

Il m'a proposé un brandy, s'en est servi une lampée de grenadier et m'a dévisagée en silence pendant qu'il réchauffait le ballon entre ses mains. Aborder d'emblée le sujet qui lui tenait à cœur n'était pas son genre. Il laissait cette hâte aux petits jeunes et entamait plutôt ses discussions par une promenade à travers les idées générales. Ainsi, ce soir-là, m'ayant fait dire d'où je sortais, il s'est aventuré du côté des Guermantes :

— Ma pauvre Arielle, vous en avez pour des mois. C'est interminable, cette « Recherche des jeunes filles en fleurs », au moins 100 000 pages.

— Un peu moins. Disons cent fois moins.

— Tout ça pour une histoire d'amour. Ce doit être extraordinairement compliqué.

— Loin de là, c'est très simple. Première partie : comment je suis tombé amoureux d'une femme qui ne m'aimait pas. Deuxième partie : comment j'ai découvert qu'elle n'était pas mon genre. Troisième partie :

comment je ne me remets pas de son départ. La vie, en somme. Rien que de très commun.

— Commun chez ces petits branleurs d'intellos qui cherchent, aiment chercher, s'habituent à chercher et en oublient de trouver. Ça doit être un monument d'ennui.

— Pas du tout, c'est très amusant. Proust parle de tous les lieux qu'il traverse et de tous les gens qu'il croise. Personne ne lui échappe dans le Tout-Paris. Il aurait adoré Darmon. Et je ne parle pas de vous. Vous feriez un excellent personnage de roman.

Cette dernière remarque l'a contrarié. L'idée qu'un jour, un auteur, pire un journaliste, s'inspire de lui devait l'exaspérer. Pour mettre un bandeau sur cette déplaisante perspective, il a vite retrouvé son rassurant ton de potentat :

— C'est bien joli mais, pour ce soir, la lecture est finie. Il faut dormir. Demain matin, nous partons à 7 heures.

Depuis l'époque du lycée, quand je passais à l'aube sur le continent pour prendre le bus scolaire, j'avais perdu l'habitude de ces horaires pénibles. Je suis du soir et, dès le jour du bac, j'avais juré qu'on ne m'y reprendrait plus. Devant ma mine, Sandster a pris un ton de papa gâteau pour me rendre le sourire. Il m'emmenait en Suisse, nous déjeunerions au bord d'un lac, l'heure de ma récompense avait sonné, Poitou versait sa commission, nous avions rendez-vous avec un banquier. A Lugano !

Ainsi, c'était fait : j'avais mis les doigts dans le pot de miel. J'ai failli sauter sur ses genoux et lui baiser les mains. Je me suis contentée de dire « Alléluia » en jetant un sourire extasié au plafond. Sandster n'avait aucune envie de partager ma reconnaissance, fût-ce avec un héros aussi illimité que Dieu.

— Inutile d'invoquer les grands hommes. Surtout celui-ci. Dans nos affaires, il est d'une incompétence avérée.

C'était absolument vrai et, de toute manière, je me moque de la religion. Au lieu de prendre la défense d'un personnage qui se donne le ridicule de lancer des fatwas quand une gamine croque une pomme, j'ai demandé le programme de la journée du lendemain. Pas de surprise, tout était réglé comme du papier à musique. Nous embarquerions à bord du Falcon de Poitou qui emmenait une quinzaine de nos biologistes à Milan pour un colloque sur les maladies tropicales. Une fois pris nos badges à l'entrée du Palais des Congrès, nous filerions en voiture. Les douaniers ne relèvent jamais les identités, il ne resterait pas de traces de notre voyage et nous rentrerions le soir même avec ses collaborateurs – qui étaient aussi les miens, d'ailleurs. Dernier détail : il ne fallait surtout pas que j'emporte mon portable. Si on m'appelait, quelqu'un, un jour, pourrait découvrir qu'on s'était rendus à Lugano. A part le fait que s'il conduisait lui-même, il nous faudrait trois jours pour atteindre la frontière, sa prudence m'enchantait. Moi aussi, à mes heures, je voue un culte à une certaine discrétion. Là, par exemple, je n'ai pas demandé le montant de mon chèque. Comme je m'y attendais, cela a fini par agacer Harry. Je le privais d'un effet.

— Vous ne me demandez pas quelle somme vous attend ?

— Si, bien sûr. N'hésitez pas à me le rappeler.

— Vingt-quatre millions.

Dans mes rêves les plus fous, j'espérais un, voire deux millions. Le ciel m'est tombé sur la tête. J'ai dû me mordre les lèvres pour ne pas le faire répéter. Aurait-il parlé en centimes ? A son âge, c'était possible. Mais pas à son poste. Calé dans ses coussins comme un chat dans son panier, il m'observait avec le sourire :

— Bonne surprise, j'imagine.

Excellente, en effet. Ahurissante, même. Pour ne pas dire affolante. Je me suis servi une goutte de cognac. Soudain, comme un pressentiment, j'ai perçu que les grands restaurants, les voyages en first et les flirts avec un ministre ne pouvaient pas éternellement se résumer à une croisière sur un fleuve tranquille. J'avais embarqué sur une rivière de diamants et, dans ces eaux-là, un jour ou l'autre, ça secoue. J'avais beau tout prendre à la légère, je devinais la fin du film : tôt ou tard, on ne rigole plus. Cet argent, pour le garder, il allait falloir la jouer fine. Et d'abord ne révéler à personne que j'avais peur. Je suis montée me coucher.

C'est là que cette chère Suisse s'est montrée sous son vrai jour : calme et rassurante. A peine franchie la frontière, on avait l'impression d'avoir poussé la porte d'un monastère capitaliste. Les vignobles en terrasses, les haies taillées au millimètre, les chapelles soigneusement entretenues, les champs de blé lilliputiens, les cimes blanches... Ce grand jardin étalé autour des coffres-forts intimait l'ordre de cesser le travail. A midi tapant, quand j'ai pénétré dans la banque de Saint-Bernard, d'emblée je me suis sentie chez moi. Dès le hall, mon ancienne vie était rentrée sous terre. La grande fortune m'allait comme un gant. Raides dans leur vase, même les fleurs inspiraient confiance. Habitué des lieux, Sandster m'a menée directement au premier étage. Aucun pli ne ridait les moquettes, personne n'avait jamais vu une tache, la poussière était interdite de séjour, on aurait mangé par terre. Le silence était de meilleure qualité qu'ailleurs, exquisement souligné par des murmures en allemand (riche idée, cet allemand ; sur le parking, l'italien m'avait un rien inquiétée). Une vieille dame nous a priés d'attendre un instant puis s'est levée pour nous accompagner auprès de Monsieur W.

Et là, quand la porte s'est ouverte, une énorme tortue a levé la tête. La paupière lourde, le geste économe, la voix posée, Horst W. avait l'air d'un rocher en chocolat blanc. Quand il s'est extirpé de son siège pour nous accueillir, il n'a pas bougé le cou, tournant majestueusement sur son axe, sans se presser, sans même que son regard précède ses mouvements. C'était lent comme une tourelle de tank qui pivote, rassurant comme la Wehrmacht. Rien n'ébranlerait jamais Horst. Rien non plus ne déformerait ses traits, lissés par la bonne graisse. Il ne levait pas les yeux, ni ne les baissait, son front ne se plissait pas et il ne fronçait pas les sourcils. Mieux : il ne remuait pas les lèvres quand il parlait. Sa voix vibrait à peine, basse et lente, mécanique et précise, bien décidée à ne pas répéter ce qu'il avait à dire (en très bon français). Rien qu'à le voir, on se sentait innocent d'être riche. A l'entendre, toutes les couches d'appréhension achevaient de tomber comme une vieille peau. Ses phrases faisaient comme un édredon où me prélasser. Cet homme était un vrai père. Il m'a expliqué comment il avait créé pour moi une IBC (International Business Company) aux Bahamas, comment je pourrais le joindre par téléphone, comment il me tiendrait informée de la valeur de mon portefeuille... Il n'a pas dû me trouver curieuse, ni contrariante. Je l'écoutais comme Moïse quand il reçut la Loi sur le mont Sinaï : médusée. Seule petite audace de ma part : quand il a noté mon nom sur son ordinateur, au lieu d'Arielle de Kergantelec, j'ai demandé qu'on inscrive mon second prénom : Marie. Ça ne l'a pas surpris. Beaucoup de gens en font autant et il a cru que c'était affaire de goût. Je n'ai pas corrigé cette erreur et c'est ainsi qu'à terme, je les ai tous « roulés ». Tout à coup, ma mère et moi avions un compte commun à Lugano. Je devinais qu'elle saurait en tirer le meilleur parti.

Il a fallu remplir une fiche, accorder un pouvoir, enregistrer ma signature (j'ai fait celle de ma mère), baptiser mon compte (j'ai choisi Izenah, le nom celte de l'Ile aux Moines), coder dans mon agenda les coordonnées de mon correspondant à Paris... Horst me tenait la main. On n'imagine pas la délicatesse de ces mammouths. Il me parlait à l'oreille. Dans le calme de cet immeuble, aucun bruit ne devait jamais heurter les tympans, surtout pas ceux des rouages qui font tourner le monde. Avec cela, parfait gentleman, il m'a tendu une jolie mallette de cuir : un million de francs français ; en grosses coupures suisses, ça prend très peu de place.

— Au cas où vous souhaiteriez vous offrir un petit cadeau.

Horst avait beau être tout ce que j'aime, onctueux, insinuant, prometteur et mystérieux, je me suis abstenue de lui sauter au cou : sur le tapis roulant de la fortune, la première règle est d'éviter les mouvements brusques. Sur ces moquettes et entre ces lambris, personne n'a jamais pris la vie pour un lourd sac à dos et rien ne doit trahir votre soulagement. A la rigueur, étant donné ce que vous avez à perdre, on vous autorise les tranquillisants ; à avaler comme on grignote une friandise.

Pour finir, au bout d'une heure, Horst nous a raccompagnés à la porte de son bureau. Occupée au téléphone, la vieille secrétaire n'a pas fait attention à nous et nous sommes ressortis sans qu'aucun assistant ne nous inflige ses salamalecs. Dans ce lieu, ne rien savoir de personne, c'était avoir déjà tout compris. Mais la discrétion, avec Sandster, s'autorise des entorses. Pas question d'aller déjeuner n'importe où. Il voulait se poser à la Villa Gandia, prétendument une ancienne maison de pêcheurs, en fait une espèce de palais toscan pieds dans l'eau. De la banque, en plein centre, jusqu'au restaurant, près du palais Thyssen, la richesse s'étalait partout. On sentait les Suisses enchantés de bichonner leur prospérité. Aucune ampoule nue ne devait briller nulle part, chaque balcon avait ses fleurs et les brins d'herbe des parterres avaient tous été égalisés aux ciseaux à ongles. On aurait dit la ville du prince Charles et de Nancy Reagan.

Parmi les Jaguar et les Mercedes du parking, notre 306 avait l'air d'une voiture à pédales. J'ai vite confié les clés au voiturier pour qu'il la cache et nous sommes allés quémander une table à la duchesse (au moins) qui accueillait les clients. A en juger par son jeu de paupières, notre absence de réservation lui a paru accablante de grossièreté. Elle m'a toisée. Il faut dire qu'à côté d'elle, avec mon petit bracelet, j'avais l'air d'une jeune fille au pair. Mais enfin elle a pu nous « dépanner » et, dans un cliquetis de breloques, nous a conduits sur la terrasse couverte où il restait trois tables face au lac. Sandster s'en est étonné à voix haute tandis que, silencieuse, je me suis plantée derrière ma chaise jusqu'à ce que la pimbêche vienne la déplacer pour moi. Quand je lui ai adressé mon sourire le plus las, j'ai cru qu'elle allait me griffer. Mon nouveau rôle m'allait comme un gant. Plus personne n'allait m'enquiquiner, pas même Sandster.

— Mon cher Harry, c'est moi qui invite. Par conséquent, épargnez-moi l'épreuve des trois bouteilles. Du reste, cela nous ferait remarquer. Commandez-moi plutôt un bon champagne.

Le décor méritait 20 sur 20. Posée sur pilotis, la salle était entourée d'eau sur trois côtés. On avait l'impression de manger au milieu du lac. C'était l'endroit rêvé pour clair de lune, accords de piano, murmures et bulles de Piper Heidsieck – le genre de lieu à l'écart et gratin, un peu comme la chambre forte de ce vieux Horst, par exemple. Je passe sur l'argenterie, les nappes brodées et les verres en cristal : aucun poinçon ne manquait et on mangeait dans du Limoges. Mais là où on atteignait au 100 % pur Lugano, c'était avec la clientèle. Non pas que les hommes aient tous porté un costume trois-pièces et leurs femmes un collier de perles. Au contraire, on voyait de tout. A une table, ils étaient même en survêtement de sport. Mais il suffisait de les regarder une seconde pour savoir ce qu'ils disaient. Les hommes d'affaires : « Depuis qu'on m'a mis en examen, je ne peux plus aller en Belgique » ; la starlette : « Chéri, lâche ma main, il y a peut-être des paparazzi sur ce canot » ; les sportifs : « Sans le foot, je serais devenu un voyou »... A l'écart, en tête à tête avec une bouteille de Cristal Roederer, même la petite vieille genre romanichelle appartenait de toute évidence à la tribu : la serpillière qu'elle avait jetée sur ses épaules était un shahtoosh, le tissu le plus rare, le plus cher et le plus fin du monde. Dans la mode, elles en sont folles ;

un châle large de deux mètres peut passer dans une alliance. Pour les tisser, on massacre les dernières antilopes sauvages du haut plateau tibétain. Ces trophées coûtent le prix d'un os du coude!

Habitué à ces cantines lyophilisées et partant du principe que les super-riches forment une espèce aussi pauvre en sujets de conversation que prospère en motifs de satisfaction, Harry n'a accordé aucune attention à nos voisins. Pendant que mes yeux et mes oreilles patrouillaient à travers la salle, il a palabré dix minutes avec le sommelier puis nous a concocté un menu exquis. Finalement, mission accomplie, il s'est fait servir une flûte de champagne pour porter un toast à ma nouvelle prospérité.

Sur le ton de l'évidence absolue, comme si l'histoire était close, il m'a souhaité bon vent sur la mer fertile où j'allais désormais naviguer et où aucun problème ne se poserait jamais. J'ai failli me vexer. Je n'aime pas qu'on me prenne pour une écervelée. A terme, plutôt que des problèmes, je redoutais qu'on ne me pose des questions. C'était trop beau pour être vrai. Je l'ai avoué en grande fille toute simple que les événements dépassent :

— C'est plus fort que moi. J'ai du mal à admettre que tout cela est normal. Pour ne pas dire moral.

Quelle bonne idée j'ai eue d'être franche. Dès qu'il entendait parler de « morale », Harry sortait ses griffes. Il n'attendait qu'un gros mot pareil pour me donner une bonne leçon de réalisme. Et pour m'apprendre la vie – un de ses cours préférés :

— Ma pauvre petite, ne commencez surtout pas à vous interroger sur le bien et sur le mal. Toute question perd son sens quand la réponse n'a pas d'importance. Or, dans votre cas, elle n'en a aucune. Imaginez que vous choisissiez le bien et que vous refusiez cet argent impur, que se passerait-il ? Rien ! D'autres poches l'accueilleraient, voilà tout. A moins que vous ne révéliez à la presse ou à la justice ce que vous croyez savoir. Alors, ce serait une dénonciation et, tout à coup, le Bien prendrait la figure du Mal. D'un Mal dangereux, je vous le précise. Non, croyez-moi, contentez-vous de jouir du présent. « Carpe diem », comme disent les Américains.

Une semaine plus tôt, il avait vu *Le Cercle des poètes disparus* et j'ai failli éclater de rire. Par miracle, ce jour-là, ma sonnette d'alarme marchait et j'ai aperçu à temps qu'il relevait la tête pour me fixer comme le chat qui tient une souris à l'œil. Il faisait de ses incongruités des pièges mortels. D'un instant à l'autre, l'orage s'amassait derrière le front et le chat se transformait en tigre. Trois mois plus tôt, au cours d'un déjeuner de travail à la tour Poitou, je l'avais vu réduire en charpie un jeune coq du service communication qui s'était permis de le reprendre devant témoins sur la répartition des zones anglaise et française au Cameroun. Il ne supportait pas de déceler du mépris chez ses obligés. Avec 24 millions dans la colonne débit, j'avais intérêt à être prudente. Le complice souriant aurait pu se transformer vite en tyran capricieux si j'avais cité Horace.

Au lieu de ça, j'ai esquissé le sourire discret de la poule dessalée qui goûte l'esprit facétieux de son mac et, rassuré sur la peur qu'il inspirait, Al Capone a repris le fil de son cours de philo. Pas mauvais, du reste. Pour un paysan du Sussex, il avait sacrément réfléchi :

— Le présent, voyez-vous, est la seule chose dont on peut être privé. Pour citer saint Augustin, tout est au présent, même le passé qui s'appelle la mémoire et le futur qu'on présente comme l'attente. Ou comme l'appréhension, si vous préférez...

Et patati et patata. Je l'écoutais sans l'entendre, pensant à l'appartement que j'aurais bientôt et où je me ferais, toute seule, des salades au pamplemousse et aux crevettes. Si saint Augustin lui-même expliquait que j'étais dans une salle d'attente, inutile de protester. Il ne restait qu'à décorer la pièce au mieux. Et à confier à ma mère le soin d'aménager une issue de secours. Pour ça, nous formions le couple idéal. Quand Harry a repris son souffle, je lui ai soufflé du bout des lèvres un petit baiser d'armistice :

— Si les Pères de l'Eglise ont prévu mon cas, cela change tout. Je vais me contenter de les remercier de ma bonne fortune et, promis, je ne me poserai plus de questions. Ça vous va ?

Pas de surprise, ça lui allait. Le foie gras lui allait aussi. Ainsi que la sole. Tout comme le soufflé au Grand-Marnier. Au milieu de ce lac, tout baignait. Pendant deux heures, il a mâchouillé Franchise et Cynisme, les deux mamelles de sa conversation. Ensuite, pendant le retour sur Milan, à moitié pompette, il a somnolé. J'en ai profité pour mettre mes rêves en ordre : d'abord Cartier pour acheter un stylo à mon père, puis Mugler, ensuite Dior...

Au Bourget, on n'a pas vu les douaniers. Le vol de Milan ne les intéressait pas. Ma petite serviette en cuir est entrée à Paris sans encombre. Désormais, c'était acquis : la vie allait couler de source.

CHAPITRE X

Vue de loin, la fortune semble un état de rêve. De près, on découvre parfois que c'est un récif. Inutile de préciser que cette sagesse n'était pas à l'ordre du jour pendant l'été 1989. Quand le club des milliardaires m'a accueillie, je me suis crue au paradis de Mahomet et je n'ai pas chipoté. Dès le lendemain du voyage à Lugano, à 10 heures du matin, j'ai démissionné.

Sur un ton impérieux, j'avais arraché à sa secrétaire un rendez-vous immédiat avec Lucie de Vibert, la fameuse « Lucifer », grenouille de bénitier murmurante qui faisait le signe de croix, ou presque, quand on se croisait dans les couloirs. Elle me prenait pour une traînée et, plus tard, m'a enfoncée sans états d'âme devant le juge Lecorre mais, ce jour-là, quand j'ai annoncé mon départ, elle a commencé par protester. Je passe sur son indignation. Peut-on écouter sans rire un dictateur du personnel vous parler de l'esprit maison ? Pas moi, en tout cas. Pour mes adieux de Fontainebleau, je m'étais équipée en Chanel, Guerlain, Cartier, Céline et

Dior ; quand elle a commencé à évoquer la loyauté de ses employés à l'égard de Poitou, je l'ai renvoyée à son chapelet sur un ton de duchesse à la Cour :

— Soyez gentille, épargnez-moi l'épître du bon ouvrier. Que croient-ils donc vos employés modèles ? Que Poitou gravera sa reconnaissance éternelle sur leur tombe ? J'en doute. Il suffit de les voir en bas de la tour à 6 heures du soir : ils se précipitent hors du bureau comme le taureau se rue dans l'arène.

On aurait dit que Lancelot du Lac rendait son tablier à la Table Ronde. Elle n'arrivait plus à me regarder en face tant je la décevais. Ses yeux se traînaient sur ses papiers et elle secouait la tête comme si elle allait se détacher. Elle n'a retrouvé la vie que lorsque je lui ai tendu ma carte de crédit au nom de Poitou. Elle s'est jetée sur elle comme la faim sur le monde. Alors, revenue à elle, cette punaise a demandé sur un ton pincé quand je quitterais la rue de Lubeck. J'ai répondu « le plus tôt possible » et j'ai levé le camp en grande dame que ces tracas assomment. Soyons franche : jamais une initiative irréfléchie ne s'est révélée plus heureuse. Deux ans plus tard, quand le ciel m'est tombé sur la tête, ce départ instantané a cloué le bec des avocats de Poitou. Toute leur théorie reposait sur le fait qu'Arielle de Kergantelec, poupée ministérielle engagée sur ordre, était payée à ne rien faire. Pourquoi alors m'avaient-ils renvoyée à mes foyers à l'instant même où ils n'avaient plus eu besoin de moi ? Car telle fut ma version : quand la bataille s'est engagée, on s'est tous mis à mentir comme des arracheurs de dents. Sur le billot, vous ne m'auriez pas fait avouer que j'étais partie de mon plein gré.

En un an chez Poitou, je n'ai pas compris comment on trouvait un taxi à la Défense. Restant une milliardaire très simple, j'ai donc pris le RER jusqu'à l'Opéra. Tout naturellement, mes pas m'ont menée rue de la Paix. J'adore ce nom, tout comme celui de la place de la Concorde ou, à Vannes, celui de la place des Lices. Pas de noms propres, juste des vertus et des jeux, comme en Chine où la voie de la Sagesse Lettrée passe sous la porte de l'Harmonie Universelle pour mener à la Villa des Lotus. J'aurais fait une concubine charmante à la Cour Impériale. A défaut, cocotte dans le quartier de l'Opéra me convenait tout à fait. Ses rues m'enchantent. En découpe sur le ciel gris pâle, ses immeubles de pierres blanches sculptées rompent les amarres avec le désordre urbain, son improvisation et son agitation. Lustrés, adoucis, embellis par les années, ces vestiges aristocratiques semblent arrêter le temps. Chez Cartier, j'ai eu l'impression d'entrer à Versailles, dans un petit salon – mais en mieux car, à Versailles, tout est si grand que chacun s'y sentait petit tandis que là, tout est si habilement mesuré qu'on s'y sent fatalement à l'aise. C'est tout ce que j'aime : faire mes courses dans un monument historique. On m'a confiée à un vieux monsieur quasiment d'époque. Pour Darmon, Sandster et mon père, il m'a présenté ses stylos ; pour Fabrice, ses montres ; pour « madame votre mère », ses bagues ; et pour moi, ses bracelets. C'était fait : j'avais pris les commandes de ma nouvelle vie, j'appuyais à fond sur l'accélérateur et j'allais lâcher le volant. Je ne sentais même pas le vent tant le vendeur rendait tout naturel. Dans ces maisons, ils ont perfectionné à un point exquis l'art de dire oui. Rien ne l'étonnait. Il n'a pas manifesté la moindre surprise quand j'ai demandé à régler en liquide et en francs suisses. Afin de désamorcer toute suspicion, comme si je faisais chaque matin pour 250 000 francs de shopping, j'ai donné mon nom et mon adresse pour qu'on livre mes babioles à la maison. Inutile de préciser qu'ils m'ont raccompagnée à la porte. Et là, de retour au xxe siècle, sur qui suis-je tombée en train d'observer la vitrine ? Sur Clémence Saint-Claude, habillée comme l'as de pique, noyée dans un manteau qui lui tombait aux pieds. Quoi qu'elle fasse, coincée, incapable de sourire et raide, elle aura toujours l'air d'un rouleau à pâtisserie endimanché. Elle m'a toisée :

— Vous faites des courses pour Poitou ?

— Vous n'êtes pas au courant ? Paul ne vous dit rien. J'ai quitté le groupe. Je ne pouvais plus supporter ces abrutis qui passent douze heures par jour à vendre des comprimés.

Une belle et bonne médisance produit toujours son effet : ayant pris son insignifiance et celle de Poitou en pleine figure, Clémence m'a rendu un grand sourire. Une vraie dingo : du moment que je n'étais plus son employée, elle acceptait d'être aimable. Cela s'explique :

les amis ne devaient pas se bousculer au portillon. Son air rabat-joie décourageait les bonnes volontés. Grâce à l'argent, sa vie ressemblait à un repas tout préparé mais elle ne le partageait jamais avec personne. Là, par exemple, pauvre petite fille riche et rasante, elle se rendait toute seule à son club de sport. Où donc ? Cent mètres plus loin, au Royal-Vendôme, la piscine la plus snob de Paris. Ni elle ni moi n'avons laissé passer l'occasion : elle d'avoir enfin une « copine », moi de me trouver un chaperon pour un club inaccessible où la transpiration sent l'oseille. Pas d'équivoque, cela dit : je ne fantasmais pas sur les hommes de pouvoir, ni ne me faisais d'illusions sur leur compte. Deux mois plus tôt, un jour que Poitou et moi lui offrions une boîte à cigares de chez Dunhill, enhardie par la douceur du moment, j'avais évoqué avec Darmon l'éventualité d'une vie commune. Il m'avait ramenée sur terre sans parachute :

— Arielle, vous êtes un ange mais vous ne comprenez rien aux hommes politiques : je ne me marie plus, je baise.

De toute façon, à peine franchi le hall du Royal-Vendôme, mes rêveries ont emprunté la direction opposée. Dès les premiers coups d'œil, tâter un biceps m'a plus tentée que palper un portefeuille. A ma décharge, je précise que je suis d'emblée tombée sur un spécimen de revue : l'homme, le vrai, l'article authentique, gonflé de partout, avec des intonations parigotes, le genre connaisseur en foot... Le charme de ce prof de gym tenait aussi au violent effet de contraste qu'il produisait avec le décor. Pour descendre au « Health Club » dans les sous-sols du palace, on emprunte un ascenseur aménagé comme une vaste chaise à porteurs Louis XV. Sans le sans-culotte qui attendait en bas, je crois que je serais remontée. Au lieu de ça, je l'ai suivi dans le tour du propriétaire : une piscine à 28° et sans chlore, un sauna, des salles de massage, des dizaines d'appareils de torture, un bar « diététique » et, en prime – ce fut clair dès le premier regard –, Musclor lui-même. Pour cette découverte avec Clémence, j'étais « invitée » mais si je souhaitais m'inscrire, il me faudrait un second parrain. A cet effet, il était prêt à me laisser consulter la très confidentielle liste des membres. Je l'ai prié avec un sourire de ne pas se préoccuper de ce genre de détails et de me prêter plutôt un maillot, un peignoir et des serviettes. Sur quoi, je me suis fermée comme une huître. Je connais les hommes : mieux vaut leur compliquer un peu la tâche.

On avait peint des fresques à l'antique sur les murs, des colonnes encadraient les miroirs et du marbre achevait de donner une touche Pompéi au décor mais ce sont surtout les clients qui avaient l'air de sortir du *Satiricon.* A peine assise au bord de la piscine avec Clémence, j'ai vu un spectre avancer vers nous. Un vrai squelette. Des morceaux d'os réunis au hasard. Poppée ressuscitée des morts. C'était la baronne de Lilian : une heure au vestiaire pour se déshabiller, une heure pour faire deux longueurs de bassin, une heure pour se rhabiller. Elle venait tous les jours et n'adressait la parole à personne. Avec cela, obsédée d'hygiène : ne faisant pas confiance à l'eau des douches, elle exigeait trois bouteilles d'Evian pour se rincer. Le personnel ne s'en formalisait pas. Chacun faisait son numéro. Les hommes demandaient un Viagra avec leur jus de fruits. Seuls les enfants n'avaient aucun droit, absolument interdits de séjour. Dans cet hospice, il était exclu qu'une éclaboussure dérange votre mise en plis.

Séduite par le lieu, je réfléchissais à un éventuel second parrain quand, pâlotte et dodue, est apparue la réponse à mon problème : Corinne Guerrier en personne. Incroyable mais vrai : elle est venue me dire bonjour. C'était ma journée : tout le monde semblait enchanté de me voir.

— La dernière fois à la Vallée des Morts, aujourd'hui aux Thermes des Morts-Vivants, décidément vous aimez l'Antiquité. Sa fameuse sagesse, sans doute...

La peste ! Elle se moquait de moi sans se gêner. Cela dit, au lieu d'appuyer sur le bouton du lance-missiles, je me suis contentée de sourire. Heureuse retenue : elle a demandé la permission de s'asseoir avec nous et n'avait cherché qu'une entrée en matière un peu « star ». Bon enfant, au lieu de la jeter dans l'eau, j'en suis restée au débat de haut vol :

— La sagesse des Anciens, ne m'en parlez pas. Ils priaient le Dieu Crocodile, ils mangeaient le cœur de leurs ennemis, ils faisaient des sacrifices humains...

C'est plutôt leur richesse qui m'attire... Leur richesse intellectuelle, naturellement.

On connaît la Guerrier. Il faut lui arracher les mots et elle concède ses sourires comme des Légions d'honneur. S'installer au bord de l'eau à côté d'elle, c'est poser ses affaires près d'un rocher. Elle pense que sa froideur ennoblira son manque de vivacité et elle a raison : depuis trente ans, les cinéastes tombent dans le panneau. Sa force tient en un mot : silence ! Du moins en public. Car, en privé, en revanche, elle nous a gratifiées d'un vrai festival de pleurnicheries. Objet de sa colère : les paparazzi. *Voici* avait publié une photo d'elle au restaurant avec son amant, un ancien ministre RPR. Elle a dû me croire concernée :

— C'est répugnant. Ce torchon me le paiera. Mon avocat va les crucifier. Mais ce pauvre chou d'Edmond n'en mène pas large. Il ne l'a pas touchée depuis vingt ans mais sa femme le croyait fidèle. Je la comprends : il est gentil mais tellement pompeux qu'on ne croirait jamais qu'il peut baisser son pantalon. La première fois, je me suis pincée pour l'admettre.

Et ainsi de suite. Un vrai serpent à sornettes. Clémence approuvait chaque phrase, pas moi. Je trouve les stars qui se plaignent de leur notoriété aussi indécentes que les milliardaires qui pleurent sur leurs impôts. Et plus indécents encore le montant des dommages et intérêts réels qu'ils obtiennent pour des blessures imaginaires. Là, son avocat réclamait 500 000 francs et il était sûr de les obtenir. Une somme « défiscalisée ». Guerrier a prononcé le mot comme elle aurait humé un grand vin. Elle planait. J'ai craqué :

— Je ne dois pas encore avoir acquis les réflexes de la tribu mais je trouve inquiétant d'infliger des amendes à des gens qui disent la vérité. Ce ne sont que des indiscrétions.

Guerrier a éclaté de rire – c'est-à-dire qu'elle a concédé un sourire accompagné d'un raclement de gorge perceptible à vingt centimètres.

— Vous verrez, ma jolie, ça viendra vite. Le jour où on publiera votre photo avec Alexandre Darmon, vous remercierez les députés français qui dressent un mur infranchissable entre vie privée et vie publique. Et vous bénirez ces petits juges sans le sou qui nous couvrent d'or. Ils sont tellement heureux de nous faire plaisir. Parfois l'un ou l'autre me demande un autographe.

La perfidie lui donnait soif. Elle s'est commandé une double vodka bien frappée. Et pour nous ? Rien ! Sinon un topo de diététicienne qui s'amuse à se faire peur :

— De l'Absolute, j'ai tort. Tout à l'heure, je déjeune là-haut avec Jérôme Seydoux. Je le connais : il me commandera du champagne. C'est de la folie : il ne faut jamais mélanger les grappes et le grain. Je le sais pourtant. J'en serai quitte pour revenir faire un sauna...

Ce que cette grue m'énervait, je ne saurais l'exprimer. Dans une société dure et injuste, elle s'offrait tous les plaisirs et réclamait en plus le privilège de les garder secrets. Incapable de jouer même une fois au théâtre, croyait-elle un seul instant que ses revenus délirants tenaient à son talent de comédienne ? Star par miracle, elle avait introduit son visage dans le patrimoine public et désormais, arc-boutée sur son avarice, elle transformait sa vie privée en planche à billets – voilà tout. Si j'avais pu, j'aurais pris une photo d'elle en train de siffler son verre. Double menton, bouée à la taille et cellulite sous les bras, *Voici* aurait adoré.

Elle a fini par nous quitter. Serviable, elle a accepté de parrainer ma candidature au club. J'ai donc pu remplir sur-le-champ les papiers. Et qui me les a apportés ? Le prof de gym. En bermuda, il m'emballait encore plus qu'en survêtement. Les veines saillaient sur la soie de ses bras. Ses abdominaux semblaient tirés à la règle. Sa taille mince comme celle d'un adolescent et ses pectoraux de coolie lui donnaient l'air d'une grue montée sur cabriolet. Une envie furieuse m'a prise de louper un virage et d'enchaîner les tonneaux. J'ai laissé Clémence partir pour le vestiaire, je l'ai rejoint dans le bureau et la collision n'a pas traîné. Dès qu'il eut fermé la porte, je me suis accrochée à lui et ce fut exquis, quoique fatigant. On aurait dit que, pieds au sol, genoux fléchis, il allait monter et baisser le bassin jusqu'à la fin des temps. Posée sur son bureau, j'ai presque cru me livrer à une séance d'abdo-fessiers. A un moment, à son insu, j'ai même enchaîné des séries de huit sans l'aide des mains. Enfin, l'exercice s'est achevé. A bout de souffle, j'étais réconciliée avec le sport. Une semaine plus tard, c'était acquis : j'étais membre du Health Club du Royal-Vendôme.

Si je m'élance dans un escalier, je regarde d'emblée le dernier étage. Les calculs de ma mère, eux, progressent par paliers. Bien entendu, elle s'en est mêlée. Le récit de mon passage chez Cartier lui a tourné les sangs. Les fourmis n'aiment pas découvrir qu'elles ont mis au monde des cigales. Dès que j'ai parlé d'acheter un appartement, elle est montée ventre à terre à Paris. Avant toute chose, elle a fait main basse « pour Kergantelec » sur 100 000 francs suisses. Elle allait restaurer le pigeonnier de la cour d'honneur transformé en cuisine par une aïeule sans le sou en 1850. Ensuite, elle m'a interrogée sans fin sur ce vieil Horst, m'a demandé comment joindre son correspondant, a obtenu un rendez-vous et a filé à Lugano. Trois jours plus tard, à son retour, elle brandissait un pouvoir au porteur pour signer l'achat éventuel d'un appartement au nom d'une société civile immobilière de Genève. Aucun lien ne pouvait être établi avec l'argent de Poitou déposé à la banque de Saint-Bernard. Elle avait sorti en liquide deux premiers millions et les avait déposés elle-même à Lausanne. Sous un nom de code : Arz, comme l'île voisine et rivale de la nôtre. Elle rayonnait :

— Quoi qu'il arrive, tu seras à l'abri. On ne pourra pas te confisquer un appartement dont tu n'es que la locataire. Quant au compte de Horst, je vais le vider. Car inutile de se faire d'illusions : au moindre froncement de sourcil de la justice, Poitou vous « balancera » tous.

En effet. Tout s'est passé comme elle l'avait craint mais le juge Lecorre, si fier d'avoir bloqué 4 millions de francs sur mon compte à la banque de Saint-Bernard, n'a jamais mis la main sur les 12 millions que ma mère, entre-temps, avait sortis un à un. Je dis bien « un à un ». Pendant les deux ans qu'a duré la fiesta, entre ma démission et mon arrestation, elle s'est rendue une trentaine de fois à Lugano, toute seule, sans laisser de trace ni payer le train ou son hôtel autrement qu'en liquide. Mon père ignorait tout. Même moi, je ne savais rien. Chaque mois, Horst versait 100 000 francs sur mon compte – point final. Le reste m'échappait. Et tant mieux. Quand on m'a interrogée, je n'avais rien à dire.

Le soir de son retour de Lausanne, j'avais préparé un petit festin pour nous deux : blinis, vodka, champagne et saumon fumé, le genre russe. Elle avait annoncé se charger du caviar. Au moment de faire le plateau, je lui ai demandé si elle y avait pensé. Elle m'a mis les points sur les « i » :

— Oui, chérie, j'ai pensé à ne pas en prendre. Champagne et saumon fumé suffiront largement.

C'était tout elle. Elle mesurait ses folies avec un dé à coudre, se cramponnait à ses appréhensions, les nourrissait, les berçait... L'achat de l'appartement a tourné à la guerre de tranchées. Je cherchais un duplex sur le Champ-de-Mars, elle patrouillait du côté d'insignifiants cinq-pièces dans les profondeurs d'Auteuil. Comme enquiquineuse, aucune agence immobilière n'a vu pire. On ne visitait que des lieux charmants mais, à l'entendre, il fallait à tout coup repeindre, changer la plomberie, abattre des cloisons, assainir la cave... La moindre fissure au plafond lui faisait l'effet de la cordillère des Andes. Si je protestais, elle me renvoyait à la niche avec des proverbes de vieille Bretonne à qui on ne la fait pas :

— Ma pauvre fille, les arbres ne montent pas jusqu'au ciel. Tu ferais mieux de garder les pieds sur terre. Méfie-toi de l'épate.

Ce mot lui caressait le palais, elle en flétrissait tout manteau, toute voiture, tout plat n'entrant pas dans les paramètres incompréhensibles de son propre rapport qualité-prix. Car, attention, côté zinzin, elle se posait là autant que moi : on aurait pris le métro pour aller visiter des appartements à 6 millions de francs mais elle n'aurait jamais acheté autre chose que du Shalimar, à 100 francs la goutte de parfum. Si la recherche s'était éternisée, j'aurais fini par la renvoyer dans ses îles mais, coup de chance, au bout de dix jours, j'ai trouvé le lieu de mes rêves : en pleine île de la Cité, au troisième étage, deux cents mètres carrés pleins de boiseries, de parquets, de moulures et de poignées dorées. Le salon et la salle à manger donnaient sur la place Dauphine, les chambres sur le quai de l'Horloge. On poussait une porte et on pénétrait en plein XVIIe siècle, mon pays étranger préféré. Dès le premier coup d'œil, j'ai craqué. Bénissant le Bon Dieu, le sourire de saint François aux lèvres, j'ai passé une heure à rêver. Seul mystère : le représentant de l'agence immobilière, un blondinet aux yeux bleus comme prélevés au ciel, a absolument refusé de nous livrer l'identité des vendeurs. Quels qu'ils fussent, ils espéraient 8 millions. J'en aurais donné 10 sur l'instant. Ma mère se serait tranché une main plutôt que d'en donner plus de 6. Pour finir, on a fait appel à ce cher Monsieur Sandster, son idole, le seul homme dont elle croyait le jugement « libre ». Libre de quoi ? De mon snobisme, j'imagine.

Nous l'avons invité chez Lasserre. Il ne nous a rien épargné du grand jeu culinaire : fine crème de haricots blancs au croquant de châtaignes, noix de Saint-Jacques dorées en Germiny, noisettes de chevreuil et leurs poires aux airelles, fromage, tarte, café, mignardises et cigare – le tout inondé de pouilly-fuissé, de château-lyonnat et de cognac. A ce stade, son métabolisme, submergé, lui présentait la vie en rose. Ça n'a pas loupé : enfoncé dans son fauteuil avec le sourire digestif et le cerveau ronronnant du pacha repu, il m'a donné raison. Il fallait sauter sur l'occasion et ne pas laisser passer l'appartement. Ma mère a parlé du prix, excessif. Elle ramène tout à des chiffres. Sandster a trouvé les mots pour la rassurer. Une petite enquête lui avait révélé le nom du propriétaire. Le dieu des voleurs était avec nous : en même temps qu'il allait nous lessiver, ce monsieur allait nous blanchir.

— N'attachez pas d'importance au montant de votre chèque. Regardez plutôt à qui vous le faites : à Etienne Chartier, le pionnier des greffes du cœur en France. Ce n'est pas Claude Bernard, mais presque. Déjà son grand-père était à l'Académie de médecine.

Son père a fondé un mouvement de résistance. Et lui est un ami de Mitterrand. Dans ces dynasties bourgeoises, on incarne la République depuis cinq ou six générations. Ils épousent des héritières, ils accumulent du patrimoine, ils parlent un français haut perché, et ils ne changent rien à rien à la société mais, miracle, ils symbolisent la justice, la probité et le civisme façon Caton l'Ancien. En achetant son appartement, vous clouerez d'avance le bec de ceux qui, un jour, pourraient vous chercher noise. Chacun pensera que Chartier vous l'a proposé par amitié pour Darmon. Peu importe qu'ils ne se connaissent pas, personne ne le sait. Mais prudence : Chartier a la lucidité impitoyable du petit prince qui n'a jamais eu un souci d'argent de sa vie. Surtout, n'évoquez pas Darmon. Il se méfierait et vendrait à d'autres.

Il a laissé ses idées suivre leur cours en silence puis a ajouté :

— La véritable frontière à Paris ne sépare pas riches et pauvres, mais personnes respectables et gens infréquentables. A son corps défendant, Chartier vous éloignera des seconds. Signez tout de suite, sans regarder le prix !

Ce que j'ai fait. Pour 7 millions et demi. Et pas de cinéma : chez le notaire, face à ma mère, Chartier le pur n'a pas tiqué une seconde quand il est tombé sur une dame d'un certain âge représentant une société civile immobilière suisse. Il a pris son intérêt comme on prend une part de gâteau. Comme tout le monde.

CHAPITRE XI

Personne n'étant assez riche pour racheter son passé, je n'ai même pas essayé. Si je m'étais laissée aller, je n'aurais plus mis le nez dehors. Amoureuse de mon appartement, je m'y sentais comme Nemo dans le *Nautilus*. La neige pouvait tomber, le vent hurler, le froid mordre, le temps s'arrêtait. L'envergure magnifique des arbres, le cours puissant de la Seine, la simplicité majestueuse du Pont-Neuf, tout donnait un sentiment de tranquillité éternelle. S'il était venu dîner à la maison, Voltaire n'aurait pas été dépaysé. Les autos l'auraient intrigué mais il n'y aurait pas attaché plus d'importance qu'aux charrettes et aux mulets de son époque. Le matin, dans ma chambre, sur le quai, j'avais l'impression d'être sur la passerelle d'un bateau-mouche. Le soir, les arbres de la place Dauphine semblaient danser sous le vent au bout du salon. Paris s'agitait en silence derrière mes carreaux.

Je me ruinais en travaux d'aménagement mais personne ne l'aurait cru si je m'en étais vantée : peinture à l'éponge sur les murs, boiseries, cache-radiateurs à l'ancienne, parquets façon XVIIIe (le siècle), miroirs, cheminées... Après mon passage, tout était entièrement d'époque – refait la veille. Plus tard, quand il est venu poser les scellés, le juge Lecorre a failli faire une crise cardiaque. Au vu de mes factures, il pensait saisir mille merveilles. Il s'est contenté de relever le nombre des ferrures, des poignées de portes et des crémones irréprochablement Ancien Régime. Dans sa hotte, il n'a raflé qu'un trésor : une *Maternité* d'Eustache Le Sueur qu'Harry m'avait remise quelques semaines avant ma pendaison de crémaillère. Avec une recommandation :

— Soyez gentille, clouez-le au mur. Comme ça, celui-là au moins, Alexandre ne le piquera pas. Pour le reste, soyez prudente, il volera tout ce qui n'est pas scellé. Vous êtes prévenue.

A présent que la campagne de tests en Afrique était sur ses rails, Poitou avait un nouvel impératif urgent : obtenir que la France accorde une autorisation de mise sur le marché à son prochain médicament miracle contre l'angine de poitrine. Seul hic : Bayer en sortait un également et le leur était déjà prêt. Il convenait donc de retarder le feu vert des Allemands et d'accélérer les procédures menant au nôtre. A entendre Paul et Harry, l'avenir de notre industrie pharmaceutique en dépendait. Là encore, malheureusement, il fallait le feu vert de la Santé et les caprices d'Alexandre demeuraient donc des ordres. Lui, plus aristocrate que jamais, prenait leurs cadeaux comme on avale un biscuit, sans y prêter la moindre attention. C'était sa force : ne jamais se sentir coupable. Si je m'en étonnais, il citait dix autres cas, plus graves. Rien ne l'« engageait ». Sa morale relevait de la nouvelle cuisine : on y mélangeait tout, fraises et champignons, lutte contre le chômage, concussion et défense de nos parts de marché... En général, je le trouvais convaincant. Je ne suis pas exigeante. Et j'aime la simplicité. Or c'était son maître mot : à l'entendre, il se contentait d'agir selon la nature. Comme les animaux prennent leur nourriture où ils la trouvent, il se servait là où se présentait l'occasion. Débarbouillé par la grammaire et l'éloquence, son cynisme s'élevait au rang d'une élégance désinvolte. Jamais il ne doutait de sa place dans l'existence. Un jour, il m'a emmenée en week-end à Lugano. Inutile de préciser qu'il s'est rendu à la banque de Saint-Bernard quand il m'a priée de faire la grasse matinée à l'hôtel. Son culot m'estomaquait.

De Lugano, nous sommes partis en hélicoptère pour Davos où milliardaires et ministres, aussi nombreux que les aiguilles de pins dans le parc, méditent une fois par an sur les féconds mystères du libéralisme. Tout le monde passe son temps pendu à un portable puis se rue dans des salles où des illuminés enchaînent au micro les tours de magie à base de statistiques. Parler éthique avec Alexandre revient à discuter de pratiques S-M avec Gandhi mais peu importe ; à peine sorti du bureau de notre cher Horst, il est allé donner une conférence sur la morale en politique. Ce fut très spirituel et tout à fait socialiste à visage urbain : en somme, chacun n'avait qu'à manger ce qu'il avait dans son assiette. Si j'avais essayé de protester, il m'aurait demandé de lui masser plutôt les épaules. Nous allions rarement beaucoup plus loin. Aucun besoin avec lui de placer des serrures à mes sous-vêtements. Le paroxysme de ses orgasmes survenait dès les préliminaires quand je devais lui dire d'un ton salace : « Approche-toi, que je te fasse ta petite toilette. » J'ignore pourquoi j'ai prononcé ces mots la première fois mais ensuite, je n'ai plus échappé à ce sésame. Et tant mieux. Une fois achevées ces ablutions gentillettes, Alexandre était souvent prêt à se coucher avec un bon livre. Je me gardais de le déranger dans ses lectures et je songeais, émue, au prof de gym du Royal-Vendôme. Il venait trois fois par semaine me donner un cours à la maison. Quand il arrivait, sa démarche de cow-boy qui s'apprête à ferrer son cheval suffisait à me couper les jambes. On ne faisait pas toujours les exercices prévus mais il ne s'en plaignait pas. Lui aussi pratiquait une morale assez souple.

— Il y a des tas de choses très bien payées qu'on n'est pas obligé de faire.

On ne fait pas l'amour avec une « personnalité » et Alexandre ne risquait pas de rivaliser avec lui, ni avec Fabrice que je continuais à voir. Pourtant, des trois, c'est lui que je préférais. Je ne m'explique plus cet aveuglement mais c'est ainsi : j'étais amoureuse. Sa voix donnait un ton naturel aux propos les plus graves, une insouciance aux remarques les plus mordantes, une profondeur aux pensées les plus légères. Tout ce qu'il faisait coulait de source, sans morgue, ni pédanterie. Quand je m'inquiétais de nos entorses à la morale, il rétorquait qu'il ne suffit pas d'être pauvre pour être honnête puis il souriait et haussait les épaules. On ne prenait jamais sa légèreté en défaut. Il m'emmenait en week-end dans ses villes préférées, à Florence, Venise, Londres, Marrakech ou Le Caire. Il flottait entre nous comme un parfum de subtilité familière, amusée, amusante et douce. J'aurais pu parler de lui pendant des heures.

C'est sur ses conseils et selon ses consignes que j'ai organisé la pendaison de crémaillère de l'appartement, le 31 décembre 1989, pour le réveillon. L'argent coulant à flots, j'ai enfourché mon cheval de bataille favori : le gaspillage. A mes quinze invités, j'ai d'abord adressé des cartons peints à la main par un petit génie argentin qui « croquait » les défilés de mode pour *Gap*, le grand journal professionnel de la mode. Coût de la plaisanterie : 15 000 francs. Il avait représenté la place Dauphine, le quai, le salon, l'entrée ronde, la salle à manger, moi – et même le maître d'hôtel, un vrai personnage. Entre 30 et 50 ans, aucune ride mais les cheveux blancs, la voix retranchée dans des graves irréprochablement XVIe (l'arrondissement), mince, grand, il affichait en permanence l'air du chambellan que la reine consterne par son manque de façons. Je l'avais repéré chez Clémence, retrouvé à un dîner chez Françoise Gallimard et observé de près à une soirée chez l'ambassadeur de Suisse où j'accompagnais Alexandre. Ils sont trois ou quatre à se partager le marché des soirées parisiennes les plus élégantes mais il me plaisait plus que les autres. Rien que de savoir qu'il accueillerait mes invités, je me sentais anoblie. Pour la première fois depuis cent cinquante ans, notre particule avait enfin un sens. Pour moi, du moins. Car pour lui, certainement pas. Quoi que je suggère, il semblait dépité. De là à préciser la nature de sa contrariété, il y avait un gouffre révolutionnaire qu'il ne franchissait jamais. Si, par exemple, je suggérais de mettre trois verres par couvert, il abaissait des paupières affligées mais se serait fait arracher la langue plutôt que de dire s'il en fallait deux ou quatre. Il s'en tenait à son refrain :

— Nous ferons comme vous l'entendez.

Naturellement, il parlait au pluriel. Si j'en riais, il posait sur moi le regard indifférent qu'on jette sur la peinture moderne : c'est nul mais ça peut rapporter gros. Mon charme n'agissait pas. Les maîtres d'hôtel sont indéniablement plus complexes que les profs de gym. Et que les ministres. Même leur vocabulaire nous échappe. S'il employait un mot simple, disons « sauce », il corrigeait immédiatement cette étourderie par une précision d'érudit : il fallait choisir entre « Nantua », « Soubise », « Printanière » ou « Suprême ». Evidemment, je séchais. Condescendant, il a fini par me montrer des photos de ses plats de prédilection. Un mélange de peinture et d'architecture ! C'est simple : j'ai pris son saumon à la Chambord pour un arrangement floral. Ça m'a énervée.

— On s'est mal compris. Je vous parle d'un dîner entre amis. Il ne s'agit pas des noces de Charles Quint avec Emma Bovary !

Affichant un air de profonde mélancolie, il a condescendu à s'abaisser jusqu'à la cave mondaine où je croupissais :

— Je vois. Madame souhaite un repas de carême pour son réveillon.

Au lieu de le faire bastonner, j'ai poursuivi les pourparlers. Grâce à ma patience, ils sont allés à leur terme : nous commencerions par du foie gras de canard au torchon accompagné d'une salade et de fruits acides et nous continuerions par une gelée de sole aux crevettes suivie d'un chapon Demidoff – en clair un poulet à base de fondue de légumes et de truffes. Mais attention, pas n'importe quel poulet : à entendre comment il l'évoquait, ce volatile ne sortait pas d'une basse-cour mais d'un collège jésuite, au moins. Dans ses propos, tout prenait des proportions d'anthologie. Sauf le dessert. Là encore, il était formel :

— On a imaginé ces sucreries en fin de repas pour retenir les enfants à table. Heureusement, il n'y en aura pas. Et c'est le moment où les messieurs, échauffés par les mets et par les vins, veulent se rapprocher des dames. Servez un plat léger et rapide. Des sorbets, par exemple.

Il n'aimait pas les enfants, il parlait de « mets » et quand j'ai évoqué l'idée d'un vacherin, il l'a qualifiée de pittoresque car démodée depuis le début des années 80. Je n'ai plus discuté ses ukases. Résister ne servait à rien. Quand j'ai prétendu le chicaner sur le choix de ses vins, il a pris son ton le plus noble pour me remettre à ma place :

— Que Madame m'accompagne à sa cave, nous choisirons ensemble.

Naturellement je n'en avais pas. J'ai donc baissé pavillon et il a établi sa liste : dom pérignon rosé 1982, musigny blanc de Vogüé 1982, château-latour 1985. Il fallait avant tout que j'achète des carafes.

— Sinon vos amis penseront que nos vins ne méritent pas d'être décantés.

Il proposait de m'accompagner chez Baccarat, ainsi que chez Christofle puisqu'il nous fallait aussi des dizaines de verres, de l'argenterie, des chandeliers... Et ainsi de suite. Il prenait tout en main et aurait deux assistants (un en cuisine et l'autre pour le service, lui se bornant à recevoir les invités et à superviser les opérations). Surtout que je ne m'autorise aucune initiative :

— Je ferai venir les chaises moi-même. Très simples, modernes et noires. Surtout pas de dorures en carton et de simili velours rouge. Cela saboterait le goût parfait de votre intérieur.

Un compliment ! J'ai failli le lui faire répéter. Au lieu de ça, je lui ai envoyé sa muflerie en pleine poire :

— Avant que vous ne demandiez le nom de son décorateur à la potiche nouveau riche que j'ai l'air d'être à vos yeux, je tiens à vous signaler que j'ai tout fait moi-même. Je suis assez exigeante, si vous voyez ce que je veux dire. Vous feriez bien d'être à la hauteur de vos grands airs.

Il voyait, il approuvait, il a promis que tout se passerait à merveille et il a tenu parole. Les fausses notes sont venues d'ailleurs. Des invités.

Fabrice avait accepté le rôle du maître de maison, mon père a joué le vieil intellectuel revenu pour un soir de ses terres et ma mère, en tailleur noir Saint Laurent, a donné à toutes une leçon d'élégance : une touche de couleur, peu de gestes, une esquisse de géométrie. Oubliant de se servir des ongles pour griffer, Guerrier elle-même est venue me faire des compliments sur elle. Compensés immédiatement par des vacheries sur Clémence :

— Elle a cru que vous donniez un bal costumé ou quoi ? On dirait Schéhérazade. Elle prend Lanvin pour une chiffonnerie de Katmandou.

Pauvre Clémence : ce ne fut pas sa soirée. Pourtant, elle était joyeuse. Mon appartement l'inspirait.

— Pas de télé, pas de bar, pas de rideaux... Vous êtes sûre d'habiter ici ?

D'habitude sa conversation est un désert d'ennui que parcourent de rares caravanes de lieux communs. Pour une fois qu'elle faisait de l'esprit, j'ai ri de bon cœur. Elle a cru bon d'en rajouter :

— Vous vous entraînez à vivre en prison, ou quoi ?

Pourquoi a-t-elle prononcé ce mot ? Paul l'a fusillée du regard et lui a parlé d'une voix excédée, déroulant lentement sa phrase et posant les mots les uns bien derrière les autres, étalés à plat comme écrasés par un char dont les chenilles avancent sans hâte :

— Tu ne pourrais pas la boucler cinq minutes, par pitié ?

L'atmosphère s'est tendue en un quart de seconde mais, miracle, Harry est arrivé. D'habitude, comme moi, il est très hospitalier à l'égard des colères des autres et n'hésite pas à ajouter quelques épices aux fonds de sauce déjà relevés. Mais là, rien de tel : il a passé le bras autour de l'épaule de Paul et a tout balayé de son rire. C'était sa force : alors que Paul aimait le pouvoir, Sandster s'envoyait en l'air avec lui. Quand le premier a pris la convocation du juge Lecorre pour un mur infranchissable, lui ne l'a vue que comme un obstacle à surmonter gaiement. Il a entraîné son patron vers le maître d'hôtel pour boire à leurs futurs triomphes. Un « petit provincial » n'allait pas empêcher nos vies de poursuivre leur cours miroitant le long des rives fertiles.

A mille lieues de ces alertes, ma mère s'est approchée de lui. Elle l'aimait plus que jamais. Comme d'habitude, elle l'a invité à venir passer quelques jours à l'Ile aux Moines et elle a pris Paul à témoin des beautés de la Bretagne. Harry l'a gentiment ramenée sur terre :

— Ecoutez, Marie, je vous l'ai déjà dit : j'ai peur d'avoir froid. Mon pire souvenir d'hiver remonte à un mois d'août que j'ai passé à Brest. J'aime mieux la Bretagne de loin.

Tout ce qu'il disait enchantait ma mère et je me demande parfois si elle n'attendait pas qu'il lui fasse la cour. Après quarante ans en compagnie d'un gentleman classique et alambiqué, elle sentait un excitant anticonformisme sous le manque de façons de Harry et elle s'en régalait. Elle l'a pris par le bras pour le présenter à son « gendre, un garçon exquis ». Fabrice a joué le jeu, parfaitement à l'aise avec l'homme qui lui avait confisqué sa femme. Il a un don pour le bonheur, n'a jamais à courir pour échapper à la pluie et trouve toujours la place qui l'attend. En smoking droit et simple, avec une chemise sans col noire, il avait l'air de l'ange mince, grave et souriant pour qui la vie se résume à un spectacle. Sans se presser, achevant ses phrases avec soin, sa voix douce, lente et proche du murmure s'est engagée dans une longue conversation avec celle assurée, énergique et rythmée de Harry. A force de les voir rire, je me suis approchée. Comme d'habitude, Harry pouvait tout m'expliquer :

— C'est une très bonne idée de nous avoir réunis ici. A Paris, seul compte l'endroit d'où vous parlez. Dans cet appartement, avec ces convives, votre mari pouvait n'être que charmant. Il a accordé sa bénédiction à votre départ et son absolution à mon rôle.

— Je ne suis pas si magnanime. Mais je suis un lâche : je déteste la bagarre, a précisé Fabrice. Qui a poursuivi : Et puis je revois Arielle. C'est ma faiblesse : je préfère une part d'un bon gâteau à un petit pain pour moi seul. Du moins, pour l'instant.

Ce mélange de cynisme et de menaces voilées ne pouvait qu'emballer Harry. Il a cité à Fabrice le mot de von Moltke qu'il ne cessait de savourer : « Dès que c'est possible, une bonne explication doit pouvoir être comprise de travers. » Ils seraient volontiers restés ensemble mais j'ai emmené Fabrice avec moi. L'éditeur de chez Albin Michel devenu un ami depuis le dîner chez Paul venait d'arriver, accompagné de sa pépée, toujours aussi fracassante. Personne ne lui avait dit que le 31 décembre tombait en hiver et son espèce de paréo blanc laissait voir un monokini chair. Tous les hommes la regardaient (même le maître d'hôtel qui ouvrait les bouteilles de champagne avec la majesté de Moïse gravant les Tables de la Loi) mais je l'ai offerte en trophée à mon tendre époux. Dès que je l'eus présenté comme le patron de l'agence Style, elle posa sur lui le regard du chat sur le poisson rouge. Averti, il prétendit qu'il ne parlerait pas « business » de la soirée. Elle l'arrêta d'une voix miaulante et tendue comme un string :

— Pas de mauvaises nouvelles, je vous prie. Je ne suis pas équipée pour. Je n'entends que les bonnes. Parlez-moi de vous. Je suis tout ouïe.

C'était fait. Elle ne le lâcherait plus. Il ne risquait pas de s'ennuyer. Je les ai laissés car le hasard a voulu que mes deux autres hommes, Alexandre et Romain, arrivent ensemble. Guerrier m'a alpaguée au passage. La présence de notre prof la laissait médusée. Mais appâtée :

— Si je comprends bien, ce soir, vous alignez votre mari, votre amant officiel et le secret. Si ça vous arrange, je peux me charger du jeune Romain. D'habitude, rien que d'entendre son prénom, j'ai des courbatures, mais pour vous, je saurais me dévouer...

Pourquoi pas ? Je ne confonds pas vertu et droit de propriété et il ne m'appartenait pas. J'ai souri, elle aussi et, un instant, je me suis demandé si elle ne s'était pas fait faire un lifting : ne voyait-on pas ses dents quand elle serrait les lèvres ? Pour ménager les apparences, Alexandre s'était fait accompagner par une amie, Elise de Seyrennes, responsable de la coopération culturelle aux Affaires étrangères. A 60 ans, mince comme une couverture et aimable comme un mur, elle fréquentait également le Health Club du Royal-Vendôme où elle pédalait comme une maboule avec l'espoir – qui sait ? – de ressembler un jour à la Vénus de Milo. Romain la prenait pour l'incarnation de l'empoisonneuse toujours en retard qui ne supporte pas d'attendre une seconde. De son côté, elle le prenait pour un valet mais là, stupéfaite de le retrouver, elle se serait fait couper la langue plutôt que d'avouer sa surprise. Ces vieilles aristos du Quai mêlent à merveille élégance enseignée, égoïsme inné et préjugés masqués. Indifférent à ses états d'âme, Alexandre l'avait déjà plantée là pour filer sur Sandster. Visiblement, ils avaient commencé à fêter le Nouvel An au ministère. Il était pompette.

— Que vous ne mettiez pas de smoking, passe ! Mais qu'est-ce que cette veste « une fente » ? Seule la

« sans fente » convient. Et vos manches ! Trop longues. On ne voit pas les poignets de la chemise. Votre Légion d'honneur, en revanche, ça, elle ne peut pas échapper à l'œil. Pourtant, à votre âge, est-il raisonnable d'en exhiber une si mince ? Un simple ruban. Même pas une petite rosette...

En public, il affectait généralement de traiter Harry avec dédain mais tout cela n'était que comédie : trois petits verres et les masques tombaient. Du reste, Harry, lui aussi réchauffé par l'alcool, les femmes, le feu de cheminée, le luxe et la fête, lui a répondu sur le même ton espiègle et assassin :

— Je ne vous savais pas si compétent en matière de textile. Je vous croyais spécialiste en armures.

Pour exprimer son incompréhension, Alexandre a levé des sourcils en accents circonflexes. Sur le ton sarcastique du vieux lord à qui on ne la fait pas, Harry l'a ramené à moins d'outrecuidance :

— C'est qu'à force d'accumuler les casseroles, vous vous en êtes fait une très belle.

Que faire, sinon rire ? Alexandre lui a tapé sur l'épaule, a feint de s'indigner de cet ostracisme à l'égard de la classe politique et a planté là cette grenade dégoupillée pour aller confier à ma mère tout le mal qu'il pensait du suppléant qui occupait à l'Assemblée le siège de notre circonscription. Il prêchait une convaincue et ils conféraient comme deux sorciers maléfiques quand Paul est venu le prendre par le bras pour l'entretenir à l'écart. Mon père, lui aussi, de son côté, menait ses affaires, ayant ramené Elise de Seyrennes dans l'entrée pour lui offrir une petite conférence particulière sur son cher Le Sueur. Tout se passait à merveille et, vers 10 heures et demie, on a fini par passer à table quand sont arrivés les derniers invités, Olivier, le meilleur ami de Fabrice et son associé à l'agence, ainsi que leurs deux assistantes, Florence et Géraldine, drôles et sexy, parfaitement décoratives.

La proximité de la Conciergerie avait frappé le maître d'hôtel et la salle à manger fit grande impression : on pénétrait, ni plus, ni moins, dans une chapelle ardente. La table avait l'air d'un autel et on soupait aux chandelles. Une vingtaine de bougies éclairaient la pièce. Parfumées à la vanille, certaines embaumaient. Là aussi, un feu crépitait dans la cheminée. On se serait cru dans une double page de *Vogue-Décoration*. Fabrice et moi présidions à la française en milieu de table : Darmon était à ma droite, Guerrier à la sienne. Mon père et ma mère présidaient aussi, à l'anglaise, en bout de table : elle avait Harry à sa droite, il avait Elise de Seyrennes. Les invités jeunes et sexy reliaient les poids lourds. Dans un vrai dîner parisien, chacun aurait parlé à sa voisine, parfois à droite, parfois à gauche, on se serait ennuyé poliment et, d'aparté en aparté, on serait parvenu sans encombre au dessert. Rien de tel chez moi. Un peu surmenées dans l'année mais très anémiées par notre long apéritif, les bonnes manières se sont vite étiolées pour céder la place à la bonne franquette d'une conversation générale. Même Guerrier, d'habitude une vraie savonnette glissant entre les mots pour ne rien avouer d'elle, se laissait complètement aller. Portant la main à sa poitrine, elle a ainsi affirmé que la Silicon Valley lui tenait très à cœur. On était tous un peu saouls, très bruyants. Seul Paul faisait exception, une vraie tache de silence au milieu du brouhaha. L'éclipse de sa propre étoile lui faisait-elle voir la nuit en plein jour ? En tout cas, il s'en est pris nerveusement à Alexandre. Transformant son dépit en vertu, il a cité des noms comme il aurait dressé des listes de proscription : Kiejman, Lang, Dumas, Rousselet... Alexandre finit par lui demander s'il était aux commandes ou aux abois. L'autre attendait plus de compassion. Peut-être espérait-il qu'on l'écouterait avec l'attention déférente due à celui qui vous cite les symptômes de son cancer ? A Paris, dans un dîner mondain, il rêvait éveillé. Quand il a affirmé qu'au juge, il dirait la vérité, rien que la vérité, Guerrier a éclaté de rire :

— Essayez le contraire, c'est souvent plus efficace. Un mensonge fait le tour du monde avant que la vérité ait le temps de le rattraper.

Paul a blêmi. On se moquait de lui. J'ai cru qu'il allait se lever. Devant Harry, Alexandre et l'éditeur, il a tenu bon jusqu'à la fin du repas. Mais il n'a plus prononcé un mot. Quand on est revenus au salon, il a pris Clémence par le bras et ils sont partis.

Je n'y ai pas attaché d'importance. J'avais tort. La procédure infernale venait de s'enclencher et nous partions à la bataille en ordre dispersé.

CHAPITRE XII

D'abord la fête a continué. Clémence m'a entraînée à New York en Concorde pour faire des courses. Je suis retournée en week-end à Lugano avec Alexandre. L'architecte des Bâtiments de France à Vannes a refait en pierre le vieil escalier en bois de Kergantelec. J'ai emmené mon prof de gym en vacances aux Seychelles. Ma mère a créé deux autres sociétés anonymes à Lausanne. Et ainsi de suite. Pendant un an et demi, mon existence a suivi le cours balnéaire des vies de milliardaires. Seul Harry, parfois, me maintenait sur le qui-vive. Alexandre se faisait tirer l'oreille pour l'autorisation de mise sur le marché. On aurait volontiers fait à nouveau appel à moi. Inutile de préciser qu'il n'en était pas question : j'avais de l'argent pour mille ans – mais mille ans de farniente. Quand j'envoyais promener Harry, l'orage s'amassait derrière ses yeux. La tempête éclatait généralement sur Alexandre. Pourquoi ? Parce qu'il souhaitait que Poitou verse de l'argent à l'Opéra-Bastille qu'il fréquentait volontiers. Ce caprice faisait grimper Harry au rideau :

— A quoi riment ces tralalas grotesques où des jeunes premiers obèses s'égosillent en italien dans des décors en carton-pâte ? S'ils pleurnichent sur leurs moyens, ils n'ont qu'à faire casquer les tapettes et les vieilles biques que ce kitsch amuse. Les riches payent bien au restaurant. Pourquoi pas à l'Opéra ?

Réponse : parce qu'Alexandre faisait la loi. A chaque fois qu'Harry évoquait le danger de laisser les malades d'angine de poitrine aux soins des Allemands, le ministre répondait qu'ils en reparleraient quand il aurait vu *Tosca*, *La Traviata* ou je ne sais quel récital de je ne sais quelle prima donna. Pour tout dire, assister à un opéra m'amuse autant que regarder sécher de la peinture. Mais je prenais nos soirées lyriques avec philosophie. Pas Harry. Il avait passé l'âge de se raccrocher aux promesses comme à des fusées de détresse. Il ne supportait plus le régime. Tout était la faute de Mitterrand.

— Quel forban ! Un septennat pour les électeurs et un second pour les amis. Désormais tout s'achète. Placer ce serpent à l'Elysée, c'est nommer un enfant vicieux chef de famille. Songer que cette bande a réussi à faire croire qu'il n'y a qu'elle pour distinguer le bien du mal. La France a vraiment le QI d'un pop-corn.

Pour finir, il ravalait sa rage, m'entraînait au spectacle et, à l'entracte, quand il tombait sur Alexandre, il enchaînait les ronds de jambe. Avec un plaisir sadique, mon cher amant l'amenait à exprimer des compliments enthousiastes sur le spectacle et dégustait ses mensonges comme un bébé tète le sein. Un soir, cela dit, Harry n'y a plus tenu. Les choses ont mal tourné.

C'était au grand foyer de l'Opéra-Bastille. Nous venions d'assister aux deux premiers actes de *Norma*, avec Montserrat Caballé, deux cents kilos au jarret, dans le rôle de la druidesse envoûtante. Comme d'habitude, Darmon parcourait les groupes, distribuant les sourires, accordant sa main, concédant un aparté. Même expédiés, ces salamalecs prenaient du temps. Chacun tentait sa chance. Paris raffole des caresses ministérielles. On n'échappe à personne. Darmon fut attrapé au vol par un chroniqueur du *Figaro Magazine* en grande discussion mélomaniaque avec un éditorialiste du *Nouvel Obs*, son compère, d'accord en toute chose avec lui et d'abord sur le fait que, dans leurs articles respectifs, rien ne devait transparaître de cette parfaite communion d'esprit. Alexandre se méfiait de l'un comme de l'autre. Quand enfin, il nous a rejoints, il a déversé sa bile :

— Songer que ces deux marquis mènent la croisade morale, c'est accablant. Paris est la capitale mondiale des jouisseurs philosopheurs. Dire qu'il faut les écouter parler de vigilance démocratique alors qu'ils ne loupent aucun dîner en ville, assistent aux premières de l'Opéra, ont leur rond de serviette à la télévision et s'enivrent de notes de frais. Toutes ces « consciences » me sortent par les trous de nez : ils se font déposer par leurs chauffeurs dans toutes les étables où le veau d'or tient table ouverte et en avant la musique, je pérore sur l'Irak et sur Sarajevo. Mais attention, ces pitbulls redeviennent des caniches quand on les reçoit en tête à tête. Tout ce qu'ils veulent, c'est que Tonton les invite à son prochain voyage officiel.

Harry approuvait chaque mot de Darmon et c'est un compagnon de rêve quand on s'aventure sur le terrain du cynisme. Mais le rôle d'avocat du diable le tente toujours et là, à ma grande surprise, il a excusé les deux « penseurs » du *Fig Mag* et de l'*Obs* en citant Benjamin Constant : « On vit comme on peut, on juge comme on doit. » Cette culture à point nommé n'appartenait pas à son registre habituel et Alexandre a paru soufflé :

— Moi qui croyais que vous ne lisiez que vos relevés bancaires !

Harry a bien entendu pris le compliment pour une gifle et, en bon paysan du Danube, en a flanqué une autre en retour. Pas sur Alexandre, quand même. Sur cette pauvre Montserrat qu'il a « allumée » :

— J'ai peur pour elle. A force de postillonner, elle va s'électrocuter.

Comme prévu, Alexandre a pris l'outrage comme un crime de lèse-majesté. Son snobisme baissait moins vite les armes que son socialisme. Mieux valait mettre en doute la sincérité de ses engagements que le bien-fondé de sa culture. Il ne bronchait pas si vous agressiez Mitterrand, mais touchiez-vous un cheveu de ses divas qu'il vous renvoyait à votre cambouis sur un ton aiguisé comme une lame de rasoir :

— Ce n'est pas Johnny Hallyday au Parc des Princes. Ici, il n'y a pas de micro. Certaines subtilités vous échappent. Heureusement pour nous, nos plaisirs ne se résument pas aux matchs de l'OM et au Tour de France. Mais vous, les Anglais, vous n'avez jamais rien compris à la musique. Même votre Haendel était allemand.

Reprenant son souffle, à voix lente, comme s'il livrait le fruit d'une réflexion mûrement pesée, il a ajouté :

— Vous devriez boire moins.

J'ai craint que la conversation ne dégénère. Personne ne goûte les insinuations diffamantes en public. Mais ses nombreux ennemis avaient déjà souvent reproché son alcoolisme à Harry. Depuis le temps, il tenait plusieurs réponses prêtes. Il n'eut qu'à piocher dans ses réserves :

— Quand les autres généraux de Lincoln reprochaient à Grant son alcoolisme, le président les envoyait promener en leur conseillant de boire le même whisky que lui. Etant donné tous les services que je vous ai déjà rendus, vous devriez vous inspirer de lui. Je vous indiquerai volontiers mon brandy favori, vous pourriez m'en offrir une bouteille. Ou même une caisse.

La conversation tournait mal. Darmon a perdu son sang-froid :

— Quand vous serez à votre tour convoqué chez le juge Lecorre, tenez-vous-en à Grant et à Lincoln. Le

XIXe vous va très bien – surtout l'arrondissement, d'ailleurs. Je n'aime pas votre ton. Vous oubliez à qui vous parlez. Vous pourriez le regretter.

Harry a répondu avec un calme parfait :

— Des menaces, maintenant. Vous n'allez pas vous abaisser à mon niveau, tout de même.

Vexé de n'avoir pas le dernier mot, Alexandre a abandonné le combat et, sans lui dire bonsoir, il m'a prise par le bras comme si j'étais sa cavalière et non, ce soir-là, celle de son adversaire. A l'entendre, Harry était de trop mauvais goût pour moi. Sans doute, mais le mauvais goût m'amuse. J'ai tenté d'arranger les choses :

— C'est la vie qui est de mauvais goût.

— Peut-être, est convenu Alexandre, mais ce n'est pas une raison pour remporter le premier prix.

Cette réserve l'a enchanté (il citait dix fois de suite ses bons mots) et l'a ramené à de meilleurs sentiments. Tout compte fait, il ne voulait plus se fâcher. Du coup, pour calmer Harry, il m'a envoyée le rejoindre. Heureux hasard : celui-ci avait eu la bonne idée de m'attendre. Au lieu d'endurer la fin des criailleries de *Norma*, nous sommes allés dîner au restaurant. Rien de grandiose. Juste à côté, sur la place de la Bastille, aux Grandes Marches. Cinq minutes après leur dispute, il n'en voulait plus à Alexandre. Seule sa nervosité l'inquiétait :

— Qu'il me traite de pochetron, aucune importance. Cela ne me blesse pas. Du reste, il n'y arriverait pas : comme il ne s'intéresse à personne, il est incapable de trouver où ça fait mal. Mais sa susceptibilité, en revanche, m'inquiète. Sa vanité l'aveugle. Son diadème lui tombe sur les yeux. Si elle est convoquée, sa « Grandeur » ne pèsera pas lourd face au juge Lecorre.

Ce monsieur avait déjà convoqué deux fois Paul dans son bureau. A la stupeur de l'état-major de Poitou, le magistrat avait donné suite à des lettres anonymes. Harry se forçait à prendre la menace à la légère :

— Nous passons des contrats avec des dizaines de pays. Chacun sait qu'ils s'accompagnent de commissions. Voilà qu'un intégriste du droit prend au sérieux les accusations d'un cadre quelconque qu'on aura licencié pour incompétence. Cela ne rime à rien. Nous sommes en avance sur la loi. Elle finira bien par nous rattraper. C'est ce qui s'est déjà produit pour la contraception, l'avortement, l'objection de conscience et caetera. Ce sera fait pour les commissions.

Il souriait. Enfoncé dans son fauteuil, il avait l'air de jouir de cet impromptu judiciaire. Loin de lui, l'idée de prendre le juge Lecorre pour son ennemi. Il voyait en lui un partenaire avec lequel il se promettait une longue et excitante partie d'échecs :

— De toute façon, on gagnera. Si on ne peut pas enterrer l'affaire, on l'égarera sur de fausses pistes. Croyez-moi, j'en connais quelques-unes qui feront saliver la justice. Et la presse...

Poitou et ses remèdes miracles lui avaient un peu déformé le raisonnement : il prenait la moindre de ses insinuations pour un vaccin éprouvé. Pour tester ses primo-réactions, je lui ai demandé ce qui se passerait si la justice s'intéressait aussi à lui. Il en aurait fallu plus pour le troubler.

— Moi, ma chérie, je ne risque rien. Quand vos amis Paul et Alexandre trébucheront, tout le monde leur marchera dessus. Moi, cinquante bonnes âmes me tendront la main. Poitou est effectivement à la pointe des recherches sur le sida. Et le coffre-fort scientifique du groupe c'est moi. Deux ou trois disquettes informatiques et je fais gagner des mois et des milliards à nos concurrents. Croyez-moi : les laboratoires américains sauront bien me protéger. Et le gouvernement français ne voudra pas leur en donner le prétexte. La justice n'aura pas de sitôt le feu vert pour rédiger un mandat d'arrêt international contre le vieil Harry. Si cela tourne mal, j'irai à Malte. Puis je me promènerai. Les célibataires qui vivent en notes de frais ont des économies. Je ferai du tourisme. C'est de mon âge.

Rassuré par son propre aplomb, il s'est commandé un énorme plateau du mareyeur, puis un châteaubriant béarnaise accompagnés d'une bouteille de sancerre blanc, suivie d'une seconde, rouge. On en avait pour deux heures et il s'est mis à me contempler comme si j'étais en chocolat. Toutes les incongruités qu'il allait me dire le faisaient saliver à l'avance. Dieu qu'il était gros. On aurait dit qu'il avait avalé un pneu. Il allait bien avec le décor. Moquette turquoise, ciel rose peint au plafond, lustres gigantesques en Plexiglas, le restaurant déclinait lui aussi toute la gamme des fautes de goût. Mais, là aussi, comme avec lui, on se sentait bien. Tout me convenait et je l'ai trouvé touchant quand il a accroché sa serviette autour du cou pour déguster ses huîtres. Soudain, un groupe d'Ecossais déjà ivres a débarqué. Ils portaient le kilt et je les ai détaillés un à un. Harry m'a expliqué que France-Ecosse, un match de rugby, avait lieu le lendemain, au Parc des Princes. Ça m'a étonnée :

— Je croyais que les matchs tombaient le week-end.

— En effet. Nous sommes vendredi soir.

Aïe, aïe, aïe. J'avais coupé les ponts avec la réalité. Je me croyais mercredi. Harry m'a priée de revenir sur terre. Je me suis reportée sur les orangs-outangs qui s'installaient à la table voisine. J'aime bien les jambes d'hommes quand elles sont épaisses et celles-là, debout, faisaient sensation mais assis, le charme des brutes s'est évanoui. Le seul dont le visage me plaisait (et l'âge, et les épaules, et la bouche, et à peu près tout) m'a tourné le dos. Impossible pourtant de les oublier. Ils étudiaient la carte comme ils auraient déchiffré des hiéroglyphes, posaient des questions, s'interpellaient, éclataient de rire... A peine installés, ils avaient commandé des whiskys et se resservaient avec la bouteille que l'un d'eux faisait tourner en douce. Rien que l'odeur, on se sentait ivre mais ils changeaient agréablement des petits doigts en l'air des amateurs d'opéra et le dîner s'est déroulé ronronnant, long et agréable, bercé par Harry qui ne lâchait pas le crachoir :

Alexandre, Mitterrand, Paul, *Le Figaro*, *Le Monde*, l'Afrique, tout le monde y est passé. Je hochais la tête quand il fallait et j'observais nos voisins, ni milliardaires, ni traîne-patins, simplement des bourgeois sachant où ils allaient et, pour certains, peut-être au paradis – mais à la mesure de leurs moyens, un peu pluvieux. Quand, enfin, Harry a terminé sa deuxième bouteille, je lui ai proposé de marcher un peu avec moi. Il n'avait qu'à envoyer son chauffeur l'attendre place des Vosges. J'ai cru qu'il allait m'embrasser.

— Vous êtes simple, franche, normale... Et si jolie.

Il est toujours bon de se sentir désirée mais il ne faut pas laisser courir sur soi des idées fausses. J'ai pris son bras et un air étonné :

— Ah bon ! Je ne me voyais pas ainsi. A part jolie, bien entendu.

Les déclarations n'étaient pas son genre et il n'a pas insisté. Il observait les motards qui avaient envahi la place et la rendaient un peu hostile, inutilement rugissante. Les filles avaient l'air de coiffeuses, leurs mecs d'adolescents attardés, enrobés, déplumés et salariés. Ça faisait plus commandos Kronenbourg que horde sauvage. On pouvait chercher longtemps Marlon Brando. Harry s'est mis à philosopher :

— Je suis déçu. S'ils astiquent leur vie comme leurs machines, leur folie ne doit pas déranger grand monde. On dirait qu'ils ne jouent pas pour de vrai, comme s'ils misaient des jetons plutôt que de l'argent...

Le sujet lui plaisait, il se sentait dans son domaine : comment envoyer le système aux pelotes ? Il ne croyait qu'à sa propre formule : sans cuir, sans chrome, sans arrêt, sans frein – et, surtout, seul.

— Depuis quand les rebelles se rassemblent-ils ?

Je n'avais pas la réponse mais on a atteint la rue des Tournelles, les motards ont disparu, le calme est revenu, on est entrés dans le Marais et sans qu'on s'en aperçoive, le XXe siècle s'est mis en sourdine, comme une usine dont on s'éloigne pour retourner chez soi, un peu plus loin, au XVIIe. Par ici, les noms de rues n'ont pas changé depuis des siècles mais on sent que c'est dans ces lieux, bien plus qu'à Kourou ou au Stade-Vélodrome, qu'il faut chercher la France. Calme, ennuyeux, beau et prospère, ce musée en plein air donne une aura d'érudition à l'éternelle indifférence cynique des Parisiens. Ici des aristocrates, puis des juifs, puis des homosexuels ont senti les doigts de la mort se refermer sur eux mais rien, nulle part, ne l'indiquait. Dans ce décor, il y avait place pour la reine Margot, pour Lucien de Rubempré ou pour Cyril Collard mais plus pour les vraies victimes des massacres de Septembre, de la rafle du Vél' d'Hiv' ou de l'épidémie de sida. Avouer la douleur d'un drame personnel à Paris, c'est confier une soucoupe de lait à une chatte : on vous le vole pour en faire un débat. Mais un débat à la française : foires d'empoigne, excommunications, coups de théâtre et, pour finir, business as usual : des livres. Le passé ne sert que d'auxiliaire au présent. On ensevelit les souffrances sous les mots. A mille lieues de ces cabotinages cyniques, Harry rêvait, inspiré par la place des Vosges. Dans son registre habituel, d'ailleurs. Ce qu'il voyait d'abord, lui, c'était une superbe opération immobilière :

— Parce qu'il avait besoin d'argent, Henri IV a fait lotir un espace qui ne lui appartenait pas mais qu'il fallait prétendument sortir du domaine royal parce qu'Henri II y était mort en duel. Tout a été mené à bien en dix ans. Pour les vendre plus cher, il a baptisé les deux plus beaux immeubles « pavillon du roi » et « pavillon de la reine » et il a gravé des H dans la pierre. On a inauguré le nouvel ensemble pour le mariage de Louis XIII.

C'était bien lui : relire l'histoire en feuilletant les archives du surintendant des Finances. Pourquoi pas, d'ailleurs ? De bonnes spéculations en disent autant sur une époque que des débats oiseux entre jansénistes et jésuites sur la grâce suffisante et la providence nécessaire. Pourtant, ses connaissances m'ont bluffée. Comme, tout compte fait, je suis une fille assez simple, je lui ai avoué ma surprise. Elle l'a étonné :

— On trouve de tout partout. Il y a bien des pauvres qui votent à droite. Pourquoi pas une petite couche de connaissances chez un gros lourdaud ? Vous devriez écouter le « Jeu des mille francs » sur France Inter. Vous seriez stupéfaite de voir où se niche la culture en France. Un boucher de Bastia, un chef de gare à Périgueux, une grand-mère de Locmariaquer... ils savent tout.

Parfait. Je n'ai pas répondu. Je le tenais par le bras, nous marchions sous les voûtes de la place, il faisait doux, je me laissais vivre. C'est lui qui m'a ramenée sur terre :

— Allez, je blague. J'ignorais tout ça. C'est votre père qui me l'a raconté au téléphone.

— Mon père savait que nous viendrions ici ensemble ?

— Non, mais je l'ai appelé à propos du tableau de Le Sueur qui orne votre entrée. Notre comptabilité réclamait un certificat d'expert. Autant faire une fleur à votre père. De fil en aiguille, évoquant les chantiers des principaux artistes parisiens au XVIIe siècle, il a parlé de la place des Vosges. Il la cite dans le livre qu'il écrit pour Elise de Seyrennes.

Première nouvelle : mon père travaillait pour Elise. Je suis tombée des nues. Le désarroi qu'Harry a lu dans mes yeux a excité sa verve :

— Dites-moi, mon petit chou, il faudrait revenir parmi nous. En ce moment, vous agissez comme si vous étiez invitée dans la vie. Toute curiosité vous abandonne. Vous vous contentez de vous asseoir dans le siège passager et de regarder défiler le paysage. Il serait temps de reprendre le volant... Et même grand temps.

Il a lâché mon bras, s'est avancé sur la chaussée, a repéré sa voiture, a fait signe au chauffeur et l'a prié de rentrer chez lui. Il voulait me parler et je le comprends. Personne ne souhaite avoir une perruche écervelée dans son entourage immédiat. Alors, revenant à pied vers l'île de la Cité, il m'a annoncé trois choses. La première, amusante : après mon dîner de réveillon, Elise de Seyrennes et le service de coopération culturelle du Quai d'Orsay avaient commandé à mon père un petit ouvrage sur la peinture française au Grand Siècle. Prétexte officiel : une future exposition au Québec où on allait fêter le quatre-centième anniversaire de la fondation de Montréal. La deuxième, inquiétante : Paul serait tôt ou tard arrêté. A force de prendre son portefeuille pour son meilleur ami, il avait accumulé les maladresses que de bonnes âmes anonymes expliquaient en détail au juge Lecorre. La troisième, stupéfiante : Alexandre avait demandé à Mitterrand l'autorisation de quitter sans tarder le ministère de la Santé. Poitou en était malade mais Harry, beau joueur, lui tirait son chapeau :

— Je l'admire. Cet âne de Paul est resté scotché à son bureau comme la chèvre à son piquet et le juge n'aura qu'à saisir la laisse. Alexandre, lui, bouge. Il sait qu'en 1993 la droite reviendra aux affaires et ne lui fera pas de cadeau. Il lui faudra alors une fonction si symbolique que la justice n'ose pas l'attaquer par crainte d'ébranler la France elle-même. Et il l'a trouvée : président du Grand Conseil de la Francophonie. A ses côtés, il aura des personnalités comme Léopold Senghor, Boutros Boutros-Ghali, Houphouët-Boigny, Pierre Elliott Trudeau ou Amine Gemayel. Il en a côtoyé plusieurs quand il jouait au « French doc » et il a des amis partout en Afrique – comme nous sommes bien placés pour le savoir. En trois années, à l'OMS, il s'est ménagé des appuis dans le monde entier. S'il obtient la charge, il sera intouchable. Cette francophonie se résume à un château de cartes que Paris s'obstine à bâtir dans l'indifférence goguenarde du monde entier. Un souffle et l'édifice s'écroulera sous les fous rires du Commonwealth. Inutile de dire que le juge Lecorre ne pèsera pas lourd dans la balance. Son procureur lui clouera le bec.

Trois mois plus tard, c'était fait. Le 1er juin 1991, à l'occasion de son entrée en fonction à la tête de son instance plus pittoresque que suprême, Alexandre recevait trois cents personnes dans ses nouveaux locaux, à l'hôtel Cabrol des Dunes, somptueux palais de l'île Saint-Louis érigé vers 1730 par un fermier général que le clapotis de la Seine aidait à dormir. Tout Paris était là – et d'abord moi. Sa femme se remettant chez elle d'une providentielle intervention à la cheville, j'ai traversé les salons au bras d'Alexandre. En bon compagnon de François Mitterrand, il a assassiné en paroles, sans pitié et sans exception les dizaines de personnes qu'il venait de me présenter. De là à s'en excuser, pas question.

— Que faire ? A 20 ans, je rêvais d'être un lion mais, à 45, je suis enchanté du rôle de renard. De toute façon, je déteste les gens qui rugissent. Je préfère écorcher.

Comme pour illustrer son propos, dix secondes plus tard, il habilla pour l'hiver un philosophe qu'il venait de saluer avec enthousiasme :

— Il se prend pour Malraux. François Mitterrand l'a surnommé le foudre de perlimpinpin. Il veut absolument qu'on aille arrêter Saddam Hussein. Heureusement qu'on n'écoute pas ces guignols.

Il faut toujours écouter tout le monde. On ne sait jamais d'où viendra la prochaine bonne idée. C'est comme ouvrir l'œil et le bon, le troisième. Je l'ai dit à Alexandre. Cela l'a fait sourire. Il m'a serré le poignet et m'a glissé à l'oreille :

— Surtout pas. Dans la vie, si vous voulez perdre, adoptez le point de vue de l'autre.

Et voilà, c'est la dernière confidence que je me rappelle d'Alexandre. Car, le lendemain, à l'aube, nous avons été séparés. Pour toujours.

DEUXIÈME PARTIE :

Pénitence

CHAPITRE I

Michel Lecorre est arrivé à l'aube. A cause de la fraîcheur, il s'était ficelé comme un gigot dans son trench-coat. Au premier coup d'œil, j'ai compris : un parfait aliéné. Et un aliéné décidé à me jeter à l'eau. Impossible de voir ses yeux. Le nez dans ses papiers, il m'a annoncé la perquisition et l'ouverture d'une information judiciaire sans me regarder. Cette distance et cette voix très basse auraient pu passer pour une trace d'humanité chez un homme qui évite le spectacle de la déconfiture de son adversaire. Tu parles ! A peine entré dans le salon, il a jeté son imperméable sur une chaise, s'est installé sur un canapé, a disposé ses dossiers à côté de lui et a froidement prié la greffière de prendre place à sa droite dans un fauteuil. Il possédait un plan de l'appartement et a réparti les cinq pièces à la quinzaine de policiers qui l'escortaient. Une invasion. Ils ont commencé à tout fouiller. Comme je déteste les meubles, l'appartement semblait vide et j'ai cru que tout se passerait vite. Erreur : on était partis pour des heures. Quand je l'ai compris, je me suis recroquevillée dans mon coin, près de la fenêtre, sur un de mes jolis cache-radiateurs en chêne cérusé, patiente, polie, ne posant aucune question, l'air de la jeune fille rangée qui assiste à une pièce de théâtre. Lecorre dirigeait la manœuvre avec calme. On lui apportait des documents, il les consultait, il les « saisissait ». Rien d'historique : des photos, des factures, des feuilles de salaire, des papiers de sécu, quelques lettres de mon père...

Discrètement, sans demander la permission pour ne pas troubler l'appareil de l'Etat dans sa mission, je suis allée faire du thé. Je n'en ai pas proposé à Dracula ni à sa suivante quand je l'ai rapporté dans le salon avec des tranches de cake et je suis restée à l'écart, bien sage, en tête à tête avec ma tasse. A tout hasard, quelques jours plus tôt, Harry m'avait prévenue : la garde à vue dure vingt-quatre heures, renouvelables automatiquement. On n'a droit à un avocat qu'à la vingtième. Puisque le juge avait sonné à 7 heures, inutile d'espérer de l'aide avant 3 heures du matin le lendemain. Je n'avais qu'à me faire toute petite. J'ai réfléchi au nom du défenseur que j'allais consulter. Harry m'avait suggéré celui déjà choisi par Crozemarie ! Autant m'installer tout de suite à la Santé pour vingt ans. Même chose pour maître Vergès, il dénoncerait une société vénale, révélerait deux ou trois coups tordus du capitalisme corrupteur, réglerait son compte à la France et, pour finir, m'obtiendrait avec un mystérieux sourire la peine maximale. Merci bien. Au lieu de ça, j'ai choisi d'appeler maître Colas, un vieux monsieur assez petit, très mince, très spirituel, très cultivé, grand collectionneur de tableaux, ennemi juré des grandes formules mais ami intime des bons mots. J'avais dîné chez lui trois fois. Sa culture me rassurait. Il n'avait qu'un inconvénient : il était très proche de Darmon. Sur le moment, cela m'a paru un grand avantage. On se croit très maligne. On est très sotte. Mais, comme d'habitude, j'anticipe.

Je portais un tee-shirt et un caleçon long en Lycra sous mon peignoir. Face à tous ces gens en tenue de ville, j'ai fini par me sentir mal à l'aise et j'ai demandé la permission d'aller faire ma toilette. Sans daigner lever la tête vers moi, Lecorre a grogné à une femme policier de m'accompagner dans la salle de bains. Un carnage. Ils avaient déchiré les paquets de Kleenex, jeté par terre toutes les serviettes de l'armoire, ouvert les boîtes de médicaments, renversé le panier à linge... Gentille et douce, la fliquette m'a aidée à remettre de l'ordre, s'est assise sur un tabouret et m'a tourné le dos pendant que je prenais une douche. Je me suis lavé les cheveux, je les ai séchés, j'ai traîné, c'est passé en quelques minutes... Dans la chambre, elle m'a conseillé de mettre un pantalon.

— Et un pull. La nuit, au dépôt, il fait froid. Et choisissez des chaussures confortables.

Sans vouloir la ramener, j'étais très jolie. Toute simple. L'air d'une adolescente. Des mocassins Weston marron foncé, des chaussettes en fil d'Ecosse bleu marine, un blue-jean, un tee-shirt blanc et, sur les épaules, un col roulé en cachemire marine de chez Old England. 1,78 mètre, 62 kilos, je ne faisais pas mes 31 ans, mais alors pas du tout. Il ne manquait que le cartable pour que j'aie l'air d'une étudiante BCBG partant pour son cours à Sciences-Po. Quand je suis revenue au salon, ça n'a pas loupé : Lecorre m'a jeté un regard glacial. Un représentant de commerce avec ses valises sous les yeux. Quel que fût son âge, il en faisait dix de plus. Mon look n'allait pas arranger mes affaires mais j'ai fait mine de ne pas m'apercevoir de sa contrariété et j'ai repris ma place près de la fenêtre. Je n'avais pas peur. Je ne songeais qu'à une chose : maintenir les apparences. Ne pas pleurer, ne pas poser de questions, ne trahir aucune faiblesse, surtout ne jamais élever la voix... Ma mère avait placé notre argent à l'abri, je n'avais caché aucun de mes revenus en France, ma mission auprès de Darmon m'avait été confiée par les plus grands patrons de France, j'avais récupéré des photos de moi à Solutré, la situation n'avait rien de désespéré. Le soleil n'avait pas fini de briller. Je n'allais pas me fâcher à cause d'un nuage de passage...

Un peu avant midi, Lecorre a jugé qu'il avait tiré de l'appartement tout ce qu'il pouvait lui donner. Pas grand-chose, en fait. Il m'a fait signe de venir près de lui et m'a posé des questions sur les meubles, les tableaux et les objets qu'il plaçait sous scellés. Pauvre paysan : ses flics collaient partout des étiquettes mais il ignorait comment les remplir. Le Sueur et les subtilités d'un décor parisien n'appartenaient pas à sa culture.

Dans la chambre, je lui ai présenté ma coiffeuse Charles X comme un guéridon Directoire et c'est passé. Il nageait complètement et, pour rigoler, avec ses intitulés, j'ai transformé les lieux en galerie d'antiquaire véreux. Mon calme et mes sourires ont dû l'agacer car, tout à coup, juste avant de plier bagage, sa dernière phrase s'est glissée vers moi comme un serpent dans l'herbe :

— J'espérais trouver plus de documents. La pêche est maigre.

Il m'a laissé le temps de répondre, je ne l'ai pas fait. Alors, sans se presser, il a soigneusement posé ses mots sur la blessure et il a appuyé :

— Espérons que la perquisition menée en ce moment chez vos parents soit plus fructueuse.

La police chez mon père, si honnête et si fragile ! Il devait se croire revenu au Moyen Age à l'époque des invasions vandales. Les larmes me sont montées aux yeux, de rage et d'impuissance. J'avais juré de ne pas ouvrir le bec mais il a fallu que je demande si c'était vraiment nécessaire. Trop heureux de me le clouer, Lecorre a suçoté chaque mot de sa réponse comme un bonbon :

— La vie n'est pas une commode avec des tiroirs, mademoiselle. Tout se mélange. Je veux tout voir.

La colère a stimulé mes glandes à venin. Je lui ai répondu sur un ton excédé :

— Commencez par lire votre dossier et n'hésitez pas à m'appeler « madame ». Comme vous devriez le savoir, je suis mariée.

Il a posé sur moi le regard navré du médecin de garde à l'hôpital psychiatrique du coin. Ce sale bonhomme reprenait la situation en main. J'ai cru qu'il allait me demander si j'avais oublié de prendre mes médicaments. Au lieu de ça, parlant très vite, il s'est fait une joie d'attraper au vol la perche que je venais bêtement de lui tendre :

— Votre vie sentimentale semble en effet assez confuse. La police vous interrogera à ce propos. Je crains que ce ne soit long.

Puis il s'est levé, a récupéré ses affaires et m'a plantée là. Je n'étais ni désorientée, ni déboussolée car je n'ai jamais suivi aucun cap. Je flottais, c'est tout. Sur quoi ? Sur les larmes qui coulaient à flots pour mon père, mais à l'intérieur, en train de me noyer. Sans un mot, incapable de parler, j'ai enfilé un blouson en daim clair de chez Hermès, j'ai fermé à clé la porte de l'appartement et j'ai suivi les policiers. Au moins, mon calme aura servi : ils ne m'ont pas mis les menottes. On n'allait pas loin. A deux cents mètres de là. Un bout de place Dauphine, un doigt de parking du palais de Justice et on est arrivés à destination : Quai des Orfèvres. Un vrai film ! Mais pas prévu au programme.

On m'a installée dans un couloir et hop, tout s'est arrêté. La préfecture de police est partie déjeuner. On m'a abandonné un banc. J'ai transformé mon cachemire en oreiller et je me suis allongée. Merveilleux : j'ai fini par m'endormir. Quand ils se sont décidés à interrompre ma sieste, il était 4 heures et j'avais acquis un petit statut de « dur ». Ma tranquillité avait l'air de les blouser. J'en ai rajouté dès mon entrée dans le bureau de l'inspecteur Grandhomme, Jean. Pas très grand, mais sexy. Une belle voix grave et tranquille, un brushing travaillé mais réussi, un petit air BCBG viril, tout à fait mon genre. Et moi, j'étais le sien. Du reste, tout le monde l'était. Il aurait fait du charme à la Victoire de Samothrace. Quand il a commencé à m'interroger, je lui ai dit que d'abord, j'avais besoin d'aller aux toilettes, puis de boire et, enfin, de déjeuner. Ça ne l'a pas contrarié. Rien ne devait jamais le troubler. Le calme en toute circonstance faisait partie intégrante de sa panoplie. Il a sorti une bouteille d'Evian d'un tiroir, m'a fait accompagner aux toilettes et a commandé un sandwich. On ne faisait pas plus aimable. Avec cela, complètement incompétent. Aucune perversité. Ses questions tombaient bien à plat, évidentes, sans le moindre piège, indignes même d'un gardien de la paix débutant. En quatre heures, il a reconstitué mon parcours professionnel et obtenu confirmation de tout ce qu'il savait déjà : oui, j'avais été la maîtresse d'Alexandre Darmon ; oui, j'habitais un appartement loué à une société immobilière suisse ; non, je n'allais pas nier l'évidence. Il avait l'air de se trouver génial chaque fois qu'il tapait sur sa machine ce que, de toute façon, il aurait découvert en trois minutes. Il ne devait pas souvent mettre en doute son talent. Enfin, un peu avant 20 heures, poli, il m'a raccompagnée dans mon couloir...

J'avais mangé mon pain blanc. Ensuite, ce fut beaucoup moins agréable. On m'a trimbalée à travers les étages jusqu'à 11 heures du soir où je me suis retrouvée au sous-sol. Là, après avoir noté le nom de mon avocat, on m'a menée à ma chambre. Toute simple. Une grille en fer, quatre banquettes en bois et, déjà, trois colocataires, un poivrot, un sans-papiers du genre pakistanais et un voleur d'autoradio beur en overdose de vitamine C. Ces esprits simples ne se fiant qu'aux apparences, ils m'ont bien sûr prise pour un mélange de Blanche-Neige et de déléguée de la Croix-Rouge. Un ange en enfer. Trente secondes après mon arrivée, le Pakistanais s'est mis à baragouiner pour que je lui traduise des papiers. Aimable, avec un sourire, en anglais, je l'ai envoyé paître sous prétexte que je ne pouvais pas lire sans lunettes. Mes soucis me suffisaient mais voilà que le beur s'en est mêlé. Tout maigrichon mais doté d'une belle paire de gants de boxe à la place du cerveau, il s'est approché avec l'air de la crevette qui se prend pour une langouste. Il a parlé comme dans un téléfilm, trop fort et trop vite :

— Dis donc, pétasse, pour qui tu te prends ?

Changement de registre : j'étais devenue Cruella. J'ai joué mon rôle et, sur un ton doux comme la soie, d'une voix très « château », j'ai appuyé sur la touche d'effacement automatique :

— Vous, Mahmoud, soyez gentil. Allez plutôt me chercher un café.

Je m'attendais à ce qu'il se mette à sauter sur place en marmonnant « respect, respect ». Rien de tel. Il m'a seulement juré qu'avant la fin de la nuit, j'y passerais. Je ne crois pas aux colères à retardement mais, à tout hasard, au cas où il aurait tenté de passer à l'action, je lui ai gentiment demandé de ne pas oublier d'enfiler une de ses mini-capotes. Qu'avais-je dit ? Il s'est rué sur moi. J'allais lui enfoncer un doigt dans l'œil jusqu'au coude quand je l'ai vu rebondir sur le mur. Le gentil Pakistanais lui avait collé la gifle du siècle et le pauvre gamin s'est effondré sur sa couchette. Faisant comme si je n'avais rien vu, je me suis allongée sur la mienne. De là à fermer l'œil, impossible. On m'avait cédé le banc près du clochard. L'odeur, je n'en parle pas. Le bruit, celui d'une chaudière. J'étais sur le qui-vive. Impossible de mettre de l'ordre dans mes idées. Contrariée au dernier degré, je me voyais déjà froissée comme un vieux sac à papier au moment d'affronter Lecorre. Enfin, divine surprise, à 3 heures du matin, Zorro est arrivé : maître Colas.

Il avait l'air de trouver tout à fait naturelle notre rencontre. Habitué à ce genre d'entrevues, il avait apporté une brosse à dents et du dentifrice, ainsi qu'un pot de caviar, une tartelette aux fraises et une petite cuiller en argent. Pendant que je dégustais grain par grain son souper, il m'a posé les questions rituelles : vous a-t-on maltraitée, que vous ont demandé les policiers, qui dois-je appeler de votre part ? Comme on ne nous accordait que vingt minutes, le temps que je lui explique mes problèmes de voisinage, on l'a prié de repartir. Heureusement, les policiers l'avaient à la bonne et il a obtenu qu'on me transfère dans une salle, seule. A peine la porte refermée, je me suis endormie comme une masse. Le sommeil restait à mes ordres. On peut dire que j'ai une bonne nature. Elle m'aidait à faire face.

A 10 heures, j'étais de retour chez l'inspecteur Grandhomme. Il avait des questions supplémentaires à me poser sur Poitou : qui avait signé mon contrat d'embauche, à quel étage était mon bureau, pourquoi avais-je démissionné ? Mes réponses tombaient goutte à goutte, sans hâte, comme d'un robinet mal fermé, non que je fisse preuve de mauvaise volonté mais par prudence, chaque affirmation pouvant se retourner plus tard contre moi. J'essayais de m'en tenir à la franchise. On risque moins de se voir démenti par la suite. Les mensonges de circonstance, cependant, ne me faisaient pas peur : j'ai affirmé haut et fort que je n'avais pas démissionné. On m'avait licenciée. Du jour au lendemain ! Cette fermeté a plu à l'inspecteur. Pour me récompenser, il a envoyé chercher la brosse à cheveux que je réclamais depuis une heure. Enfin, au début de l'après-midi, il m'a commandé un sandwich et un Coca light, m'a raccompagnée dans le couloir, m'a saluée poliment et, j'imagine, a transmis mon dossier à Lecorre.

A 5 heures, en tout cas, quand on m'a transférée au palais de Justice, maître Colas l'avait entre les mains. L'air accablé, il en tournait les pages l'une après l'autre comme s'il arrachait des pansements, chaque document plus douloureux que le précédent. Il s'est levé pour me serrer la main comme il m'aurait pris le pouls puis, sans commentaires, il a poussé vers moi les feuilles qu'il avait déjà lues : deux lettres anonymes sur papier à en-tête Poitou révélaient mes liens avec Darmon et conseillaient de se pencher sur mon cas, les procès-verbaux de l'inspecteur Grandhomme rendaient compte de ses interrogatoires, une déclaration de la concierge du quai de l'Horloge évoquait les travaux dans l'appartement et les soirées que j'y donnais... Et c'est tout ! Je m'attendais à pire. Je n'ai pas compris la mine d'enterrement de mon défenseur et j'ai tenté de lui remonter le moral :

— Ça n'est pas tragique. Rien n'est inattendu. Je sens que, ce soir, on va dîner chez Lipp. J'aurai fait un tour de piste chez les pauvres. C'est instructif.

Quand il a relevé la tête, j'ai senti qu'une porte se refermait sur moi. Il me regardait comme une folle échappée de l'asile et m'a ramenée sur terre en parlant sur le ton circonspect du professeur en médecine qui va vous entretenir de la tumeur qu'il a examinée :

— Les juges français ont découvert depuis quelque temps un alcool dont ils se régalent : l'abus de bien social. Grâce à lui, chaque matin, ils sentent la réalité de leur pouvoir. Tout à coup, dans leurs bureaux vermoulus, l'argent parle et on ne l'écoute plus. Votre situation est grave. Non pas qu'Arielle de Kergantelec intéresse tant Michel Lecorre. Mais, grâce à vous, il va « couler » Paul Saint-Claude et mettre le grappin sur Alexandre

Darmon. Je suis navré de vous dire que si on dîne ce soir chez Lipp, ce sera un miracle. Enfin c'est possible. Tout est possible.

A toutes fins utiles, pour rendre le possible moins improbable, il est d'ailleurs parti discuter avec le procureur de la République. Si ce puissant personnage réclamait ma mise en détention, j'étais perdue. Ouf ! A son retour, maître Colas avait l'assurance qu'il ne le ferait pas. Cela a suffi à me rassurer. Il en faut peu et je suis entrée dans le bureau de Michel Lecorre en héroïne de roman plus qu'en coupable. Aucune appréhension particulière. Au contraire, cette confrontation m'excitait. Je vivais une véritable aventure. J'ai vite déchanté.

D'emblée le décor donnait le cafard. Rideaux rouges mais pas le rouge Valentino. Murs gris mais pas le gris Dior. Tout avait l'air vieillot et hostile. Cinq minutes plus tôt, je me voyais en Julia Roberts dans un film de Sidney Pollack ; là, on pénétrait dans un roman de Balzac. Quant à Dracula, il jouait le même rôle que la veille : pas un mot, pas un regard. Maître Colas et moi sommes restés debout sans qu'il parût s'en rendre compte. Quand on a demandé la permission de s'asseoir, il a pris un air éberlué :

— Que se passe-t-il ? Les sièges ne vous conviennent pas ?

Pour mettre l'ambiance, il s'y entendait. On ne faisait pas plus ronchon. Deux ou trois minutes sont encore passées sans qu'il lève le nez de ses papiers. Il relisait mon dossier comme on renifle une poubelle. Je n'étais pas pressée. De toute façon, j'avais la consigne de ne rien dire. Maître Colas avait arrêté notre stratégie :

— On ne le convaincra de rien. Inutile donc, à ce stade, de nous expliquer. Inutile également de lutter contre le courant. Laissons-le nous emporter. Voyons où il coule fort, éloignons-nous-en et glissons imperceptiblement vers la côte. Ne prononcez aucun nom propre. Si le juge évoque vos voyages ou vos missions, passez-moi la parole...

Deux ou trois minutes se sont encore écoulées. Aussi immobile qu'une statue, maître Colas ne bougeait pas les jambes, ne se penchait pas vers moi, ne consultait pas ses notes, ne jouait pas des mains. Son visage n'exprimait rien, sinon une extraordinaire concentration. C'était fascinant. Enfin Lecorre a fait signe à sa greffière et m'a adressé la parole. A ce stade de l'instruction, il ne posait pas de questions et s'est borné à me notifier ma mise en examen pour « recel d'abus de biens sociaux au détriment de la société Poitou ». Il se fondait sur plusieurs articles du code pénal qu'il m'a lus. Comme il ne désespérait pas de m'arracher quelques vers du nez, il a quand même décidé de se faire tendre, a refermé son stylo, a posé les coudes sur la table et m'a parlé droit dans les yeux :

— Mademoiselle, je ne suis pas le bourreau. Je me contente de recueillir des informations. Je ne vous crois pas l'actrice principale de mon dossier, loin de là.

J'essaye au contraire de me tenir à vos côtés et de vous aider. Je suis tout disposé à recevoir vos déclarations spontanées.

S'il tentait de rompre la glace, maître Colas lui a remis les idées en place d'une voix sèche, sans risettes dans les intonations :

— Excusez-moi, monsieur le juge, mais à côté d'Arielle de Kergantelec, il n'y a qu'une place et c'est la mienne. Ma cliente ne comprend rien à ce qui l'a mise entre les mains de la police, ne voit pas qui porte plainte et se borne à confirmer ce qu'elle a déclaré à votre inspecteur.

Vexé, Lecorre s'est mis à jargonner en pataphar juridique à l'intention de sa greffière, puis a téléphoné au procureur pour lui demander s'il souhaitait nous rejoindre. J'ignore où était son bureau mais, vingt secondes plus tard, il était là. Très grand, mince, les cheveux gris trop longs, de nombreux grains de beauté sur le visage, il s'est fait résumer la situation par le juge et a ensuite répété mot pour mot tout ce qu'il venait de dire. Il nous expliquait l'affaire comme à des enfants mais c'est lui qui avait l'air d'un idiot répétant une leçon dont il ne comprend pas le sens. J'ai tout de suite senti qu'il ne ferait pas le poids. En effet. Quand il eut dit qu'il ne réclamait pas ma mise en détention mais se contenterait d'un contrôle judiciaire et d'une caution de 2 500 000 francs, Michel Lecorre lui a seulement demandé si c'était son dernier mot. Alors, il l'a renvoyé à la niche :

— C'est parfait mais je préfère m'en tenir à une procédure moins exceptionnelle. Mademoiselle de Kergantelec, je vais vous faire conduire à la prison de Fleury-Mérogis. Je vous convoquerai bientôt dans ce bureau pour mener un interrogatoire de fond.

Nous étions assis l'un en face de l'autre mais on aurait aussi bien pu être au téléphone, il parlait à nouveau sans me regarder. Je devrais le remercier pour ce mépris car il m'a donné la force de ne pas craquer. Je ne voulais pas lui accorder ce plaisir. Au contraire, je lui ai répliqué sur le ton très calme de la marquise qui renvoie le majordome dans ses quartiers :

— Je vous en prie. N'hésitez pas à m'appeler. Pour vous, je trouverai toujours le moyen de me libérer.

Coup de chapeau à l'intrépidité de sa cliente, maître Colas a éclaté de rire, mais un rire jaune, un peu forcé. Ensuite, il m'a baisé la main et j'ai suivi les deux gendarmes qui, comme par enchantement, étaient soudain apparus dans le décor.

CHAPITRE II

Quel cinéma ! Les jeux étaient faits d'avance. Quand on m'a embarquée dans la « bétaillère », le chauffeur a grogné que ce n'était pas trop tôt. A l'intérieur, une gamine de 20 ans pleurait en silence. A force de m'attendre, elle baignait dans ses larmes jusqu'aux genoux. Elle n'a pas ouvert le bec. Moi non plus. Un froid glacial s'était infiltré en moi. Toutes ces filles jeunes qui n'ont pas décroché un rapport hétérosexuel depuis des mois, j'en tremblais. Et les vieilles ! Et celles qui font la loi. La peur me nouait le ventre. Ma salive devenait acide. Si j'ai failli craquer, c'est à cette heure. Tout courage m'avait abandonnée, comme l'eau d'un bassin qui se vide. Pour tenir, je me suis mordu les lèvres jusqu'au sang. Surtout ne pas me présenter en pleurs mais maintenir l'apparence d'une battante qui en garde sous le coude. Le temps d'arriver, par miracle, j'ai retrouvé une espèce de calme. Dans ma tête, je me répétais : « Courage ma grande : sois une star toute simple. Tu joues un rôle. Ne discute pas le scénario, mets-toi dans la peau de la Guerrier qui remplit un contrat, rien de plus. » Ça aurait pu ne pas marcher. A la moindre gentillesse, j'aurais éclaté en sanglots. Heureusement, l'administration pénitentiaire veillait. D'innombrables recoins de la justice demeurent inaccessibles au droit et, ce soir-là, une gardienne a décidé de me l'apprendre. Son arbitraire m'a rendu des forces. J'avais besoin d'ennemis pour tenir.

Avant même de les rencontrer, j'avais compris que je pénétrais chez les fous. Un bruit infernal au moindre mouvement. Tout résonnait. L'architecte, une nullité manifestement envoûtée par Le Corbusier, était parti dans un délire Barbe-Bleue – château fort-pont-levis... On était en 1991 et on se serait cru dans *Le Nom de la rose*. Il y avait des portes partout, en bois, en fer, en verre, à grilles, à clés, à codes, de jour, de nuit... Toutes claquaient ! Béton, carrelage et métal, c'était étourdissant. On entrait dans un asile : les gens ne s'exprimaient plus, ils braillaient. Quand on arrive en prison, on parle français. A la sortie, votre langue natale est le bruit. A devenir dingue. D'ailleurs, la plupart des matonnes le sont. Dès l'accueil, j'ai été fixée.

Une furie m'attendait. La punaise incarnée : Maryvonne Delafon. Cette pauvre fille traversera la vie sans jamais jouer un rôle. Quand elle m'a vue, elle s'en est trouvé un : bourreau. Résolue à ne plus me lâcher, elle s'est abattue sur moi comme le crachin. Elle m'a parlé avec des lames de rasoir dans les mots :

— Alors c'est toi, la putain de Poitou. J'ai bien fait d'attendre. Ils n'avaient pas d'images au Journal télévisé. Figure-toi que mon mari travaillait chez Poitou et qu'ils l'ont foutu dehors pour que des grognasses de ton style puissent jeter les millions par la fenêtre. On va beaucoup se voir, toi et moi.

Et patati et patata. Elle s'était monté tout un film à mon propos. Que faire ? Ne pas broncher ? Montrer patte blanche ? Ou refuser de céder le moindre terrain ? Quand elle m'a dit : « Des poufs comme toi, j'en dévore une chaque matin », j'ai répondu, avec un slip en dentelle noire dans la voix, en vraie poule :

— Bonne idée. Ces derniers temps, chez Poitou, je me suis sucrée. Vous allez me trouver délicieuse.

Elle n'avait pas prévu que je réplique. Indignée, elle a bondi de sa chaise et j'ai cru qu'elle allait me gifler. Pas encore. Elle a saisi ma main et, sous prétexte de relever l'empreinte d'un doigt, elle l'a écrasée sur le tampon encreur. J'ai failli hurler mais les grands airs demeuraient très au-dessus de mes moyens et je me suis contentée de m'essuyer sur son bureau. De fureur, elle s'est précipitée vers moi pour m'expédier d'un violent coup d'épaule devant l'appareil photo. Une autre surveillante lui a demandé ce qui la prenait et elle a grogné avant de retourner à sa table. Trente secondes plus tard, de retour, elle m'a tendu un carton bleu où était inscrit un chiffre : 31326. Elle aboyait :

— Plus de marquise par ici, ma cocotte. Désormais tu seras un numéro d'écrou et rien d'autre. N'égare pas ce papier. Tu dois le porter en permanence sur toi. Maintenant, dégage.

Je ne demandais pas mieux. Elle ne perdait rien pour attendre. Dès cette seconde, j'ai décidé qu'elle me le paierait. Elle m'avait regonflée à bloc et je n'ai prêté aucune attention aux humiliations suivantes. Car, pas d'hypocrisie : on ne nous en épargne aucune. On m'a ordonné de me déshabiller, une gendarme m'a palpée des pieds à la tête, on a traîné par terre mes vêtements du bout des pieds, on a même cherché ce que j'aurais pu cacher dans mes cheveux et on m'a laissée dix minutes nue comme un ver pendant que ces dames délibéraient pour savoir où me caser. Enfin, tout s'achève : on a mis sur un compte les 2 200 francs que je possédais en liquide, on m'a vendu des slips, des savons, du shampooing et un peigne, on m'a collé sur un plateau une brosse à dents, du dentifrice, un verre, une assiette, des couverts et... bye-bye. J'étais enregistrée. Serviettes sous le bras, je n'avais plus qu'à aller au trou. Il était 2 heures du matin.

Ma codétenue s'est levée pour m'accueillir. J'aurais pu dormir par terre tant la cellule était propre. Elle a tenu à faire mon lit sur la couchette du bas pendant que je lavais mon tee-shirt, mes chaussettes et mon slip. Elle parlait d'une voix douce avec un léger accent guadeloupéen. En trente secondes, elle a ramené ma tragédie à des proportions raisonnables :

— Complicité d'abus de bien social. C'est rien du tout, ça. Au pire, on écope de cinq ans. Ils ne peuvent pas te garder plus de six mois en préventive. Tu seras sortie pour Noël. On aura à peine le temps de faire connaissance...

Elle parlait encore quand je me suis endormie. Une plongée dans le sommeil. Ma seule vraie nuit à Fleury. Ensuite j'ai toujours été dérangée par les surveillantes qui poussent le judas et allument toutes les deux heures, par les néons des couloirs qui passent sous les portes, par les filles qui craquent et se mettent à hurler, par l'angoisse, par la chaleur accablante de l'été... Mais, cette nuit-là, rien. Une vraie masse. A 7 heures, pour le petit déjeuner, il a fallu que Béa me secoue comme un prunier.

La police avait débarqué à l'aube du jeudi, on était samedi, le week-end allait prendre son temps, on m'avait effacée du décor, personne n'allait se pencher sur moi, je n'avais plus qu'à pleurer et il suffirait bientôt d'une petite cuiller pour ramasser mes morceaux. Tel était sûrement le calcul de Lecorre. Malheureusement pour lui, pendant les jours où je me suis retrouvée seule, éloignée de tous, Béa a glissé un édredon entre la réalité et moi. Grande, grosse, la peau parfumée à la vanille, des yeux verts immenses, elle avait un rire enchanteur toujours prêt à envelopper toutes les situations. Après m'avoir parfumée et maquillée, elle m'a entraînée à la promenade pour faire quelques courses et a récolté pour moi un foulard, un chemisier et, au cas où je voudrais pleurer, des lunettes de soleil. Les filles de sa bande avaient dealé, volé, escroqué, tabassé... Je devrais avoir honte mais leurs crimes, quand elle me les annonçait, me remontaient le moral. Je n'avais rien à faire là, ça n'allait pas durer. A midi, j'étais redevenue moi-même (c'est-à-dire imbuvable) et quand on nous a servi deux éponges, l'une verte aux épinards et l'autre jaune en poisson pané, j'ai tout balancé aux toilettes. Béa a rigolé et m'a vendu un ananas que la voisine avait cantiné. Plus bourgeoise que moi, tu meurs : ou tu me casses d'emblée, ou je me recroqueville, je laisse passer l'orage et je m'acclimate. C'est à ça que sert notre éducation : savoir partout trouver ses marques. Il a suffi du coup de main de Béa pour que je ne craque pas et ne devienne pas une de ces gourdes envahies par la prison qui gardent le nez collé sur les barreaux, font une montagne de chaque incident et ne parlent que pour se plaindre. Je n'avais qu'à attendre, j'ai attendu. Et je me suis cassé les pieds. Bien obligée : le public en prison n'est pas à la hauteur du décor. Si vous croyez qu'on voit de tout à Fleury, grave erreur. Aucune duchesse, aucune championne du monde, pas de star, ni de grand-mère... Uniquement des gourgandines de banlieue avec un pois chiche sous le chignon. Si demain la terre se met à tourner dans l'autre sens, elles en seront malades pendant vingt ans. Comme moi, il me suffira de trois minutes pour m'adapter, je les ai vite trouvées creuses comme des tambours. Malgré tout, j'ai bien rigolé avec certaines et je ne veux pas me faire passer pour plus maligne que tout le monde. A propos d'Alexandre, par exemple, il m'a fallu un temps anormalement long pour comprendre qu'il neigerait en enfer avant qu'il ne lève le petit doigt pour moi. L'amour me rendait idiote. Et mon avocat, brigand passé à son service, a veillé à ce que je demeure aveugle.

Le lundi, il est arrivé avec des chocolats, de l'eau de toilette « Heure Bleue », et un message : installée place Dauphine, ma mère veillait sur nos « affaires ». Il n'en a pas dit plus, je n'ai pas réclamé de précisions, il a deviné que ces mystères ne lui seraient pas révélés et, sans poser de questions, il en a tiré quelques réflexions. Car une chose est sûre : ce pervers était très malin. Insinuant, solitaire, attentif, calculateur et secret, il cultivait une image de dandy raffiné qui désarmait la prudence des esprits lourds que la légèreté rassure. Comme ils sont nombreux, son apparence inoffensive et sa subtilité lui permettaient d'avancer masqué en toute sérénité. C'était même devenu une seconde nature. Ainsi, à ce premier parloir, au lieu d'un avocat, j'ai eu affaire à un cadre supérieur qui expédie une affaire de routine. Vêtu de son éternel complet bleu marine à la coupe parfaite, il n'avait à la main qu'une mince chemise. A chaque fois ensuite que je suis retournée dans le bureau de Lecorre, mon dossier a grossi jusqu'à atteindre une taille énorme mais maître Colas, lui, ne s'est jamais encombré que de quelques notes. A aucun moment, le fond de l'affaire ne l'a préoccupé. Il me l'a dit d'entrée de jeu :

— Votre problème est très simple. Il est impossible de vous innocenter puisqu'on ne vous reproche rien. Personne n'a porté plainte contre vous. On se sert de vous comme d'une monnaie d'échange. A problème simple, stratégie simple : ne pas s'aventurer sur le terrain de l'ennemi. Or le terrain de chasse de Lecorre s'appelle Darmon. Il veut que vous le « mouilliez ». Mais pas trop, juste quelques révélations embarrassantes. Que vous en disiez trop et il sera dessaisi au profit de la Cour de justice de l'Etat. C'est son drame : en même temps qu'il rêve d'épingler Darmon, il a peur de ce qu'il pourrait dévoiler. Si vous voulez sortir, il doit comprendre tout de suite qu'il n'obtiendra rien de vous. Seul ennui : cela va vous rendre odieuse à ses yeux. Il faut donc trouver un peu de grain à moudre pour son moulin. L'idéal serait que vous établissiez une liste de voyages à l'étranger effectués pour Poitou et que vous citiez quelques personnages puissants, lointains et inaccessibles que la société « consultait ». Ce pauvre Lecorre n'en tirera rien car les commissions rogatoires internationales progressent à pas de fourmi mais il ne pourra pas vous taxer de mauvaise volonté. Quant à Poitou, n'hésitez pas à charger la mule car eux vont diriger la grosse artillerie contre nous. Ils comptent fermement sur votre beauté et vos liens mystérieux avec Darmon pour détourner l'attention de leurs innombrables magouilles...

En somme, à force de traîner entre les grands hommes de Poitou et ceux du gouvernement, j'avais reçu une balle perdue. Si je ne voulais pas prolonger la villégiature à Fleury, mieux valait désormais choisir mon camp. Celui d'Alexandre, naturellement. Maître Colas a parlé de la vision romantique que celui-ci avait de moi. Monsieur le Ministre voulait dire que si sa poupée ouvrait le bec, elle heurterait ses merveilleux souvenirs amoureux. Sur le moment, je n'ai pas compris qu'entré en moi comme un souffle de bonheur, il s'apprêtait à ressortir comme un couteau. Au contraire, j'ai pris cette mise en garde pour un compliment et, sans réfléchir, je suis passée au point suivant. Comme ce petit malin de Colas m'avait vite jaugée, il m'a ferrée par mon point faible : l'argent. Et, comme dans nos milieux, on traite ces affaires avec un naturel parfait, il a expédié l'affaire en trois minutes :

— Soyons clairs : je ne vous coûterai rien. Mieux encore : je vais vous faire gagner de grosses sommes. Je garderai la moitié des dommages et intérêts que rapporteront nos plaintes contre la presse. Elle ne nous fera pas de cadeaux, et nous non plus. Rassurez-vous, ce sera très facile. En France, si vous dites « ils se retrouvaient dans un appartement », c'est diffamatoire. Il faut écrire « ils se retrouvaient régulièrement ». L'article 9 du code civil veille sur nous : « Chacun a droit au respect de sa vie privée ». Toute allusion à elle est fautive, sans même besoin de prouver le préjudice. C'est exorbitant mais cela va nous rapporter des fortunes car, croyez-moi, personne ne va se priver de rappeler vos liens avec Alexandre Darmon.

Malgré mes airs dessalés, je restais ingénue et je croyais encore par exemple que la vérité avait un rôle à jouer en matière de justice. Quand j'ai prononcé le mot avec anxiété, Colas a souri d'un air apitoyé.

— La vérité ! Restez polie. N'employez pas des termes de police. La justice navigue dans des eaux infiniment plus subtiles. Non seulement, elle interdit à la presse d'aborder tous les sujets sexuels, financiers ou médicaux qui pourraient gêner les princes qui règnent sur l'époque, mais en plus elle lui interdit d'apporter la preuve de ses révélations. L'article 35 de la loi du 21 juillet 1881 sera notre Bible. Même s'il détenait la preuve de ce qu'il va écrire sur vous et Darmon, le journal qui la publierait serait condamné pour diffamation. Croyez-moi, Fleury va vous rapporter de l'argent. Moins que Poitou, bien sûr. Mais plus qu'un beau salaire.

J'ai passé le reste de la journée seule. Béa travaillait à l'atelier. Huit heures par jour, elle montait des tuyaux à perfusion sang-plasma pour les Hôpitaux de Paris : placer l'embout, coller le raccord en caoutchouc et plier six cents fois de suite. Salaire à la fin du mois : 400 francs. Dont 40 pour la sécu, 100 pour les frais d'entretien et 40 pour le pécule de sortie. Gain net : 220 francs ! Quand elle m'a donné le chiffre, j'ai eu envie de disparaître sous terre tant j'ai eu honte de cet écart avec les sommes en jeu dans mon dossier. Il m'a fallu plusieurs jours pour oser lui proposer 500 francs par mois si elle souhaitait ne plus travailler. Elle les a acceptés (pas folle) mais n'a pas laissé tomber son boulot pour autant. Tout plutôt que de rester en cellule vingt-deux heures sur vingt-quatre. Il faut dire qu'elle y était pour un moment encore. Et puis, l'été venu, il faisait une chaleur odieuse. A son poste, elle respirait mieux. Et se tenait au courant de tout. Pour elle, ça comptait. Là encore, on se ressemblait. Deux curieuses insatiables.

Le lendemain, mardi, je tournais en rond toute seule dans la cour de promenade quand une Hindoue s'est approchée de moi. Elle ne parlait qu'anglais et avait besoin d'écrire un mot en français pour poser une réclamation. Sa famille était en Inde et elle souhaitait qu'on accorde un droit de visite à une amie de Calcutta installée à Paris. Je me suis assise par terre et je lui ai rédigé six lignes, claires, brèves et polies. Qu'avais-je fait ? Aux aguets, la Delafon s'est précipitée sur moi et m'a arraché la feuille :

— Qu'est-ce que c'est que ce foutoir ? Il est interdit d'écrire à la place des autres. Toi, la milliardaire, commence pas à faire ta maligne ou tu vas vite te retrouver au trou.

Avec une lenteur sadique et un sourire de malade mentale, elle a soigneusement déchiré la réclamation en morceaux minuscules qu'elle nous a jetés au visage comme des confettis. J'ai bondi sur mes pieds et j'allais lui mettre une claque en pleine tête quand j'ai vu le coin de ses yeux commencer à se plisser de bonheur. Elle n'attendait qu'un prétexte pour me priver de parloir. A la dernière seconde, au lieu de la mordre, je lui ai demandé ce que pouvait faire l'Hindoue. La Delafon a bourdonné avec un sourire glacial :

— Qu'elle demande un entretien à l'éducateur. En français. Et par écrit. Je transmettrai.

Alors, royale, elle est repartie vers le groupe des surveillantes à petits pas de scarabée malfaisant et l'Hindoue s'est mise à pleurnicher. Comme j'ai horreur des poules mouillées, je l'ai secouée en vitesse et en anglais :

— Toi, ne commence pas à gémir. Je ferai ta lettre en cellule et je te la passerai à la prochaine promenade. Maintenant, dégage et va sangloter ailleurs.

Elle a rejoint une bande de souris brunes qui m'ont inondée de sourires que je me suis gardée de rendre. Il n'était pas question que je me transforme en Mme de Sévigné de toutes les Shiva de Fleury. Cela dit, je le suis devenue quand même et ma cellule, à la veille de Noël, regorgeait de bâtonnets d'encens, de baume du tigre, de curry, de petits bouddhas et autres cadeaux de la colonie bengalie. La seule fois où une caïd m'a cherché des noises, les cinq Indiennes sont venues m'entourer. Mieux, après ma sortie, quand j'ai eu besoin d'une adresse discrète où faire parvenir ma correspondance, elles me l'ont trouvée. C'est la première leçon qu'on tire de la prison : l'union fait la force. Le lendemain, d'ailleurs, la famille me l'a rappelé.

Les parloirs tombent le lundi, le mercredi et le samedi. Béa m'avait préparé tout un matériel de maquillage, au cas où. Ces jours-là, quand leur jules débarque, les filles se peinturlurent. Pas moi. J'attendais ma mère. Mauvaise pioche : c'était Fabrice, égal à lui-même, parfaitement à l'aise et souriant. Il s'est levé à mon entrée, a dessiné du poignet le geste du gentilhomme qui retire son chapeau à plumes et s'incline devant la reine, s'est assis de son côté de la table et a tendu les mains pour saisir les miennes. Son charme, son calme, sa présence, sa tendresse, son amour, tout m'a bondi au cœur. Incapable de prononcer un mot, je n'ai pu que le regarder, seul, jeune, sans préjugés, sans craintes, innocent, resté à l'écart de mes folies, contemplatif, amusé, fidèle, infidèle et beau. Il m'avait laissée entrer dans sa vie, puis en sortir et là, en pleine tempête, il réapparaissait, toujours aussi séduisant, sans commentaires, ni discours moral. J'ai pleuré, il a fait comme s'il ne s'en rendait pas compte et il a évoqué le petit colis qu'il avait déposé à l'entrée : une radio avec mes cassettes préférées (Bowie, Roxy Music, Véronique Sanson, Manset...), deux livres (*Les liaisons dangereuses* et *Les Rêveries du promeneur solitaire*), des tee-shirts, des tennis, un corsaire et des bougies parfumées.

Incapable de parler à force de retenir mes sanglots, j'ai embrassé ses mains. Mal à l'aise, il s'est mis à parler de sa voix caressante comme un voile :

— Ta mère et moi nous partagerons les parloirs. J'ai pris le premier parce qu'elle devait faire un saut en Suisse pour régler quelques affaires. Je ne m'étends pas. En revanche, j'aimerais parler de ton avocat. Il veut me tenir à l'écart et ça m'inquiète. Je me demande s'il ne va pas faire de toi une Mata Hari chargée par de méchants marchands d'espionner un brave ministre. Si cette ligne de défense te convient, on s'y pliera. Mais si tu crois plus judicieux de prétendre que nous formons toujours un couple uni, j'abonderai évidemment dans ton sens. Grave-toi dans la tête que, dans cette galère, nous sommes quatre : ton père, ta mère, toi et moi.

Ses mots, si sûrs et si calmes, m'ont ramenée sur terre. La boule roulait toujours et les jeux n'étaient pas faits. Dehors, ils réfléchissaient. Et plus intelligemment que moi. Puisque Lecorre n'avait pas encore toutes les cartes en main, autant lui en distribuer qui pourraient m'être favorables. J'ai demandé à Fabrice si la police l'avait convoqué. Visiblement, l'interrogatoire l'avait amusé :

— Je suis devenu copain comme cochon avec l'inspecteur Grandhomme. Je lui ai promis des places pour les prochains défilés. S'il le faut, je lui jetterai une fille dans les bras. Ne t'inquiète pas non plus pour ton père. Le jour de la perquisition, il faisait visiter le château de Suscinio à une mission culturelle européenne et il avait dormi à Vannes. Il ne s'est aperçu de rien. Il t'a écrit une lettre. Ne t'occupe que de toi. Réclame-nous ce dont tu as besoin et réfléchis à ce que tu diras à Lecorre.

Comment avais-je pu traiter ce trésor avec une telle désinvolture ? La surveillante ne m'a pas laissé le temps d'y réfléchir. Trente minutes, c'était trente minutes et elle l'a exprimé en deux mots :

— C'est bon, maintenant. On décolle.

Fabrice a éclaté de rire, m'a embrassé les mains et m'a dit : « A la semaine prochaine » puis il est sorti sans se retourner. S'il n'avait plus envie de me voir pleurer, il a eu raison car, dès qu'il a disparu, j'ai craqué. Une vraie fontaine. Et les autres, pareil. Une demi-heure plus tôt, dans le couloir, elles vibraient d'excitation. Au retour, un silence de mort régnait, percé de reniflements.

Arrivée dans la cellule, j'ai su ce que j'avais oublié. Demander des photos. De papa, de maman et de lui. De lui surtout. J'aurais aimé poser ma joue contre elles.

CHAPITRE III

Imaginez la chaleur, l'été, dans une voiture au soleil. Exiguë comme une cabine de wagon-lit, la cellule se transformait en étuve. J'avais l'impression de passer au micro-ondes. L'odeur de cantine de notre étage, mélange de frichtis et de javel, n'arrangeait rien. Pour un empire, vous ne m'auriez pas fait refuser la promenade. Cette année-là, à cause de la canicule, ces dames étaient à moitié nues. A mon arrivée, elles m'ont tenue à l'œil. Le groupe des caïds me jaugeait. La deuxième semaine, une grosse pintade, le genre putain fellinienne, s'est déhanchée jusqu'à moi et s'est plantée sous mes yeux en silence. Ses épais faux cils provoquaient des courants d'air. Quand ses paupières clignaient, on aurait dit qu'elle abaissait des stores vénitiens. Comme sculpté dans du pain d'épice, son visage n'exprimait rien. Enfin, d'une voix de chauffeur routier caramélisée à la gauloise, elle m'a félicitée pour mes cheveux. Et sa main s'est approchée pour les effleurer. Je l'ai saisie avant.

— Merci pour le compliment. Il suffira.

Puis je lui ai tourné le dos et, lentement, très lentement, les mains dans les poches, je me suis éloignée. Ce laconisme tranchait avec la machine à aligner les phrases que je branche volontiers. Mais aucun autre son ne serait sorti de ma bouche, sèche comme un buvard. Eût-elle dit un mot ou tenté un geste que ma belle façade serait tombée en poussière. Je n'en menais pas large. Je risquais ma peau. Toutes ces filles me semblaient surexcitées. De temps en temps, un cercle se formait. En trois secondes, c'était fait. Au centre, cachées par les autres, deux furies s'entre-tuaient. Dantesque. A l'épreuve suivante, j'ai cru que j'allais y avoir droit. C'est tombé quelques jours plus tard à peine. La gagnante du combat est ressortie de la bagarre en agitant à pleines mains une touffe de cheveux arrachés à sa rivale. Un bref coup d'œil vers le groupe des caïds et elle est venue me la secouer sous le nez. On continuait à me tester. Des cicatrices zébraient ses bras de l'épaule au poignet. Les coupures fraîches se faufilaient entre les anciennes. Quand elle ne s'automutilait pas, cette dingue terrorisait les autres. Elle n'avait pas fait trois pas dans ma direction que ma salive s'était transformée en purée. Qu'elle s'en aperçût et l'enfer aurait commencé. La chasse aux faibles est ouverte toute l'année. Pour la fermer d'emblée, j'ai puisé au fin fond de mes souvenirs de films débiles et, au lieu de regarder en tremblant le scalp qu'elle exhibait, j'ai ouvert la bouteille d'Evian que je tenais à la main et j'ai bu trois gorgées, avalant tranquillement la première avant d'en reprendre une seconde. Cette lenteur affectée fait partie du rituel, toute précipitation trahit une faiblesse. J'en ai rajouté, posant soigneusement mes mots à plat, les uns derrière les autres, bien dégagés après la dernière syllabe. Les yeux rivés aux siens, prenant bien soin de la vouvoyer, j'ai parlé tout bas – singularité complète dans cet asile où tout le monde crie :

— Ecoutez-moi bien. Si vous me causez un seul ennui, je fous toute votre famille en l'air. C'est clair : pas vous, votre famille.

Je n'étais pas très sûre de moi. Le tragique n'est pas mon registre préféré et n'importe où ailleurs, ce genre de menaces aurait provoqué des croassements hilares. Mais pas là ! Ces pauvres gourdes vivent dans un film. Si vous leur parlez normalement, elles vous sautent au visage. Si vous grognez comme Robert de Niro dans un film de Scorsese, elles se répètent trente fois votre réplique. Fleury est une basse-cour où des poules enfiévrées radotent. Que leur juge prononce un mot ambigu et elles s'y accrochent comme à un radeau, le pèsent, le soupèsent, le décortiquent, l'interprètent, le dénaturent et le répètent, le répètent, le répètent... Ma phrase ridicule est tombée à merveille car elle correspondait à mon image. PPDA m'avait citée plusieurs fois au Journal de 20 heures, la presse me consacrait des portraits, on évoquait mes aventures à longueur d'articles et les chiffres de mon affaire laissaient sur le carreau toutes les autres vedettes de la prison, hommes et femmes confondus. Il en faut peu pour éloigner des prisonniers de la réalité, je leur en offrais énormément. Personne ne me prenait pour une prisonnière ordinaire. Sinon Lecorre !

Aucun risque avec lui que la folie des grandeurs ne s'empare de moi. A peine m'avait-il expédiée à Fleury que, sans attendre d'avoir enregistré mes procès-verbaux, il avait téléphoné à ses amis du *Monde*. Mais depuis, rien ! Il m'avait complètement oubliée. Une semaine est passée, puis deux, puis trois sans qu'il donne signe de vie. Je l'aurais tué. A défaut, je faisais comme les autres : j'écoutais toute la journée les cours de la Bourse sur France-Infos et je devenais une détenue larmoyante qui lèche ses plaies comme une chatte ses petits. Heureusement, Béa veillait. Contrairement aux autres, elle ne prenait pas ses compagnes de galère pour le Mur des Lamentations. Elle ne voulait entendre qu'un son, celui de mon rire. Sa bonne humeur inaltérable me portait à bout de bras. Le soir de la visite de Fabrice, quand on m'avait confisqué ses petites bougies parfumées, elle avait séché mes larmes et en avait fabriqué deux autres. Comment donc ? Très simple : vous videz un demi-citron, vous le remplissez d'huile, vous ajoutez un morceau de coton et c'est fait, vous dînez aux chandelles. On ne faisait pas plus romantique qu'elle. Ni plus pragmatique, d'ailleurs. Personne dans la division ne connaissait la loi comme elle. Toutes les détenues la consultaient. Et là, elle ne riait plus. Quand elle parlait de droit, on aurait dit le dir-cab du garde des

Sceaux. Elle en perdait son accent antillais. La disparition de Lecorre ne l'étonnait pas.

— Les cabinets de juge sont comme des cabines d'essayage : les détenues changent de version comme de chemise. Lecorre te laisse le temps de mettre la tienne au point et ne se gênera pas pour te laisser poireauter : on est en juillet, les vacances judiciaires commencent. Chaque commission rogatoire prend des semaines, il va attendre que les flics remplissent son dossier. C'est idiot de leur part mais les magistrats sont convaincus que chaque chose a un sens. Il sait déjà que tu ne trahiras pas Darmon mais il aimerait bien te mettre face à une preuve. Affronter des factures réclame plus de répondant que réfuter un simple soupçon. De toute manière, il a le temps. En France, personne ne pleure sur le sort des détenus en préventive. Il est vrai que tout change quand on est condamné. A partir de ce jour, on nous plaint. Tu sais, on est un vrai pays de cons...

A sa façon, avec d'autres formules, moins brutales, et d'autres arguments, liés à sa chère histoire de France, mon père m'écrivait la même chose. Il m'envoyait une longue lettre par semaine. Je les lisais et les relisais sans cesse. Son écriture ressemblait tant à son caractère que j'avais l'impression de m'imprégner de sa présence – à défaut de sa sagesse. Je me retrouvais écolière quand, au moindre incident, au collège, avec maman ou n'importe où, il m'emmenait en promenade pour une bonne « father to daughter talk ». En général, il pesait chaque mot, n'osait guère me gronder, ne me donnait de conseils qu'avec beaucoup de scrupules et, pour finir, traitait une petite morveuse de dix ans comme une vieille dame manipule ses porcelaines. Le soir, au dîner, ma mère condensait généralement ces longs monologues romantiques en une phrase :

— Parfait, Arielle. Je pense que tu as compris le message en cinq heures de ton père. A tout hasard, je le résume : la prochaine fois, ce n'est pas une claque que je te donnerai, c'est une raclée.

Cette fois-ci, c'est Michel Lecorre qui se chargeait de la punition. Pour autant mon père ne traitait pas cette « bêtise » différemment des autres. Il profitait d'elle pour me dire à voix haute l'amour que sa pudeur, en temps normal, gardait pour elle. Preuve que nous retombions en enfance, dès sa première lettre, il a retrouvé le surnom qu'il me donnait petite fille quand il venait me border au lit et m'appelait par le terme affectueux qu'employait Marie-Antoinette avec sa fille, la Dauphine :

Princesse Mousseline chérie,

Je ne sais pas si tu te rappelles le jour où, sortant de l'école, tu pleurais parce que tu t'étais fâchée avec Jessica, ta grande copine de l'époque, celle qui voulait nous montrer son zizi. Comme je prenais cette rupture à la légère, tu avais dit sur un ton funèbre : « Mais, papa, c'était ma seule amie. » Tu m'as déchiré le cœur, j'ai trouvé la vie trop dure et j'ai eu peur pour toi. Je te rassure : mes craintes n'ont pas duré. Au contraire, j'ai vite pris l'habi-

tude de chercher chez toi la force qui me manque. Aujourd'hui ma tristesse n'est donc pas tout à fait triste. J'aimerais que tu prennes ce séjour à Fleury comme une catastrophe providentielle. L'isolement va te donner ce qu'une vie entière n'apporte pas à la plupart des gens : une vue de l'existence. Là où tu es, tu vas découvrir que personne n'est mieux placé que toi pour juger de ta vraie valeur. Prends ce mot au sens où je l'emploie et non à celui que lui donnent tes amis Sandster et Darmon. Ne rien posséder ne retire rien au sage, ne rien savoir retire tout au riche. Cette parenthèse dans ta vie doit absolument te permettre d'établir la vraie valeur des choses afin de les classer autrement qu'en fonction du plaisir qu'elles procurent. Non que je récuse le plaisir, loin de là. Tu sais le bonheur immense que me procure une journée au Louvre, par exemple, ou une promenade avec ta mère dans les landes du Trech. Mais j'admets la modestie un peu ridicule de ces joies. Toute ma vie, je suis resté derrière des barrières, si je peux m'exprimer ainsi avec toi en ce moment : la famille, le travail, la culture, la timidité, une forme d'honnêteté commode pour l'esprit... Mais cela ne m'empêche pas, loin de là, d'admirer ceux qui les franchissent, surtout toi. Comme tous les paysans, je rêve devant les chasseurs et les nomades et je ne te reproche rien, au contraire. Parfois, ces derniers mois, je me suis demandé si tu « méritais » ton bonheur. Cette question ne m'intéresse plus. Je sais seulement que tu ne mérites pas le malheur qui t'accable à défaut de frapper ceux qui devraient être à ta place et dont je n'écrirai pas le nom une seconde fois dans cette lettre. Je ne veux pas te donner de conseils. Ta mère, ton avocat et, surtout, ton jugement sont là pour ça. Je voudrais néanmoins te rappeler une vérité que tu connais bien : les Français sont des lâches. Ils l'ont toujours été. Louis XIV et Napoléon ne paraissaient forts que parce qu'ils alignaient plus d'hommes sur le terrain que toute l'Europe réunie. Oublie notre fameux courage de 1914 : nos héros avaient encore plus peur de leurs adjudants que des balles allemandes. N'aie jamais peur d'un Français dans la bagarre : attaque et frappe, ils reculeront. Ne cède pas aux pressions, bats-toi. Nous sommes avec toi et cela te suffira car tu ne seras pas trahie.

Pardonne-moi cette lettre confuse et n'aie pas peur. Par faiblesse, je t'ai lâchée dans la vie comme un petit oiseau qui s'échappe de sa cage. Sans m'être donné aucun mal, j'ai espéré que tu allais triompher. A présent, après cette épreuve, je suis sûr que tu l'emporteras. Je t'aime,

Papa.

Pauvre papa. Il se prenait les pieds dans ses sentiments d'un paragraphe au suivant. J'avais mérité mon sort et je payais pour d'autres, je devais me battre et c'était l'occasion de méditer, j'étais forte et j'étais désarmée... Comme modèle de thèse-antithèse-foutaise, on ne faisait pas mieux. Il s'égarait dans les méandres de sa gentillesse et se sentait coupable de ne pas m'avoir donné assez d'armes pour affronter la vie. Cher ange. Il se trompait complètement et m'avait légué son trésor le plus précieux, le sens des proportions. Pour le reste, quel besoin avais-je de lui ? Il ne savait rien, ayant passé sa vie assis sur le bord à regarder passer celle des autres. Seulement voilà, je le sentais là, derrière, jamais loin, et cela me suffisait. S'il arrivait quoi que ce soit, je pourrais toujours me glisser dans sa poche et y rester à l'abri. C'est là que j'irais en sortant de Fleury et, en attendant, je lisais et relisais les lettres qu'il m'envoyait chaque semaine.

Quand Lecorre a daigné se rappeler mon existence, elles formaient déjà un petit recueil. Je ne suis retournée au palais de Justice que le 20 juillet, quatre semaines après mon incarcération. Il me voulait « à point », prenait son temps, se souciait de mes « relations » comme de sa première pantoufle et attendait que le fruit tombe de l'arbre. Si je m'étais crue une « privilégiée », les conditions de mon « transfert » devaient achever de me ramener sur terre. Réveillée à 6 heures et embarquée à l'aube dans le fourgon, j'ai ensuite mariné huit heures dans une cellule du donjon. Dernière délicatesse : venu enfin me chercher, un policier m'a menottée à lui et fait traverser le hall, les salles et les couloirs du palais de Justice au pas de course, devant tout le monde, en râlant, exaspéré par ma prétendue lenteur, comme s'il tirait une jument vaniteuse qui se pavane au pesage. Pendant les quelques minutes où il s'est isolé avec moi, maître Colas a tenté de ramener ces humiliations soigneusement calculées à leur inévitable mesure mais sa modération est très mal passée : je ne voyais plus que ses mains manucurées et le hâle précieusement entretenu par ses week-ends dans le Lubéron. Nous ne vivions plus sur la même planète. J'ai failli craquer. Il m'a fallu un bon moment pour retrouver mon calme. Heureusement pour moi, comme d'habitude, Monsieur Lecorre prenait son temps.

Comme d'habitude également, il a paru ne pas me voir. Il regardait mon avocat ou sa greffière quand il leur parlait mais ses yeux glissaient autour de moi. Invisible, je me résumais au tas de papiers posés sur son bureau. Un tas qui avait bien augmenté depuis la fois dernière. Relevés téléphoniques et bancaires, liste de mes dépenses par Carte Bleue, énumération de mes séjours à l'étranger... Ses services avaient accompli leur travail. Parfois des punaises le leur avaient mâché. Un antiquaire du quai Voltaire qui m'avait demandé de payer un fauteuil en liquide était venu me dénoncer. Ça m'a remis un peu de pression dans le circuit : je me suis juré d'aller gifler cette tapette dès ma sortie de Fleury. A défaut de mettre des claques, j'ai d'ailleurs griffé Lecorre.

— Quand vous me posez une question, j'aimerais que vous me regardiez. Votre distance me gêne. Comme si vous n'instruisiez qu'à charge.

On avait déjà dû lui adresser ce reproche. Sa réponse était toute prête. Il l'a prononcée en levant les yeux au plafond comme l'aurait fait une pauvre infirmière excédée par la paranoïa d'une malade :

— Je suis né sous le signe de la Balance. Pour un juge, c'est prédestiné. Et j'instruis donc aussi à décharge. C'est même pourquoi vous êtes ici. Pour vous expliquer. Cela dit, excusez-moi de vous l'avouer, je n'arrive pas à voir en vous une pauvre femme victime de la société. Votre dossier m'indique autre chose.

Le zodiaque ! Il ne manquait plus que lui. Il me prenait pour la gourgandine qu'on calme avec une cacahuète. Je la lui ai renvoyée en pleine poire :

— Que vous soyez « Balance » ne m'étonne pas. C'est le seul signe qui ne soit pas représenté par un être vivant. Ni lion, ni bélier, ni crabe, rien. Juste un plateau. C'est tout vous : une chose.

Cette brillante analyse ne lui a fait ni chaud ni froid. Il a repris l'examen de la longue liste de mes dépenses. Hérissé d'antennes tel un poulpe qui bat la mer dans tous les sens, il rêvait d'associer quelques-uns de mes frais à Darmon mais se gardait bien de prononcer son nom le premier. J'attribuais donc à d'autres tous les cadeaux offerts à mon cher ministre. Pour les chaussures, les vêtements, les dîners, les montres, les boutons de manchettes et autres babioles, je ne risquais rien : si on leur posait des questions, ni Fabrice, ni mon père, Sandster moins encore ne nieraient. Je redoutais beaucoup plus qu'il m'interroge sur les achats effectués chez des antiquaires. Dessins du XVIIIe et vases Gallé payés par moi (c'est-à-dire par Poitou) avaient filé chez lui. Dans ce domaine, hélas pour lui, le pauvre magistrat pataugeait. Incapable de faire la différence entre un verre soufflé de Daum et un vide-poches coloré de chez Ikea, il me laissait mentir effrontément. De tous les présents un peu précieux offerts à Darmon, je faisais des achats raffinés pour Kergantelec. Avant qu'il aille vérifier que tel dessin ancien acquis pour Alexandre ne pouvait être la gravure XIXe du salon de mon père que je décrivais, il allait s'écouler mille ans. J'avais une pâte de verre achetée aux puces à la maison, elle ne valait rien et Lecorre l'avait dûment enregistrée ; je l'ai présentée comme la jolie statuette courbe en ivoire achetée pour Alexandre qui se piquait parfois de culture médiévale. Eût-il eu le courage de revenir chez moi et de comparer mes déclarations avec ses propres relevés, le juge m'aurait mise dans un embarras inextricable mais rien ne l'a étonné dans le fait d'imaginer un objet en verre au Moyen Age. Les complexes des ignorants sont une arme fatale entre les mains de leurs adversaires. Son snobisme l'a désarmé. Il dirigeait le jeu, menaçait, insinuait et punissait ; pour un empire, il n'aurait pas changé de tenue pour endosser celle de l'analphabète qui réclame des éclaircissements à une mijaurée. Résultat : Colas, fine mouche, a compris dès ce premier interrogatoire que nous allions nous en sortir. Faisant mine de se pencher vers moi pour me donner un conseil, il a renvoyé Lecorre à ses sabots de paysan bas-breton :

— C'est un béotien. Il aura beau lancer mille flèches, il ne touchera jamais la moindre caille.

Il avait raison, mais pas tout à fait. Mauvais comme lui seul, Lecorre s'est accroché à sa proie et a trouvé qu'une de mes commandes chez Lanvin avait été livrée directement chez M. Darmon. Cela ne suffisait pas à renverser le régime mais, au bout de quatre heures de face-à-face, cela lui a remis un peu de baume au cœur. Soulagé, il m'a renvoyée à mes foyers, à Fleury. Enchanté de sa cliente officielle (moi) qui ne mettait pas en cause son commanditaire réel (Darmon), maître Colas a jugé opportun d'intervenir pour que l'instruction se hâte. Quatre semaines pour un premier rendez-vous dans une affaire dont toute la France parlait, il trouvait le délai très long. Pour qui se prenait-il ? Lecorre a montré les dents :

— Par pudeur, maître, je préfère ne pas vous dire combien d'inspecteurs la brigade financière a mis sur le dossier Poitou. C'est insignifiant. Nos services n'ont pas les moyens de Mlle de Kergantelec. Si elle souffre de leur lenteur, qu'elle mette un ou deux millions à notre disposition.

Sur quoi il s'est levé et a tendu une main que mon défenseur a regardée comme s'il s'agissait d'une pince de crabe et qu'il a ignorée. Décidément, ils étaient tous à cran. Sauf moi. Redevenue pour quelques heures la vedette, j'avais retrouvé tout mon calme et je tenais à ce que Lecorre le voie bien. J'ai pris un ton de grande duchesse pour nos adieux :

— Eh bien, au revoir, monsieur le juge. Et à bientôt. Ma cellule est très confortable. Peut-être vais-je prolonger mon séjour. Mais n'hésitez pas à me faire signe. Pour vous, je trouverai toujours un moment. Et merci pour tout ce que vous faites.

Comme la fois précédente, maître Colas a éclaté de rire. Et, comme la fois suivante, j'ai tendu mes poignets au gendarme. La bétaillère m'attendait.

CHAPITRE IV

La prison change-t-elle les gens ? Aucune idée. Et je m'en moque. Je ne compte pas y retourner. Mon caractère, cela dit, a évolué. Entre juin et décembre 1991, je suis devenue curieuse des autres. Avant mon incarcération, vous ne m'auriez jamais fait embarquer un autostoppeur ; à présent, je prends tous ceux dont la mine me plaît ou m'intrigue. Dans les lieux publics, dès qu'un incident ou une dispute survenait, je m'éloignais pour ne pas y être mêlée ; maintenant, j'accours aussi vite que le permet la décence, tout comme j'observe et j'écoute les SDF qui font la manche. C'est tout, je n'en tire pas de conclusions et, autant qu'à Fleury, j'attribue cette évolution à mon long tête-à-tête avec Béa.

Dans la journée, entre la promenade et son retour, je restais des heures en demi-veille, allongée immobile à compter les taches au plafond. Je n'écrivais à personne. Sur l'étagère, je regardais mon stylo comme une couleuvre endormie, à ne surtout pas réveiller. Je n'allumais pas la télé non plus. Parfois je lisais, rarement.

Cette passivité énervait Béa. Elle me reprochait de me laisser aller comme « toutes les bédouines » du quartier. La vie commençait à son retour. Elle mettait la table pour le dîner, elle me dictait des lettres à ses sœurs, ses cousines et ses amants, elle choisissait les programmes télé, elle prenait tout en main. C'était une fille solide et elle en riait :

— Pour sûr que je le suis. Et équilibrée ! Je suis aussi large que haute.

Mais, à ses propres yeux, occuper du volume ne lui donnait pas tant de poids. Elle se méprisait :

— C'est quoi la France ? Un immense supermarché où on n'a qu'à se servir. Et où je suis moi ? Ici. Tu peux le croire ? Naître dans le pays le plus facile à vivre de la terre à l'époque la plus opulente de son histoire et se retrouver à la soute pour des lustres ! Faut-il que je sois nulle. Je me dégoûte moi-même.

Les bras m'en tombaient. C'était la sœur que j'aurais aimé avoir. Une sainte rigolarde. Après jugement, une fille dans mon genre peut sembler propre comme une auto qu'on vient de laver mais, au fond, j'avais agi de façon malpropre et la saleté collait à moi. Tandis qu'elle était pure comme le vent. Je ne comprenais pas ses peurs. Jamais elle ne m'avait dit pourquoi elle était là. Quand la question était venue sur le tapis, elle l'avait évacuée d'une formule :

— J'ai fait une trop grosse bêtise.

Laquelle ? Mystère. Son ton laissait tout entendre, depuis l'assassinat de sa maîtresse d'école jusqu'au vol d'un collant au Prisunic du coin. Impossible de la faire parler d'elle et, dans la cour, les filles n'en disaient pas plus long. Elle se faisait respecter. Personne, pourtant, n'avait de rapport personnel avec elle. Elle n'en voulait pas.

— Ma meilleure amie, c'est moi. Et je me suffis.

Je me gardais de demander des explications. Ma discrétion l'enchantait. Elle me trouvait incroyablement polie parce que je me levais pour l'accueillir en fin de journée. Ce simple détail m'avait mise « à part ».

— Tu me plais. A côté de toi, j'ai l'impression de vivre dans un film en noir et blanc. Je suis sûre que ton mari t'ouvre la portière de sa voiture...

Fabrice n'en était plus là mais je ne rectifiai pas car elle s'en faisait une grande idée. A peine avais-je enfin reçu des photos de lui qu'elle en avait épinglé une parmi celles de ses anciens jules. Dieu sait qu'il y en avait eu. Elle adorait en parler. A Fleury, les filles font toutes pareil mais Béa y mettait un talent particulier. Le soir, pendant nos dîners aux chandelles, elle entortillait ses souvenirs de formules extravagantes. Dieu merci, une fois excitée à mort par ses propres récits, elle faisait sa prière à genoux et se couchait sans attitude équivoque. Les « gouines » ne l'inspiraient pas et je lui faisais pitié. Que j'aie quitté Fabrice pour Darmon dépassait son entendement. A ses yeux, un homme, un vrai, ressemblait à Tarzan et avait moins de 30 ans . De toute manière, si on était mariée, on ne trompait pas son mari. La famille était sacrée. Et d'autant plus que la sienne l'avait effacée du paysage. Bien qu'elle les couvrît de courrier, pendant nos six mois de vie commune, elle n'a eu aucune visite. Pas même de sa mère qu'elle vénérait. D'où son admiration pour la mienne.

Il faut dire que je lui brossais un tableau idyllique de nos parloirs. A m'entendre, « ma maman » ne parlait que des confitures qu'elle préparait pour mon retour. Inutile de préciser que la réalité n'avait rien à voir avec ces rêveries à la Mamie Nova. Ma mère usait parfois de tendresse mais à doses expérimentales. Ce n'était pas sa nature. Elle venait plutôt à Fleury pour parler business. Je dois admettre qu'elle menait notre barque avec génie. Il restait 4 millions sur le compte de Horst à la banque de Saint-Bernard : ils nous serviraient de gage ; tôt ou tard, nous devrions en faire le sacrifice. Mais le quai de l'Horloge et les 12 millions restants étaient à l'abri des investigations de la justice française. Je louais l'appartement à une société civile immobilière de Lausanne où nos noms n'apparaissaient pas et le reste de l'argent était placé dans trois banques vaudoises où il était arrivé petit à petit, en liquide et sur des comptes numérotés. Rien ne reliait ces millions à Poitou. Ma mère ne se faisait aucun souci : la tempête allait secouer mais, au retour du calme, l'essentiel de la cargaison serait à bon port. Telle était sa nature : ne pas s'affoler et régler les problèmes l'un après l'autre. Si des fissures ébréchaient ses murailles internes, elle n'en laissait rien paraître. Pour un empire, vous ne l'auriez pas fait pleurer sur mon sort :

— Les riches ont le devoir de paraître heureux. Puisqu'on en a les moyens, c'est la moindre des choses. Quand on fait son beurre avec les huiles, on ne pleurniche pas comme une Madeleine.

C'est ce qu'elle appelait être tendre : me traiter exactement comme une personne normale. Elle ne prononçait jamais le mot prison. Elle venait à Fleury comme elle serait venue me voir à l'hôtel. A son arrivée, ni larmes, ni apitoiement. Les formalités d'entrée pour les visiteurs la mettaient hors d'elle :

— Ce sont vraiment les bas-fonds par ici. On laisse entrer n'importe qui. Et le personnel est encore pire. En plus d'être grossier, il est incompétent. Quand on attend deux heures, on a de la chance. Debout et dehors, en plein soleil. Ils pourraient mettre des chaises à notre disposition. Et des parasols. Enfin, ne rêvons pas. Il fallait y songer avant. Parlons plutôt de nos affaires. Que dit ton avocat ?

Celui-là, elle l'avait dans le nez. Comme Fabrice, elle le croyait au service de Darmon bien plus qu'au mien. De là à en changer, elle n'y songeait pas :

— De toute façon, tu seras libre pour Noël. Inutile d'ouvrir un second front. Faisons face à Lecorre. Pour l'instant, ça suffira. Ne transformons pas Darmon en adversaire tant que tu ne seras pas sortie d'ici. Il se fait tout petit. Prions pour que ça dure. A la seconde où tu seras rentrée à la maison, nous le laisserons tomber comme une patate brûlante, mais patience. De toute manière, on le tient.

Ma mère ne menait pas ses guerres à moitié. A peine lancée la procédure judiciaire à mon encontre, Darmon avait fait vider les deux chambres qu'il occupait à Kergantelec pour transférer son logement ailleurs dans la circonscription, à Vannes même. Mais aussi diligent qu'il eût été, il avait été devancé par les calculs de ma mère : comme ça, à tout hasard, parce qu'elles étaient là, tentantes, elle avait fait main basse sur des enveloppes, des feuilles de papier à lettres et des cartes de visite au nom du ministre pour les unes, du député pour les autres, du manitou francophone pour les dernières. Aucune carrière ne la rebutait, et certainement pas celle de faussaire. Elle se frottait déjà les mains à la pensée du jour où il faudrait imiter l'écriture du ministre et rédiger le courrier utile à notre défense. Dans cette perspective, elle avait mis de côté des pages manuscrites de Darmon afin d'en reproduire exactement l'écriture. D'ores et déjà, quand elle montait à Paris, elle allait à la poste de l'île Saint-Louis envoyer des lettres à l'Ile aux Moines : un jour ou l'autre, l'écriture de Darmon et la date d'affranchissement pourraient embarrasser mon ancien amant. Je crois qu'au fond, elle ne s'était jamais autant amusée de sa vie. Quand elle me quittait, ses formules tendres n'avaient rien des baisers de la mère aux cent coups et tout de la syndicaliste de choc en plein conflit :

— Bon, je te laisse. On se retrouve jeudi pour examiner les suites à donner à nos actions.

C'était un drôle de genre mais cet entrain me faisait du bien. La preuve : quand je quittais Fabrice, je remontais en cellule mélancolique comme la mer; quand je revenais d'un parloir avec ma mère, j'avais faim. Généralement, je mangeais le far breton qu'elle me remettait de la part de mon père. Pas toujours. Une fois sur deux, elle l'offrait aux enfants qui attendaient avec elle l'ouverture des parloirs. Les délicatesses de son mari lui passaient complètement au-dessus de la tête. Tant mieux. C'est comme ça qu'elle nous portait à bout de bras.

A la mi-août, au retour d'un de ces parloirs, la Maryvonne occupait ma cellule. Ses dispositions à mon égard n'avaient pas changé. Sans savoir, elle m'avait condamnée. A présent, sans hésiter, elle cherchait à exécuter la sentence. Longtemps, elle s'était demandé comment s'y prendre. Pendant les promenades, elle me fixait des yeux comme la mouette en arrêt au-dessus d'une palourde. Elle avait tenté de provoquer des incidents, mais ça n'avait pas marché. Frustrée, elle s'était rabattue sur mes mandats. Elle avait jugé les premiers mal rédigés. On avait oublié de mentionner mon numéro de matricule, on avait omis un de mes prénoms... Elle s'était fait une joie de me les remettre les uns après les autres avec la mention « refusé » inscrite à l'encre rouge. Sans les économies de Béa, j'aurais dû mendier auprès des autres filles. Ce jour-là, j'ai compris qu'elle avait « trouvé ». Les objets sont plus bavards que nous. Les lettres de mon père avaient parlé.

Lisant mon courrier, elle les avait repérées depuis longtemps. Elle me les remettait généralement froissées en me tendant ce qu'elle appelait la « correspondance du gaga ». Que faire ? Rien, sinon piquer une crise de nerfs ou m'offrir une crise de foie. Au lieu de ça, je fermais les yeux et j'allais chercher un peu de calme derrière mes paupières. En prison, on apprend vite à ranger ses sentiments comme des draps dans leur armoire. Aucun morceau ne doit dépasser sinon quelqu'un tire dessus et la catastrophe survient. Tous les jours, on voit craquer une fille, ou on l'entend. Des tonnes d'heures vides pèsent sur leurs épaules, il suffit d'une humiliation dérisoire pour que tout s'effondre. Pour éviter ce genre de psychodrame, je ne prononçais jamais un mot devant la Maryvonne. Je me contentais de prendre la lettre qu'elle me tendait et ensuite, avec les moyens du bord, je la repassais, glissée entre les pages d'un livre posé sous mon matelas. La nuit, avant de dormir, je les relisais. Quelques phrases, une façon de coller mon cou contre l'oreiller et je me retrouvais petite fille à Kergantelec. Chaque soir, mon père venait me border serré, remontait encore les draps puis s'asseyait et passait de longs moments, immobile. Il prenait ma main, caressait l'intérieur de la paume et parlait d'histoire, de peinture ou de livres comme de terrains de jeu immenses et sans barrières. La vie, soudain, semblait d'une monotonie délicieuse. C'est dire le soin que je mettais à ranger ses lettres. Dans une enveloppe grand format avec « Papa » inscrit en grosses lettres, elles s'offraient comme un superbe piège. La Maryvonne ne s'y est pas trompée.

Dès mon arrivée, j'ai compris que cela se passerait mal. D'habitude, ma seule présence suffisait à noircir son regard. Elle s'obstinait à voir en moi la milliardaire uniquement confrontée au grave problème d'être désœuvrée avec grâce. Mon calme lui tapait sur les nerfs. Dès qu'elle me parlait, le rythme de ses phrases accélérait dangereusement. Là, rien de tel. Elle s'exprimait comme si elle lisait ses répliques sur un prompteur et m'a priée avec une pesante lenteur de rester à l'extérieur de la pièce pendant qu'elle inspectait la cellule. Avec une autre gardienne, une Chinoise, son âme damnée, elles ont sondé les barreaux de fenêtre, examiné le carrelage, vérifié les tuyaux de la plomberie... Tout semblait normal mais, par mépris, pour montrer combien peu nous importions, elle laissait couler avec violence l'eau du robinet afin qu'elle éclabousse le sol, le mur et le bout de ma couchette, là où elle rejetait tout ce qu'elle attrapait dans l'armoire ou sur l'étagère, brutalement et en vrac, par pur vice, pour m'énerver. Ça ne marchait pas du tout. La contrariété glissait en moi comme l'eau entre les mailles d'un filet. J'attendais que ça passe en observant son menton pointu, ses joues creuses, son nez allongé, ses cheveux filasse, son cou de poulet et son teint grisâtre. Mais, tout à coup, elle s'est tournée vers moi. Elle tenait à la main l'enveloppe avec les lettres de papa. Elle m'a souri et, tranquillement, sans se hâter, comme elle l'aurait déposée sur une table, elle l'a laissée tomber dans le lavabo plein. Me croyait-elle matée ? Je l'ignore. Une seconde plus tard, elle était à moitié assommée. Encore une seconde et c'était mon tour.

Je lui suis rentrée dedans tellement fort qu'elle est tombée dans le siège des cabinets. Le temps que je m'empare de l'enveloppe, l'autre gardienne avait saisi sa matraque et m'en donnait un violent coup sur l'épaule. Elle s'attendait à ce que je l'affronte. Au lieu de ça, je m'étais tournée pour jeter mon trésor sur ma couchette. Résultat : l'engin a glissé, est remonté sur mon visage et m'a fait éclater l'arcade sourcilière. Cet incident n'était pas au programme. La Maryvonne voulait me pousser à bout et, si possible, me tabasser légèrement, mais elle n'avait pas prévu de laisser des traces. En trois secondes, le sang avait giclé sur moi, par terre, sur la couchette où elles m'avaient envoyée valdinguer parmi notre foutoir, sur elles aussi... Sans se faire remarquer, elles sont sorties et ont refermé la porte. Il m'a semblé que la Maryvonne boitillait, pas sûr. Une seule chose importait : j'avais sauvé mes lettres. Agitée de tremblements, secouée de larmes, je me suis allongée sans même rincer mon visage.

Plus tard, il a fallu tout raconter à Béa. Je ne voulais pas. Quand tout va mal, j'attends en silence que ça passe. Pas elle. Elle étale une épaisse couche de mots sur tous les sujets qui fâchent. De toute manière, rien ne l'étonne. A Fleury, une fois pour toutes, chaque situation lui semble normale. Tout incident peut être exploité. Une seule chose importait à ses yeux : ne pas mettre en danger auprès des autres filles mon statut de superdétenue. En m'enduisant le front avec du baume du tigre et en m'appliquant des compresses de verveine, elle m'a rendu visage humain et, le lendemain, tout a repris comme si de rien n'était. Mais en mieux ! Parce que la Maryvonne s'était bel et bien blessée au genou. Et parce qu'en plus, elle avait déchiré son uniforme. Je ne m'en étais évidemment pas aperçue mais, une heure après l'incident, tout l'étage était au courant. On parlait d'une vraie bagarre. Que je ne parte pas sur-le-champ pour le trou a achevé de me classer parmi les caïds. Chez ces gourgandines, une mauvaise réputation mise en vedette devient vite un gros avantage. A la promenade, je me suis mise à rédiger au vu et au su de toutes les demandes de rendez-vous pour la gynéco, le dentiste, le coiffeur... S'il fallait une permission spéciale pour des chaussures ou pour certains médicaments, le pli était pris : on venait me voir. La Maryvonne n'ouvrait plus le bec. Elle avait mal joué, cette nulle.

CHAPITRE V

Un mercredi, on m'a convoquée au parloir. Fabrice était venu le lundi et j'attendais ma mère le vendredi. En prison, un changement de programme aussi banal prend en quelques secondes des proportions affolantes. On retombe en enfance. On se sent tout le temps dépassé par les événements. Tout fait peur. Il n'y avait pas de quoi. Ce n'était qu'une surprise de mon avocat : Corinne Guerrier avait fait en personne le voyage de Fleury.

Malgré son odeur de tabac froid, de vieille soupe et d'eau de Javel, la petite salle s'est soudain transformée en îlot de civilisation au cœur de l'Amazonie. D'un battement de cils, Corinne a fait tomber les grilles. A mon arrivée, telle Marie-Antoinette débarrassée de sa couronne et dialoguant sans façons avec une amie bergère, elle signait un autographe à une gardienne. Un sourire indulgent aux lèvres, de lents mouvements du cou pour examiner le « plateau », de secs jetés de menton pour relancer ses cheveux en arrière, elle « posait ». Quand elle m'a vue, elle s'est jetée sur moi pour m'embrasser. Comme un chien sort de l'eau, s'ébroue et oublie sa baignade, elle ne fit allusion ni au décor, ni à l'attente. Pas question de la jouer film d'avant-garde sous prétexte qu'elle venait en banlieue. Elle portait un ensemble Chanel rose, avait au poignet une Cartier qui valait le prix d'une voiture et elle m'a prise dans ses bras comme si elle venait de monter les marches à Cannes. Ouragan de Guerlain et piapias mondains sur ma silhouette :

— Quelques mois en votre compagnie me feraient du bien. Heureusement pour elle, ma clinique suisse a une plus jolie vue. C'est plutôt d'un asile que j'aurais besoin. Le mois dernier, j'ai sérieusement envisagé le suicide à cause d'un point noir.

En quatre secondes, j'ai rajeuni de quatre mois. J'ai horreur des gens qui abordent les grandes questions quand ils imaginent que le décor s'y prête. La Guerrier n'avait pas la moindre intention de me parler comme à une malade :

— Soyons claires, Arielle. Je ne viens pas pour recueillir vos larmes sur mon épaule. Ce serait comme ces dîners aux chandelles où des producteurs grassouillets se prennent tout à coup pour des jeunes premiers timides. Si vous pleurez, je vous préviens, j'éclate de rire. De toute manière, je suis de très bonne humeur. Dans la queue, on m'a demandé vingt-cinq autographes. Ça m'a rappelé les Césars...

Elle me volait mes répliques. C'est moi qui aurais dû mettre la conversation sur ce registre. Mais mon esprit vasouillait. En prison, on perd l'habitude de travailler son texte. Alors, en bonne copine, elle se dévouait. Les principes, la morale, la justice ne l'intéressaient absolument pas. Du reste, elle ne les connaissait pas.

— Je n'ai aucun souvenir qu'on m'ait enseigné ces matières-là. En revanche, le plaisir et les plaisirs ont toujours été à mon programme. Et ça ne va pas changer de sitôt. Je vous ai apporté des cadeaux.

Elle a posé sur la table son grand sac Gucci, la nouvelle besace à la mode, et en a sorti trois boîtes de caviar, un flacon de Shalimar et un collier de chez Saint Laurent où, en guise de médaillon, on avait placé un minuscule bouchon de cristal. Il s'ouvrait et, à l'intérieur, on pouvait humer quelques gouttes de Champagne, le nouveau parfum du couturier dont Corinne était l'amie. Avec des airs mystérieux, comme si elle hésitait encore, tendant le bras puis le ramenant vers elle, elle m'a finalement remis aussi une enveloppe bleue sur laquelle on avait écrit « Pour ma petite Arielle chérie ». A l'intérieur, Romain, notre prof de gym commun, avait écrit au dos d'une carte postale de la Sainte-Chapelle :

Tu te rappelles, c'est là que tu m'as emmené la première fois que nous nous sommes promenés dans ton quartier. Depuis ton départ, j'y suis retourné deux fois pour penser à toi. Dès ton retour, je viendrai t'embrasser. Tu me manques terriblement. Si tu as besoin de quoi que ce soit, fais-le-moi savoir par Corinne.

Je t'aime.

Pour un peu, son écriture arrondie et enfantine m'aurait arraché des larmes mais Corinne a dissipé le malaise sur un ton de confidence sur l'oreiller :

— Il est vraiment charmant et plein d'attentions. Je l'aime beaucoup, moi aussi.

Je n'allais pas me payer le luxe, ni le ridicule, d'une scène de jalousie. Par un effet de baguette magique, le parloir s'était transformé en espace écarté réservé aux VIP. Je l'ai joué comme dans un salon où les malaises se réfugient dans les sourires. Corinne était déjà passée à autre chose. Comme le cynisme et elle fréquentaient de longue date les mêmes rues, elle n'y est pas allée par quatre chemins :

— Arielle, ne tournons pas autour des mots. Votre aventure ferait un très bon film. Et je m'y trouverais volontiers un rôle. Disons : le principal. Dès que vous sortez, je vous présente un producteur, on déniche un scénariste et je vous décroche un très gros chèque...

L'esprit tordu des prisons prête volontiers des arrière-pensées à chaque action mais pas là. Cette idée de film ne m'a pas choquée. De toute manière, rien ne me révolte. C'est mon problème. Même à Fleury, je ne trouvais rien contre quoi me rebeller. Parfois je maudissais Lecorre mais, en moi-même, j'admettais qu'il faisait son boulot de magistrat. Ce film ne m'a pas mise sur mes gardes, loin de là. J'ai entrepris de faire le casting. Pour Alexandre, je voyais Jeremy Irons. Pas elle. Elle voulait Depardieu. Il me semblait trop solide, Darmon était plus « marquis ». Tel n'était pas l'avis de Corinne :

— Pas du tout. C'est un homme fort. Et vos malheurs actuels, les siens par conséquent, le prouvent. Quand ils sont au sommet, ces durs ne se frappent pas la poitrine triomphalement. Quand ils se retrouvent à terre, ils ne pleurnichent pas, ni ne s'enferment dans leur donjon. Ils encaissent, ils sauvent ce qui peut l'être, ils attendent sans céder et, quand l'orage se calme, ils se relèvent.

Que Darmon encaisse, ça j'en étais sûre. Qu'elle l'évoquât avec ces trémolos dans la voix, en revanche, moi, je l'ai très mal pris. En trois secondes, j'avais tout compris. Je ne le lui ai pas envoyé dire :

— Trêve d'hypocrisie. C'est lui qui vous envoie. Dites-moi donc le message qu'il vous a chargée de me porter.

J'avais parlé doucement, les yeux plissés par un sourire, mais elle ne s'attendait pas à ma clairvoyance et elle m'a regardée stupéfaite, comme si je venais de lui réclamer un morceau au piano. Comme un ange gardien veille sur les stars, quelqu'un a détourné notre attention juste à l'instant où elle ne trouvait plus ses répliques. Qui ? Je vous le donne en mille : la Maryvonne ! Mais une autre, métamorphosée. Tel un obus d'artillerie transformé en paisible vase d'agrément, sa hargne coutumière s'était dissoute comme un sucre dans le café. S'excusant de nous interrompre, elle nous a poliment informées que le parloir allait s'achever. Mieux encore : avançant à pas comptés comme si elle glissait sur des patins d'appartement, elle est venue tendre son papier pour obtenir, elle aussi, un autographe. Je n'en revenais pas. Quand elle est ressortie, même la porte s'est refermée en douceur, complice. J'ai peint le personnage en deux phrases. Corinne l'a rhabillée en moins de mots encore :

— C'est ça, les stars : on plaît à tout le monde. Même Dieu a besoin de cloches.

Sur quoi, ayant retrouvé son aplomb grâce à une formule et pouvant s'abriter derrière les exigences de la montre, elle n'a plus tourné autour des mots. Effectivement, Alexandre l'avait chargée d'une commission :

— Il tient à vous dire ceci : niez tout lien autre qu'amical entre vous et lui. Ne passez aucun accord avec le juge. Des présomptions ne font pas un dossier. Il suffit de tenir bon. Alexandre est formel : vous serez libre pour Noël.

Parfait. Elle l'appelait Alexandre, elle parlait de moi avec lui et le message de ce pourri se résumait à : « Boucle-la. » Le ciel m'est tombé sur la tête. Ou il était très sûr de moi, ou il l'était de lui. Dans les deux cas, il prenait de gros risques. J'ai gardé ces réflexions pour moi, le parloir s'est achevé, Corinne m'a embrassée, m'a recoiffée de la main et a sorti de son sac une superbe brosse à cheveux qu'elle m'a laissée. Mais c'était une vraie pro : elle avait une mission et elle l'a accomplie jusqu'au bout, me demandant ce qu'elle devait dire à Alexandre. J'ai répondu avec un fouet dans la gorge :

— Rien. Ne lui dites rien. S'il veut connaître la fin de l'histoire, qu'il lise les journaux.

En une heure, tout Fleury était au courant du passage de la Guerrier. Une distance astronomique a achevé de m'éloigner des autres détenues. Même les gardiennes ne lançaient plus vers moi leurs regards obliques de chienne protégeant ses petits. Du jour au lendemain, on m'a supprimé les petites vexations habituelles. De là à dire la vérité, ne comptez pas sur mon « courage ». Au lieu d'exprimer à ces pitbulls mon sentiment sur la prison, je me suis passé la muselière et j'ai joué la bonne petite détenue qui ne la ramène pas. Cette sagesse a payé. Quelques jours plus tard, ayant oublié d'acheter du papier toilette, j'en ai demandé et, au lieu qu'elles m'en accordent royalement quatre feuilles pour deux personnes et deux jours, on m'a remis un rouleau complet. Même la Maryvonne m'avait oubliée. Pas Lecorre, en revanche.

Un matin, à l'aube, une voix m'a réveillée en criant : « Palais de Justice, départ dans dix minutes. » Le temps d'avaler une tasse de café et j'ai eu droit à la fouille complète. Copine de la Guerrier ou pas, il a fallu que j'enlève jusqu'à ma culotte. Tout est prévu pour qu'on arrive en morceaux devant le juge. Entre le moment du départ et celui de l'entrée dans son bureau, il peut s'écouler huit ou neuf heures. Ce jour-là, dans le fourgon, trois fauves m'attendaient, à peine sortis d'un mauvais clip de rap. Trop serré pour qu'ils puissent me voir, le grillage qui isole les femmes ne les empêchait pas de sentir ma présence. Ils ne m'ont rien épargné. Par-devant, par-derrière, en haut, en bas, seuls, à deux, à trois, ils m'ont tout promis. Et tout décrit. En détail. Plus tard, face à leur magistrat, leur bruyante virilité se recroquevillerait à ses justes dimensions de coquillette mais, devant moi, ces petits minables se prenaient encore pour de gros calibres. Du haut de son humanisme socialiste, posément, sourire aux lèvres, Alexandre conseillait de ne jamais gaspiller sa salive pour le menu fretin, expression dont il flétrissait les 60 millions de français : j'ai suivi son conseil et les trois bananes du fond se sont dégonflées en silence. Le temps d'arriver dans l'île de la Cité, j'avais retrouvé mon calme, prête pour l'humiliation suivante. Car, après la bétaillère vient la souricière, sorte de sous-sol dans la cour où on vous enfonce dans des cellules minuscules et où on vous laisse mijoter des heures pendant que monsieur le juge réfléchit au restaurant aux questions qu'il souhaite vous poser. On est vite peu de chose mais, dans ces cagibis, on n'était rien du tout. Je ressortais à tout coup de ce purgatoire en lambeaux. Sauf ce jour-là. Grâce à Darmon ! Son mépris m'avait frappée comme une gifle. Me prenait-il pour sa poule ? Croyait-il m'avoir ramassée dans un bar à Pigalle ? Mon existence ne me semblait pas du tout une cause perdue d'avance. M'envoyer la Guerrier et croire que j'allais léviter de bonheur. S'il imaginait qu'on fait couler le miel des pierres, il allait découvrir son erreur. Quand je suis enfin partie chez le juge Lecorre, j'étais remontée à bloc.

Contrairement à son habitude, maître Colas affichait une mine sévère. Mon dossier s'était alourdi. Plus préoccupant encore : la presse s'était fait l'écho de dépôts en liquide sur le compte de Darmon à la Société Générale. Ce nouvel élément l'inquiétait. Il comptait sur moi pour le rassurer mais telle n'était pas mon intention. Au fond, à cette heure, mes souvenirs constituaient mon seul capital disponible. Personne d'autre que moi n'allait y piocher. Je le lui ai annoncé poliment et, comme il adore paraître très fin, il a fait mine d'en rire :

— C'est gai. Si je comprends bien, je vais devoir acheter les journaux pour connaître la fin de notre histoire.

Léger comme un laboureur qui enfile son tutu, il venait en somme d'avouer qu'il discutait de mon dossier avec Alexandre. Sa subtilité laissait à désirer. A peine avait-il achevé de prononcer sa phrase qu'il prit conscience de sa gaffe mais que faire ? Ni lui ni moi nous n'ajoutâmes un mot. Tout à coup, parler nous aurait demandé plus d'efforts que nous taire. Engoncés dans nos arrière-pensées respectives, nous avons attendu en silence que Lecorre nous appelle. Ce ne fut pas long.

Incroyable mais vrai : il nous accueillit avec le sourire – un sourire maladroit, d'ailleurs, qui ne servait jamais : seule la moitié de la bouche se donnait la peine de bouger. D'emblée, il mit la conversation sur Sandster. Evoquer son rôle ne me gênait pas et soulageait maître Colas. Chaque fois que je me tournais vers lui pour vérifier si mes réponses ne me nuiraient pas à terme, il m'incitait à coopérer. Seul un détail m'ennuyait : Lecorre suivait son idée mais je ne voyais pas laquelle. Jusqu'à ce qu'il glisse au passage que Sandster avait déclaré à plusieurs reprises que j'étais la meilleure « public relation » de Poitou. Connaissant mon gros Harry, j'ai avoué ma surprise. Les compliments n'étaient pas son fort.

— Je me demande si nous parlons du même Harry Sandster. Il me traitait plus volontiers de mouche du coche et me décrivait en général comme un élément décoratif, guère plus.

C'est là qu'il m'attendait. Sa question est tombée goutte à goutte comme la pincée de poivre soigneusement versée sur une plaie :

— C'est sans doute pour récompenser votre insignifiance qu'il vous a ouvert un compte à la banque de Saint-Bernard ?

Que savait-il exactement ? Mystère. Que voulait-il entendre ? Mystère également. Il ne fallait pas trop en dire. Que j'avoue avoir touché une commission pour avoir convaincu un ministre de donner son feu vert n'aurait pas arrangé mon juge. Sur-le-champ, il aurait dû transmettre son dossier à la Cour de justice de la République et on n'aurait plus parlé de lui dans les journaux. Que je nie aurait également été idiot. J'ai pris mon temps. Pour finir, obligeante, je lui ai suggéré de nouvelles pistes :

— Effectivement, Poitou a jugé utile d'ouvrir un compte à mon nom en Suisse. J'ignore tout de son fonctionnement. Jamais je n'ai retiré d'argent sur place. Je crois qu'il servait à rémunérer des intermédiaires. Personne ne me demandait mon avis. Je touche 100 000 francs par mois de la banque que vous avez citée. Pour combien de temps et pourquoi, je l'ignore.

Point final. Qu'il se débrouille avec ça. Cela lui laissait du pain sur la planche et je le voyais déjà saliver à l'idée de comparer l'argent sorti de mon compte et les sommes entrées sur celui d'Alexandre. Il aurait dû me dire merci mais toute politesse lui écorchait le palais. Sa nature vindicative reprenait vite le dessus. Il m'a sèchement invitée à me montrer plus coopérative. S'il espérait m'intimider, il avait appuyé sur le mauvais bouton. Je l'ai renvoyé dans ses cordes :

— Faites donc appel à vos informateurs habituels. Comment avez-vous trouvé l'existence de ce compte ? Par un long travail d'enquête ? Pas du tout. Grâce aux lettres anonymes qui noient ce dossier et qui doivent en arranger quelques-uns. Interrogez-les.

Les rébellions déplaisaient à monsieur. Il m'a priée de ne pas le prendre de si haut. Il n'avait pas de conseils à recevoir d'une femme comme moi. A en juger par le ton qu'il a employé pour me résumer à ces mots, la justice française devait faire épouiller toutes les pièces où je passais. J'ai explosé :

— Qui êtes-vous pour me parler sur ce ton ? Depuis quand la justice a-t-elle les mains si blanches ? Voulez-vous que je vous communique les noms de vos collègues qui donnent des cours de droit financier aux services juridiques de Poitou ? De quoi s'agit-il sinon de fournir des tuyaux à des voleurs afin qu'ils échappent à une mise en examen pour abus de biens sociaux ?

Je m'attendais à ce qu'il me fasse passer les menottes, mais non. Ma proposition le tentait. A l'occasion, il m'en reparlerait. En attendant, il me priait de ne pas m'éloigner trop du dossier. Trop tardive, cette bonne volonté n'a pas suffi à me calmer. Puisqu'il m'incitait à revenir à notre affaire, je lui ai suggéré de l'observer d'un peu plus haut :

— Corrigez-moi, monsieur le juge, mais pour qu'il y ait délit, il faut une victime. Où est la mienne ? C'est parce que je n'ai fait de mal à personne que vous vous acharnez contre moi ?

Là, j'avais franchi la ligne rouge. Tous les délinquants en col blanc devaient lui servir la même chanson. Mes leçons de morale ne l'ont plus distrait. Du coup, il m'a renvoyée méditer à Fleury. Je me suis calmée dans le fourgon. Et avec le calme est revenue la lucidité : pas une seule fois de l'après-midi, il n'avait prononcé le nom d'Alexandre. Le nœud coulant se resserrait. A la place de mon cher amant, j'aurais été très inquiète. Seulement voilà, j'étais à la mienne.

A mon retour, pour effacer l'après-midi de ma mémoire, une lettre de mon père m'attendait. Il en envoyait environ une par semaine. J'en savourais chaque phrase. Le temps que je la lise, Béa ne m'a posé aucune question et a éteint le son de la télé. Il allait monter à Paris et demandait si je souhaitais le voir à Fleury :

J'ai achevé le petit livre sur Eustache Le Sueur que m'a commandé notre amie du Quai d'Orsay. Je l'apporte la semaine prochaine. Je me demande si les Affaires étrangères ne vont pas se repentir de m'avoir confié cette tâche. La France n'y apparaît pas comme une Européenne exemplaire. Au fond, le principal titre de gloire de Le Sueur est de n'être jamais allé en Italie. Dans une nation qui se proclame « Mère des Arts » mais qui ne cesse de plagier ceux de ses voisines (peinture et poésie italiennes, théâtre espagnol...) et de leurs ancêtres (littérature antique), son allergie au voyage et à l'étude fut une bénédiction pour sa renommée. Le Sueur avait beau avoir visité dix fois Fontainebleau et ses centaines d'œuvres vénitiennes, florentines et romaines, on a pu proclamer qu'avec lui naissait une école française dotée de ses seules forces. S'il n'était mort si jeune, ce pieux mensonge aurait fait de lui le plus grand peintre de son temps. Notre chère France a toujours été une voleuse et une cachottière – ce sont d'ailleurs là ses moindres défauts...

Il continuait longuement. Mon père écrivait comme il pensait, sans se hâter, ni omettre une nuance. La moindre de ses lettres faisait sept ou huit pages. Mais il en revenait toujours à son sujet favori : lui et moi. Insensiblement, avec les mois, le ton changeait. Plus mon séjour durait, plus il semblait s'en tenir pour responsable. Darmon et Sandster ne lui inspiraient plus une ligne. Il les avait effacés. Le coupable de mes malheurs, c'était lui. Il m'avait donné un mauvais exemple. Là encore, il l'affirmait :

De moi, que restera-t-il d'autre que le cartable soigneusement rangé d'un vieux prof ? J'ai forcé ma vie à faire antichambre. L'énergie est un mot qui n'a jamais eu de sens pour moi. Dire que certains brûlent la chandelle par les deux bouts ! Je les admire. La mienne s'est consumée à l'abri des courants d'air. Des observateurs bienveillants qualifieraient mon existence d'harmonieuse, elle fut surtout limitée. La paresse a été mon adresse et mon confort. Je n'ai jamais profité de la liberté qu'offraient ma culture, mon pays et mon époque. Comment être bon père quand on lézarde en flâneur oisif ? Imagine-t-on un oiseau qui n'aurait jamais volé ? C'est l'exemple que je t'ai donné. Je ne m'étonne pas que tu aies tant battu des ailes. Loin de là. Je suis fier de toi...

Et ainsi de suite. Je n'avais aucun tort. J'en aurais pleuré. Comment papa pouvait-il se croire insignifiant ? Je me suis promis de trouver les mots pour lui exprimer ma reconnaissance. Mais par écrit, c'était impossible. Je voulais le lui dire en face, à voix basse. Je n'ai répondu que quelques lignes pour le prier de ne pas venir à Fleury. Pas lui, pas là.

CHAPITRE VI

Décembre a mal commencé. La chaudière de la prison a rendu l'âme. Dans cet univers de béton, on aurait dit le Pentagone ramené au Moyen Age. Les cellules donnaient un avant-goût du tombeau. Je sentais mes os geler. Inutile d'enfiler un second, puis un troisième pull ; au bout de vingt-quatre heures, le froid vient de l'intérieur. Dans la cour, les gardiennes ont installé des braseros. Ce détail peint l'univers pénitentiaire : il fallait sortir pour se réchauffer ! Avec les Indiennes, on courait et on jouait au basket. De retour en cellule, quand j'enfilais une doudoune, la transpiration glaçait peu à peu. Béa faisait bouillir du thé nuit et jour. J'y trempais les doigts. On se gavait de riz brûlant qu'elle enrichissait d'amandes, de raisins de Corinthe et de bananes séchées. Ensuite, on s'allongeait l'une contre l'autre pour parler. La perspective de passer seule la nuit de Noël lui amenait les larmes aux yeux. Des années l'attendaient encore à Fleury. J'avais fini par apprendre (d'elle) qu'elle en avait pris pour treize ans.

Son mari la battait et avait provoqué la mort du bébé qu'ils attendaient. Elle n'en parlait jamais mais, un jour, elle avait murmuré qu'elle ne pourrait plus avoir d'enfant. Ensuite, elle avait tiré sur cet homme. C'est tout ce que je savais et je ne posais pas de questions. De toute manière, elle ne pouvait pas aborder le sujet. A son procès, elle n'avait pas prononcé un mot. Quelque part, elle associait son crime à la parole. A sa libération, elle comptait s'occuper de sourds-muets. Elle avait appris leur langage et, le soir, quand on regardait les informations, elle s'entraînait à les traduire en gestes.

De mon cas, en revanche, elle ne se lassait pas de parler. Elle s'accrochait au mot « bouc émissaire ». A ma sortie, elle voulait que je fasse payer les « autres ». On n'était pas sur la même planète. Même si je n'en revenais pas d'être en prison, je ne voyais pas qui en rendre responsable. Je le répète : c'est une infirmité chez moi mais tout ce qui m'arrive me semble normal. Revenue place Dauphine, je me voyais reprendre mes routines de petite vieille : lectures, rêveries, promenades et shopping. Ce manque d'imagination faisait grimper Béa au plafond :

— Tu as le cerveau mou comme la mayonnaise, ou quoi ? La vie, il faut l'attraper par les cheveux et la retenir. Sinon, elle file sans toi. De toute manière, Lecorre ne te lâchera pas comme ça. Il va bloquer tes comptes. Tu n'auras plus un sou. Tu vas devoir t'agiter...

Ce genre de menace ne me faisait ni chaud ni froid. Je savais très bien ce que j'aurais à faire à ma sortie : rien ! Ma mère veillait sur tout. Elle me l'avait répété à son dernier parloir :

— Nos affaires sont en ordre. Tes comptes bancaires sentent bon la blanchisserie. Tous les faux plis ont été repassés. Le pauvre Lecorre se contentera des nippes qu'on a laissées pour lui.

Impossible d'expliquer ça à Béa. Quand je parlais de mes parents, je decrivais une espèce de pastorale XVIIe siècle dans un vieux manoir breton. De Kergantelec, j'avais évoqué l'odeur de la terre mouillée quand on prend le café sur la terrasse pendant une éclaircie, celle de l'herbe coupée, celle du port quand j'embarquais avec mon père sur son Tofinou pour aller naviguer entre les îles du golfe... Le portable de ma mère, ses voyages en Suisse, ses calculs et ses comptes secrets n'entraient pas dans cette rêverie. J'en avais fait une sorte de comtesse de Ségur. A présent, je ne pouvais plus la présenter sous son vrai jour, en agitée du CAC 40. Du coup, quand Béa insistait trop lourdement pour connaître mes projets, je l'envoyais promener. Ça n'avait pas d'importance : elle n'était pas boudeuse. En fait, un contretemps l'agaçait plus que tout : qu'attendait donc le juge pour signifier ma mise en liberté ? On arrivait au terme du sixième mois, Béa l'avait annoncée pour le 22 décembre au plus tard, on était le 12 et on ne voyait toujours rien venir. Elle craignait un acharnement procédurier. La qualité de ses divinations en aurait souffert. Heureusement, il n'en fut rien. Le 15, l'instruction de Michel Lecorre s'est achevée dans un bruyant grincement de freins.

Inutile de tourner autour des mots. Quand je suis entrée dans son bureau, monsieur ressassait ses motifs de contrariété. A titre exceptionnel, il m'a accordé un regard – mais noir comme sa bouteille d'encre. D'une voix lente, exaspérée, comme si chaque mot forçait le passage de sa volonté, il m'a annoncé que, bien obligé, il allait rendre une ordonnance de mise en liberté. C'était notre huitième face-à-face et il conservait son ton mécanique et froid mais, avec le temps, j'avais fini par le trouver familier et même agréable à l'oreille. Me laissant aller, sans penser à mal, j'ai souri. Qu'est-ce qui m'a pris ? Son sang n'a fait qu'un tour.

— Ne me narguez pas ! La justice française n'en a pas fini avec l'affaire Poitou. Du reste, elle n'en a jamais fini avec aucune affaire. Les saisons passent, les dossiers sont clos, l'été revient et on en ouvre d'autres, les mêmes, sous des noms différents.

Pauvre justice française, si respectueuse et si désarmée. Elle vous envoie en prison, et alors ? Avec le trésor qui m'attendait dehors, pour que je parle, il aurait fallu qu'elle me torture. Lecorre m'avait cloîtrée six mois pour m'arracher des secrets, je ne lui avais lâché que des informations. Quand il a récapitulé la somme de ses découvertes, cela n'allait pas très loin. En gros, j'avais travaillé pour Poitou et, sur mes notes de frais, j'avais acheté quelques cadeaux à mon amant, le ministre de la Santé. Point final. Il n'y avait pas de quoi parler d'association de malfaiteurs. Obtenir qu'une Légion d'honneur soit remise par le ministre, faire inviter un directeur du groupe à un voyage ministériel, recevoir un ambassadeur à dîner chez moi ou faire accorder une audience impromptue à un membre du conseil d'administration, toutes ces choses que j'avais accomplies une fois ou deux avaient été transformées par maître Colas en activités quotidiennes justifiant amplement mon salaire. Il avait beau insinuer qu'on se reverrait, Lecorre enrageait et mon sourire condescendant achevait de l'exaspérer. Le cœur battant, il s'est retenu à deux mains au bureau pour ne pas me lancer sa bouteille d'Evian à la figure. Quand la greffière lui a rendu l'ordonnance tapée, il m'a expliqué avec une douceur sadique qu'on allait maintenant la porter à l'administration pénitentiaire :

— Par mesure de sécurité, on ne le fait pas par fax. Mais cela ne prend que quelques heures. D'ici là, un fourgon vous ramènera à Fleury. Vous pourrez préparer tranquillement vos bagages.

Je me suis levée et je me suis approchée de son bureau pour lui dire au revoir. Un peu surpris, il a hésité un instant avant de se lever à son tour. Puis il a saisi la main que je lui tendais et m'a répondu : « A bientôt. » C'était le coup de pied de l'âne, mesquin. J'ai fait comme si je ne l'avais pas senti...

Aucun objet souillé par Fleury n'entrerait chez moi. J'ai laissé à Béa la radio, les cassettes, les pulls, les parfums et tout ce que j'avais fait entrer depuis mon arrivée. Même si elle a fait semblant d'être surprise, elle s'attendait à de tels cadeaux. Mais j'ai réussi à la surprendre avec un petit paquet dans du papier d'argent. C'était ma bague de mariage enfouie dans du coton et glissée dans une boîte d'allumettes qu'une copine indienne qui aimait l'aquarelle avait peinte en rouge : au lieu de « Cartier » – Paris, elle avait calligraphié en lettres dorées « Quartier des Femmes » – Fleury. Elle a compris ce que je voulais lui dire, elle nous a épargné les protestations vertueuses, elle a passé le diamant à l'annulaire droit et elle m'a serrée contre elle pour cacher ses larmes :

— Oh chérie, comme tu me manqueras. Et qui va-t-on me mettre ? Une fumeuse, je parie...

Ça lui pendait au nez. A Fleury, il n'y a que deux catégories de détenues : les fumeuses et les fumeuses invétérées. En même temps, elle ne supportait pas l'idée d'être seule. Pour cette première nuit, elle avait pris avec elle Saphir, le chat de la division, une siamoise qui n'appartenait à personne et qu'on surnommait « perpète » puisqu'elle ne sortirait jamais. Enfin on m'a appelée pour les formalités de levée d'écrou. En larmes, Béa n'a pu que marmonner :

— Ne pleure pas chérie, n'aie pas les yeux rouges, sois belle. Les journalistes t'attendent sûrement dehors...

Elle avait raison. Deux heures plus tard, quand la porte extérieure de la prison s'est ouverte, il était minuit, mais eût-on été en plein jour que ma sortie n'aurait pas été plus discrète. Dix reporters ont tendu leurs micros et dirigé leurs projecteurs vers moi. Tous lançaient leurs questions en même temps. J'ai attendu celle qui m'arrangeait. Quand une fille m'a demandé si la prison m'avait changée, j'ai attrapé la phrase au vol :

— Pas du tout. La prison change les gens des milieux populaires pour qui elle a été conçue. Pour nous, elle est seulement reposante.

J'imagine que cette oie blanche attendait un miserere. Ce cynisme bon enfant a suffi à lui couper la chique. Au lieu d'enchaîner sur Darmon, Lecorre, Poitou et les autres, elle n'a trouvé qu'une question à me poser :

— Et maintenant qu'allez-vous faire ?

On s'interroge sur l'utilité des rédacteurs en chef. Ils envoient des gens poireauter des heures devant une porte de prison et ils ne réfléchissent même pas à une question simple qui tendrait habilement un piège. Quand je pense à toutes celles que je redoutais, j'ai pitié de la presse. Mais là, j'ai joué le jeu et répondu avec un grand sourire :

— Des courses !

Qui est alors entré dans le panorama ? La grosse Jaguar d'Harry et, au volant, tout sourire lui aussi, Fabrice. Comme j'avais les mains vides, je me suis faufilée entre les caméras, j'ai traversé la rue et j'ai sauté dans la voiture. Il a démarré en trombe, je lui ai posé une main sur le cou, je l'ai embrassé sur la joue et je lui ai demandé si on retrouvait Anika pour le dîner. Je m'admire moi-même : cinq secondes à l'air libre et j'étais redevenue une vraie peste. Mais non, pas de souris suédoise au programme. On partait sur-le-champ pour l'Ile aux Moines et on était de nouveau à la colle. Fabrice ne l'a pas dit en termes aussi vulgaires mais cela revenait au même :

— C'est tout simple : tu es la seule femme que j'ai envie de tromper. Je pense que cela veut dire « je t'aime ».

Deux motos nous suivaient. Elles pensaient sans doute que nous rentrions sur Paris. Quand elles ont compris qu'on roulait à 150 kilomètres-heure vers Chartres, elles ont fait demi-tour. Dans la nuit, à toute vitesse, je suis retournée chez moi, en Bretagne.

TROISIÈME PARTIE

Vengeance

CHAPITRE I

Sur la route, j'ai demandé si le poignet de mon père allait mieux. Il se l'était foulé en rangeant du bois et s'en était excusé dans ce qu'il annonçait comme sa dernière lettre, tapée à la machine. Fabrice n'était même pas au courant. J'ai eu l'impression qu'en mon absence mes hommes n'avaient plus rien à se dire. Il était temps que je rentre. J'ai forcé Fabrice à accélérer. Depuis que nous avions semé les photographes, il levait le pied, ne tenant pas à arriver trop longtemps avant l'heure de passage de la première vedette, à 7 heures. Seulement voilà, j'avais envie de respirer l'air du golfe.

A 6 heures du matin, il faisait encore nuit noire. J'ai laissé mon mari dans sa Jaguar pour remonter seule le chemin de douanier de Port-Blanc. Une humidité glaciale donnait l'impression d'entrer dans la brume comme dans la mer. Aucun vent, ni aucune vague ne troublait la surface de l'eau. On aurait dit que je longeais un lac. Parfois le cliquetis d'un hauban perçait le silence, mais à peine. Les mouettes dormaient encore.

Le ciel, la terre et la mer ne formaient qu'une masse sombre et froide. Pourtant, si lugubre que fût ce calme, mon cœur battait. La caresse de l'air avait réveillé en moi le souvenir des années de lycée quand, les soirs d'hiver, je rentrais sur mon île auprès de mon père. Je me suis demandé si, comme alors, il aurait fabriqué un de ses calendriers de l'Avent. On en ouvrait les fenêtres devant le feu de la cheminée et il me lisait le texte qu'il avait rédigé pour chacune. Je les ai tous conservés. Mon préféré reste une carte de la Bretagne. Les villes y sont représentées par un monument et par une page d'écrivain, célèbre ou pas. Certains, du reste, n'existaient que dans son imagination. Il les inventait pour les besoins de la cause. Quand ma mère s'en amusait, il la renvoyait à ses fourneaux :

— Va donc me trouver du Chateaubriand sur Questembert !

Ce jour-là, il aurait mieux fait de se taire car elle lui a apporté sur-le-champ une page d'Henri Pollès. Il a répliqué qu'il n'y avait qu'elle pour goûter cet incorrigible bavard. Sur quoi, à Noël, il m'avait offert *Parfois, sur le fleuve de sang, un beau navire...* J'avais adoré ce roman et il avait baissé les armes, à moitié.

— Avec deux cents pages de moins, ce serait un chef-d'œuvre.

Soudain, au loin, comme un murmure, j'ai entendu le bruit du moteur de la vedette. La profondeur du noir et du froid s'allégeait dans les gris. Une aube incertaine effleurait l'atmosphère sans l'éveiller. La lumière allait bientôt apparaître, douce et pâle. Venu à ma rencontre, Fabrice m'a ramenée à la voiture comme une pièce à conviction qu'on ne laisse pas traîner. Salariés sur le continent, plusieurs de mes copains prenaient le premier bateau et il préférait que je les laisse passer avant d'embarquer. Je ne me sentais pas si pestiférée mais un sixième sens m'a retenue de protester. Deux minutes plus tard, j'ai compris. Au fond de la cabine, à l'écart, seule, ma mère m'attendait.

Plusieurs fois, à Fleury, elle avait évoqué la fête qu'on organiserait à mon retour. Mais là, ni rires, ni champagne. Ni fleurs, ni embrassades. Rien. Neutre, immobile et grise, elle m'a laissée venir vers elle. Un silence de mort est monté jusqu'au ciel. A travers les hublots, le golfe aux veinures d'argent avait l'air d'une infinie pierre tombale, majestueuse et sinistre. Un être était absent, le silence des deux autres suffisait. J'ai posé ma tête sur l'épaule de ma mère et elle n'a trouvé la force que d'une phrase :

— Charles ne viendra plus te chercher.

Gilbert, le passeur, n'est pas sorti du poste avant. Gillou, le taxi, n'a pas prononcé un mot. Sans que je me rappelle comment, dix minutes plus tard, je me suis retrouvée dans ma chambre, à Kergantelec. Papa avait posé sa vraie dernière lettre sur mon bureau. Elle m'attendait et m'a encore attendue un moment. Je n'arrivais pas à la prendre en main et j'ai failli l'enfermer dans le secrétaire comme il avait repoussé la vie, à la manière dont on se détourne d'une épreuve trop dure. Mais, en artiste, mon père m'avait offert ce qu'il ne possédait pas, en l'occurrence le courage. J'ai ouvert l'enveloppe.

L'existence lui était devenue pesante comme une paupière qu'on n'a plus la force de soulever. Toute sa vie, ses sentiments s'étaient effacés devant ceux des autres mais, au moment de partir, il avait refusé de les laisser refouler une dernière fois. Et il avait dressé un réquisitoire. Contre lui ! L'essentiel tournait autour du courage, la vertu qui le hantait :

Ma vie gît par terre, impeccablement repassée, toute propre, comme un costume qui n'a jamais servi. Je n'ai jamais eu assez de caractère pour te faire de la peine, j'aurais dû t'expliquer qu'au lieu de rides, le temps laisse des cicatrices. Les gens sont méchants, sans explications, sans besoin et sans remèdes. Je t'ai laissée partir, optimiste et gaie, convaincue que l'amour et la chance attendent le passant au coin de la rue...

Dans un autre temps, on aurait reconnu dans la voix de mon père, sa démarche, son regard pâle et sa silhouette, une apparence de gentilhomme que les plaisirs de l'étude, la courtoisie et l'absence de calculs hissent un jour à l'Académie. Au lieu de cela, sa sensibilité avait vibré au moindre tressaillement et papa avait cru n'avoir aucune force. Il ne se rendait pas compte qu'il avait celle qui les surpasse toutes : le charme. Loin d'en jouer, il s'en était excusé. Comme si la séduction et l'amabilité sous-entendaient l'hypocrisie et la faiblesse.

Il ne voyait rien, ni la grâce émanant de sa délicatesse, ni les misères que masque la force apparente. Tout à coup, il avait abandonné la partie. Après m'avoir présenté la vie comme un tas de plaisirs à répartir, il me laissait seule face à une somme de fardeaux. Je suis sortie dans le parc.

Les arbres, les dalles de granite de la cour, les rosiers, les massifs de buis, l'if énorme encore plus âgé que la maison... Tous ces privilèges de mon enfance restaient là mais, sans lui, tout sonnait faux, comme une chapelle désaffectée ou comme un vieil ami dont on fait mine de ne pas voir qu'il a perdu un membre. J'ai préféré m'éloigner. Je suis partie dans l'île, sur le chemin de Brouel.

En face, l'île d'Arz ne formait qu'un petit coussin sur l'eau. Le golfe portait ses communes comme le ciel transporte ses nuages, les lignes de la côte s'estompaient dans un brouillard romantique et flou, d'un gris calme et endormi. Rien n'arrêtait l'œil, ni la mélancolie. Tous les éléments du décor se fondaient et se chevauchaient telles des écailles de poisson. Un peu avant la chapelle du Guip, n'entendant que le bruit de mes pas dans les flaques et les feuilles mortes, je me suis rappelée qu'un jour, à cet endroit, au mariage d'une cousine, mon père avait expliqué que les femmes du Morbihan sont françaises et gaies et les hommes celtes et moroses. Je marchais et des moments de bonheur revenaient à moi, déchirants. A mon insu, sans attendre ma mère, mes pas m'ont conduite au cimetière.

J'ai toujours aimé aller sur la tombe de la famille. L'herbe en mange la pierre, la mousse en estompe les angles, des fleurettes poussent dans les anfractuosités, des reflets roses adoucissent les teintes du granite très pâle, presque jaune. Séduite par sa magnifique croix celtique, ma mère l'a achetée dans une vente, à Quimper. Louis, mon grand-père, y est enterré avec sa femme Simone. Le nom de la famille est gravé sur le fronton ; sur la pierre, on n'inscrit que les prénoms. On avait déjà gravé celui de mon père, et ses dates : Charles, 1922-1991. Je me suis assise sur le bord. Au-delà du mur d'enceinte, on voyait le golfe et je sais que mon père ne se lassait pas de ce spectacle mais un froid glacial m'a saisie, celui qui l'enveloppait. Soudain, j'ai voulu comprendre pourquoi il m'avait quittée ainsi, moi sa fille. Sa lettre ne l'expliquait pas. Un tel geste, à dix jours de mon retour, c'était insensé. Quelque chose s'était passé. Jamais il n'avait songé au suicide, loin de là. Il promettait de tous nous enterrer :

— Toi, ce sera difficile. Mais ta mère, c'est inévitable. De toute manière, il faut bien qu'elle me précède au paradis. Sinon, qui réaménagera tout avant mon arrivée ?

Je suis retournée à la maison. Je voulais interroger ma mère. Manque de chance, sur le chemin, à deux pas du presbytère, je suis tombée sur le recteur qui revenait de la boulangerie. Je l'ai toujours trouvé sirupeux, chanoinesque et ramolli, le style « causeur » à l'ancienne, lent à s'exprimer et trop porté sur les citations. La dernière chose dont j'avais envie était une homélie larmoyante mais mon père et lui jouaient aux échecs deux soirs par semaine depuis vingt ans et ils étaient même partis ensemble pour Rome lors de l'année « mariale ». Au lieu de fuir à toutes jambes, je suis allée l'embrasser et il m'a demandé de l'accompagner chez lui, au coin de la rue. Poser son pain, passer au salon, apporter deux verres, sortir sa bouteille de porto et trouver ses premiers mots, j'en avais pour vingt minutes. Qu'importe. Pleurer chez lui, ou ailleurs. Je l'ai suivi.

Son salon ressemblait au nôtre trois ans plus tôt, avant que la manne céleste ne s'abatte sur Kergantelec. Des rayons presque vides couraient autour de la pièce, la toile du canapé s'effilochait de la manière la plus authentique, des taches claires traçaient aux murs les marques de tableaux anciens vendus à l'antiquaire du bourg... Seul un magnifique lustre en cristal rappelait la prospérité des lieux du temps du précédent recteur. On n'en avait plus remplacé les bougies depuis longtemps. Les tables et les consoles d'alors avaient filé, ne restait qu'un long plateau posé sur des tréteaux qu'on sortait, une fois par an, pour l'emporter à la kermesse du Toulprix. On aurait dit qu'un huissier s'était emparé des lieux. Un radiateur électrique peinait à réchauffer l'atmosphère. Je me suis assise à la petite table sur laquelle l'échiquier attendait un joueur qui ne viendrait plus. J'ai allumé la lampe un peu kitsch dont l'abat-jour s'ornait de bergers en costumes façon Fragonard revus et corrigés Poulbot. Si tout élan ne m'avait abandonnée, je me serais enfuie de ce funérarium. Enfin, le recteur est revenu avec son plateau. Il avait rempli une soucoupe de bigorneaux. Mon père les adorait, il s'est mis à parler de lui et j'ai compris pourquoi papa et lui s'entendaient si bien :

— Préparant notre rencontre, cherchant les phrases qui pourraient t'apaiser, je me suis dit que le temps, et lui seul, calmerait ta détresse. Et puis j'ai pensé au rire sardonique de Charles si j'avais employé ce terme. Le temps ! Je l'entends comme s'il était ici, à ta place, en train de se moquer ou de maugréer, c'était selon, mais certainement contrarié par le mot. Il aurait trouvé bien français de se contenter d'une notion aussi vague. En de telles circonstances, les Allemands ne parlent pas de climat. Ils ont plusieurs expressions pour préciser la nature de la peine et celle de la consolation. Nous sommes un peuple futile qui commet des fautes graves avec légèreté et sèche ses larmes avec des concepts flous...

C'est ça la vie éternelle. On meurt et quelqu'un tient après vous vos discours. Son vieil ami parti, le recteur allait reprendre ses antiennes à son compte. Comparer la langue allemande et la française faisait partie des refrains de papa, toujours au détriment non de la nôtre mais de notre caractère. Moi aussi, tout à coup, je l'entendais comme s'il était parmi nous :

— Les Allemands placent le verbe à la fin des phrases car ils plantent le décor avant de préciser l'action. Indifférents aux circonstances, les Français se vantent d'abord et s'expliquent ensuite...

Le recteur connaissait aussi cette phrase par cœur et on a ri ensemble. Il est parti dans son bureau chercher une photo qu'il avait fait encadrer. C'était à Rome. Papa portait un costume blanc, une chemise bleu pâle et une cravate club à rayures bleu marine et bleu clair. Assez longs, ses cheveux étaient décoiffés par le vent. On aurait dit un commodore aux régates de Cowes. Il souriait. C'était l'image que le recteur garderait de lui : un gentleman. Il n'avait pas envie d'avoir du chagrin, juste des souvenirs, tous bons.

En juillet, ils étaient allés au pardon de Saint-Anne-d'Auray faire des vœux pour moi. Partis à bord du Tofinou, ils avaient jeté l'ancre à Saint-Goustan mais là, impossible de trouver un taxi. Ils avaient embarqué dans la camionnette d'un mareyeur et mon père s'était goinfré de bigorneaux. Après la grand-messe, ils avaient tellement traîné à la crêperie que, la nuit tombée, ils n'avaient plus pu revenir par la mer. Imbibé de muscadet, mon père avait suggéré d'aller « chez les filles ». Pour finir, on les avait hébergés au couvent voisin. Depuis papa le mettait en boîte à propos de la mère supérieure qu'il appelait sa vieille maîtresse. En promenade parmi les bons moments passés, faisant durer cette escale bienheureuse, je me servais un autre porto quand, parfaitement imprévue, Elise de Seyrennes est entrée dans la conversation. Je ne me rappelle pas comment le recteur a épinglé cette punaise dans notre album de souvenirs, je me souviens bien, en revanche, de la phrase qui a tout éclairé :

— La lettre de la dame du Quai d'Orsay l'a bouleversé. C'était blessant. Elle l'a humilié...

Il me croyait au courant ! Je n'ai pas posé de question. D'avance sa charité chrétienne me donnait de l'eczéma. En un quart de tour, je m'étais retrouvée ravagée de haine. Je sentais que si je m'éternisais, bientôt allait monter un fumet de pardon des offenses. On n'en était pas là, mais alors pas du tout. Aucun petit vieux mijotant près de sa lampe à pompons n'allait me parler d'indulgence. Je l'ai embrassé et j'ai filé. Ma mère, elle, parlerait clair. Elle n'était pas du genre à porter toute seule sa couronne d'épines.

Elle était à la cuisine, une salle immense, tout à fait un décor de peinture flamande, pleine d'armoires et de tableaux aux murs. Debout devant le plan de travail proche de la cuisinière, elle préparait un poisson. Sans sourire, fatiguée, elle m'a regardée, ennuyée, avec l'air impuissant du prévenu qui n'a rien à dire. Elle n'était pas non plus du genre à étaler son désespoir. En cas de malheur, comme moi, elle se retranchait vite dans le silence. Je ne voulais pas la blesser, j'avais seulement besoin de savoir. Sans laisser le cœur du problème faire antichambre, je suis allée droit au fait :

— Que disait la lettre d'Elise de Seyrennes ?

D'habitude ma mère n'y va pas par quatre chemins. Une fois pour toutes, elle a décidé que la sincérité est le calcul le plus efficace – sans parler des satisfactions morales qui l'accompagnent. Là, elle hésitait. Comment entourer de mots l'immense terrain vague de son chagrin ? Et pourquoi désigner un coupable plutôt qu'un autre ? Elle avait vécu les six derniers mois de papa et ne résumait pas son désarroi à l'humiliation née d'une lettre :

— Charles prenait l'eau de toutes parts. Il fallait tout le temps écoper. Je crois qu'il me rendait beaucoup plus responsable qu'il ne me l'avouait. La lettre du Quai d'Orsay n'a été que la goutte d'eau ultime. Ma griserie face aux années Sandster l'a profondément blessé. Il ne nous pensait pas si différents. Il ne voyait plus bien tout ce qui nous liait...

Et ainsi de suite. Elle parlait en désordre comme une femme vide ses tiroirs, sans savoir ce qu'elle jette en vrac. Cela a duré plusieurs minutes. Je ne l'écoutais même plus. Ce qui s'était passé en mon père ne m'intéressait plus. Seul comptait ce qu'il avait fait. Et ce qu'il avait fait, c'était nous quitter juste après avoir reçu une lettre. J'ai fini par l'interrompre. Qu'elle me la montre et qu'on en finisse.

Ce fut vite lu.

Monsieur,

Votre texte ne correspond pas à l'image que la France souhaite donner aujourd'hui au Canada de son destin artistique au XVIIe *siècle. Je ne crois pas judicieux, en outre, qu'en ce moment, votre nom de famille apparaisse sur une publication officielle de l'Etat. Ce petit texte anodin et persifleur passerait immanquablement aux yeux de la presse pour un « copinage ». Et, en effet, c'en serait un puisqu'il ne s'agissait en aucun cas d'une commande officielle.*

Elise de Seyrennes.

Aucune formule de politesse. Rien, sinon une épithète assassine : « anodin ». Les mots de cette salope avaient traversé mon père comme un rasoir ouvert. Le soir même, il s'était jeté dans le golfe.

J'ai replié la lettre et l'ai remise dans son enveloppe. Ma mère m'a appelée pour passer à table. Fabrice qui ne boit pas avait ouvert une bouteille d'un grand vin. Il voulait que la vie reprenne. Je n'ai pas protesté. J'ai juste demandé si Alexandre s'était manifesté. Réponse : non !

Dès lors ma résolution n'a plus changé : la vengeance serait pour moi ce qu'était la dévotion pour les femmes autrefois, une compagne de tous les jours.

CHAPITRE II

Ma mère n'était pas du style à me lécher toute la journée comme une chatte ses petits. Elle a enseveli son amour au fond du cœur mais n'a pas coulé avec lui comme un cercueil qu'on jette à la mer. Au matin de Noël, quand je suis descendue pour le petit déjeuner, les cadeaux m'attendaient. La salle à manger était sur son trente-et-un : feu dans la cheminée, nappe brodée, chandeliers allumés, service à thé en argent et papier doré pour tous les paquets. Fabrice m'avait acheté Oscar Wilde en Pléiade.

— Tu vas devoir t'expliquer dans les semaines qui viennent. Pour les idées nobles et les analyses subtiles, le mieux, aujourd'hui, ce sont les petits diamants. Là, tu seras servie ! C'est un vrai réservoir à formules.

A ma mère, il a offert une machine à espresso et un châle beige et or de Saint Laurent, entre autres. On a défait des rubans pendant dix minutes. En bon mari et gendre modèle, il ranimait consciencieusement le feu de la bonne humeur. J'ai joué le jeu et demandé sur le ton de la blague s'il avait pensé à Anika. Il ne fallait plus lui parler d'elle.

— Je n'arrive pas à la suivre. Elle ne peut même plus regarder un pot de sucre en poudre sans se mettre à renifler. Et la coke ne suffit pas. Elle a pris tous les travers du milieu. Elle veut se faire refaire la poitrine. Je me demande d'ailleurs pourquoi : elle a déjà les seins plus hauts que les épaules...

J'ignore si l'entrain forcé est la clé magique qui ouvre toutes les portes mais son pari a marché. Au lieu de pleurer, ses deux femmes ont joué le jeu du matin de Noël, en famille et gai. La vie continuait, inutile d'en changer les règles. A une exception près : ma mère a exclu d'aller à la messe.

— Charles se serait tranché un doigt plutôt que de ne pas s'y rendre mais, cette année, ce sera sans moi ! Je ne crois plus du tout en Dieu. Et, même s'il existe, il est devenu fou. Quand on voit ce qu'il laisse faire, il est clair qu'il ne contrôle plus rien depuis longtemps. En revanche, j'irais bien faire un tour.

Fabrice ne nous a pas accompagnées. Il préparait le repas. La dinde réclamait des soins rapprochés. Nous sommes partis pour le Trech, une balade assez longue. Ça tombait bien : ma mère avait à me parler. Nous devions régler des problèmes d'argent. Au moment de signer ma levée d'écrou, Lecorre m'avait imposé le versement d'une caution de 750 000 francs. Comment les sortir ? Je n'en avais aucune idée. Ma mère, elle, avait un plan :

— Pas question de faire venir un sou de Suisse. Ils nous épient. Inutile de les mettre sur la piste des comptes de Lausanne. Et celui de Lugano est bloqué. Heureusement, à Paris, certaines personnes n'attendent que toi.

Première nouvelle. Et qui donc ? Les éditeurs ! Trois d'entre eux s'étaient manifestés. Ma mère, qui n'a pas l'âme étiolée par les pudeurs superflues, ne les avait pas éconduits, loin de là. En vraie joueuse, elle leur avait fait poser les cartes sur la table. Un certain Dubernard semblait prêt à tout pour rafler la mise. Le nom de sa maison ne me disait rien mais il avait un don pour faire jaillir les millions : Rika Zaraï, l'affaire Greenpeace, le sang contaminé, les trottoirs de Manille... Tout faisait farine dans son moulin. Le prestige d'Albin Michel et de Plon, les deux autres prétendants, impressionnait moins ma mère que ses arguments sonnants et trébuchants.

— Ils insinuent qu'une grande maison nous aidera à remonter plus vite les barreaux de la respectabilité. C'est habile mais tu me connais : j'aime bien les voyous. Nous avons besoin d'une très grosse avance et non d'une carte de visite armoriée. Mon sentiment est qu'à la parution du livre, toute la presse se jettera dessus. Même celle qui enfile des gants pour jeter au panier les ouvrages Dubernard...

Une chose était sûre : il n'était pas question d'aller en Suisse. Trop de montagnes barrent l'horizon. Même aérées, je ne supportais plus les prisons. S'il fallait publier un livre pour relancer nos finances, ce Dubernard ferait l'affaire comme un autre. Le problème, c'était d'écrire. Mais d'abord, et surtout, de faire paraître l'ouvrage de mon père. Personne n'aurait mon manuscrit tant que son Le Sueur ne serait pas en librairie. Cette résolution a laissé ma mère sans voix. Elle s'est même arrêtée de marcher pour reprendre son souffle. Une inspiration si profonde qu'elle est presque tombée à la renverse. Ce contretemps ne pouvait que la contrarier car elle les déteste tous. Mais elle n'a pas protesté, au contraire. Tout bas, retenant sa jubilation, elle a juste murmuré : « Très bonne idée... Et très bonne fille. » Puis elle a glissé son bras sous le mien, s'est serrée contre moi et nous avons repris notre promenade.

On se serait cru au fin fond d'une province oubliée des cartes routières. C'était le désert. Le premier et pâle rayon d'un soleil tiède a foudroyé la pointe du Trech au moment où nous arrivions au sommet de l'île, juste avant la grande descente qui mène à la cale d'où, autrefois, le passeur embarquait pour Arradon. Je ne voudrais pas radoter mais, là encore, je me suis dit que le paradis terrestre était en Europe, sous nos yeux. Le voile du froid, le silence de la mer, le chapelet des îlots, l'extraordinaire hauteur des arbres, la rosée des prairies du continent, tout ruisselait de lumière. Tout semblait pur comme le cristal, brillant comme l'or. Sous le souffle de l'air, les feuillages humides agitaient des teintes argentées. Une terre précieuse dans un écrin d'eau : Dieu, que mon père avait aimé l'Ile aux Moines ! Avec sa femme, sans nous consulter, nous sommes allées nous asseoir au sommet du calvaire. Il aimait s'y isoler hors-saison avant que les touristes, pas fous et saisis par le spectacle, ne s'installent en masse pour pique-niquer. Inquiète, par peur de céder au chagrin, ma mère a repris le fil de ses pensées et de son propos :

— On devra se battre. Ils nous sous-estiment et nous prennent pour des crevettes égarées dans un panier de crabes. Ces Parisiens sont tous nourris à la cuiller de petits calculs. A force, ils ont du pus dans la tête. Ils voudront un livre vulgaire. Or c'est exclu. Une Kergantelec ne fait pas caissière. Elle dit ce qu'elle a envie de dire et elle tire sa révérence. De toute manière, on encaissera quand même. C'est dans la nature des choses. A la fin de la partie, les bourgeois ramassent la mise. Les Sandster et les Darmon, eux, c'est eux-mêmes qu'ils ramassent.

Elle a souri et m'a pris la main. Son énergie me convenait. On allait jouer. La vie est faite pour ça. Seul un dernier point angoissait ma mère : elle craignait que je n'aime encore Darmon. Comme elle est simple, elle a posé la question. J'ai hésité. Mais elle voulait une réponse claire. Elle l'a eue :

— Non. Sinon je ne voudrais pas son malheur. Or je le veux. J'en rêve.

— Très bien. Inutile de perdre notre temps. J'appellerai tout à l'heure M. Dubernard. Ce sera son cadeau de Noël.

Elle l'a fait. Il a bondi sur la perche qu'elle tendait. Deux jours plus tard, j'étais dans son bureau. Rien de littéraire selon les critères convenus. Il avait installé ses locaux dans la tour Montparnasse. On se serait cru dans un siège social. Pas un livre ancien ne traînait, on ne voyait que des piles d'ouvrages récents sous plastique. Pas un intello binoclard et chevelu, non plus. Des pépées attachées de presse et des cadres moyens rivés à leurs portables. A ma gauche, des ordinateurs sur toutes les tables ; à ma droite, la machine à eau glacée. On ne se sentait pas chez les Gallimard. Aucun risque de tomber sur André Gide. Jean-Marie Messier, en revanche, aurait pu remonter le couloir sans étonner personne. Dès que je suis arrivée, une hôtesse m'a accompagnée chez le « boss ». Pas question de me laisser lanterner. Le chiffre d'affaires n'attend pas.

Entrer dans son bureau, c'était remonter le temps. J'ai remis les pieds trois ans en arrière, à l'étage noble de la tour Poitou. De l'acier, de la moquette, des sièges design, des téléphones et une immense baie vitrée dominant Paris. Visiblement, on allait parler business. Denis Dubernard ne s'attendait pas à recevoir Marguerite Yourcenar, ni Françoise Sagan. Quand il m'a vue, je l'ai même senti un rien déçu. Mon ensemble noir (jodhpurs et veste d'officier), mes mocassins plats et ma serviette en cuir ne correspondaient pas au fantasme de femme fatale qu'il comptait « vendre ». Il devait plutôt attendre une cocotte du George V, le genre d'algue satinée qui ondule jusqu'à votre bureau dans des flots de Numéro 5. Il est venu me baiser la main. Il m'arrivait à l'épaule. Haut comme un tabouret, c'était le bonhomme pain d'épice au sourire de fruit confit. Si j'avais ressemblé à son rêve, il m'aurait offert une coupe de champagne ; à défaut, il a appuyé sur un bouton et il a dit « Café » – rien de plus. On n'allait pas s'encombrer de salamalecs littéraires. Il y a les écrivains du premier rayon et ceux du second. Pas un seul instant, Denis Dubernard, dit Dédé, n'envisageait de me hisser dans la première catégorie. Il allait falloir la jouer modeste. De toute manière, il n'y avait pas d'autre solution. Depuis ma sortie de Fleury, j'avais lu et relu le dossier de presse constitué par maître Colas : une intolérance de commande régnait autour de moi. Je l'ai laissé prendre les choses en main.

Revenu derrière son bureau, m'ayant demandé la permission d'allumer un cigare, il m'a tout expliqué. J'avais affaire au genre d'homme qui sait changer les pneus et ouvrir les huîtres. Il parlait si vite qu'on aurait dit que ses dents clignotaient. En gros, si j'espérais lui vendre une version contemporaine des *Liaisons dangereuses*, j'avais sonné à la mauvaise porte. On ne parlait pas de littérature, on préparait un coup d'Etat. Allusions, demi-vérités, faux aveux, transpositions voilées, fictions plausibles... Tout passerait comme une lettre à la poste. La France s'attendait à entendre le pire. Quand il parlait de François Mitterrand et d'Edith Cresson, Denis Dubernard disait « ces gens-là ». Médire, je n'avais que ça à faire. Quand je serais à court d'insinuations, le nègre mettrait le point final.

J'étais stupéfaite. Je me voyais très mal dans le rôle de sainte Arielle terrassant les dragons de la corruption. On m'avait confié une mission, on m'avait payé une commission, j'avais croisé des membres importants du Tout-Etat et j'allais raconter avec ironie mon passage dans les hautes sphères de la Cinquième République. Je comptais m'en tenir aux faits avérés. Seul le ton serait mortel pour Alexandre. Inventer ou insinuer ne servirait qu'à prêter le flanc aux attaques de ses avocats. Je me suis permis de le dire. Dédé s'en frottait déjà les mains :

— Mais qu'il nous attaque ! Tant mieux. Il nous offrira l'apparence de la persécution et la réalité d'un piédestal. Surtout qu'il ne s'en prive pas.

A vrai dire, plus que le rôle de Torquemada, il souhaitait me voir endosser celui de Mata Hari. Il a fini par lâcher le morceau. Pas tout de suite, bien sûr. D'abord, il a fait l'éloge de son rewriter, un journaliste de *L'Evénement du Jeudi*, déjà auteur d'un pamphlet signé par le labrador de François Mitterrand. Ensuite, il m'a montré un petit livre d'art paru dans la collection qui publierait mon Le Sueur. Enfin, il a évacué d'un revers de la main les questions d'argent : dès la signature du contrat, il me rédigerait un chèque de 600 000 francs. Tout semblait simple. Je cherchais en vain quels scrupules mettre en avant. Il a fallu qu'il aborde lui-même la question du titre.

J'y avais songé. J'avais envisagé d'appeler le livre « Ne me jugez pas ». Partisan d'un texte à la Nimier,

Fabrice suggérait « Comédie française ». Et ainsi de suite. J'en ai encore sorti deux de mes réserves. Sans succès. Dédé me laissait pépier dans le bocage mais trouvait toujours matière à objection. Au bout d'un moment, agacée, je l'ai prié d'aller plus droit au fait et de révéler sa grande idée de derrière les fagots. Alors là, soudain, plus rien d'assuré chez lui. Le pachyderme qui assenait ses idées comme des évidences s'est mis à me traiter comme la Couronne britannique. Enfin, au terme d'une longue circonvolution mondaine, il a lâché le morceau :

— Lorsqu'on présente une faiblesse, le plus simple est d'en faire une arme. L'audace paye toujours. J'aimerais un titre cynique qui proclame votre lucidité, votre franchise et votre sincérité. J'ai pensé à « Intrigue au sérail ».

En somme, j'allais me proclamer intrigante, courtisane et délatrice – et avec ça, poseuse car on ne faisait pas plus grandiloquent. Ce type avait survécu à une expérience génétique mal conduite, ou quoi ? D'où sortait-il pour m'infliger une telle humiliation ? Soudain, le mépris universel qui m'entourait m'a sauté au visage. Du jour au lendemain, le nom des Kergantelec allait devenir synonyme de vénalité. Et ce macaque m'en informait, serein, en tirant sur son havane. Je me suis cramponnée au bras de mon fauteuil pour ne pas le gifler, j'ai senti mon sang refluer en une énorme boule de rage au fond de l'estomac et un silence de mort s'est installé entre nous. S'il a d'abord cru que je réfléchissais à ses délires, Dédé s'est vite demandé si son beau contrat n'était pas en train de filer à tire-d'aile. Revenant sur ses pas, l'éléphant s'est fait tourterelle :

— Naturellement, ce n'est qu'une suggestion. Réfléchissez-y. Mais pas d'affolement. Même sans ce titre, le livre marchera. L'accroche, toutefois, est importante. Les succès tiennent à des détails. Cinquante pour cent des gens qui entrent dans une librairie ont tout oublié de l'ouvrage qu'ils cherchent : son titre, son auteur, ne parlons pas de son éditeur... Une formule aussi forte, c'est l'arme fatale : personne ne l'oubliera...

Bien. Nous n'étions pas à la Nrf. Il méprisait tout le monde. Ses lecteurs autant que ses auteurs. C'était rassurant pour moi. J'ai retrouvé mes esprits. Et j'ai prétendu que j'allais en discuter avec mon mari. Dédé m'a crue capable de lui infliger cet affront et m'a remerciée pour ma compréhension. Je n'ai pas épilogué et lui ai seulement demandé de rédiger un contrat sans spécification du titre. Sur quoi, je l'ai quitté. Il m'a raccompagnée sur le palier. Et il m'a baisé la main à nouveau. Une bouffée de son eau de toilette s'est faufilée dans l'ascenseur. C'était ma journée : son odeur allait m'escorter jusqu'à la maison.

Je suis rentrée à pied. Que des rues en pierre de taille, des églises et des lieux historiques... Ces vieilleries ont achevé de me déprimer. Paris serait toujours Paris : grands bâtiments et petits sentiments. Dieu sait pourquoi (s'il daigne s'intéresser à ces détails), une formule m'est revenue en mémoire : « Le monde est un bourbier, prenons de la hauteur. » Je l'avais lu dans un livre quinze ans plus tôt. Tout ce temps, cette phrase avait hiberné. Voilà qu'elle ressuscitait. La prenant à contre-pied, à peine rentrée à la maison, je me suis couchée. Et j'ai dormi. Des heures ! Jusqu'à ce que le téléphone me réveille. Qui était au bout du fil ? Un autre éditeur ! Son nom : Simon de Mortsauf. Le patron de la maison Delaroute. Une vénérable institution. Cent quarante ans à l'état civil. Je le signale car il a d'emblée mis ces honorables rides en avant :

— Avec Calmann-Lévy, Stock et Flammarion, nous sommes les plus anciens sur la place. Notre image est vieillotte, mais excellente. Vous pouvez nous apporter beaucoup auprès des libraires qui nous croient endormis pour toujours. Mais nous pourrons aussi beaucoup aider votre livre. La morale apparente est une chose très importante à Paris. Vous connaissez cette ville : on y joue avec les principes comme un clown avec ses cerceaux...

Qu'il parlait lentement ! Ses phrases tombaient goutte à goutte, comme s'il versait un extrait de parfum. La voix très jeune et le ton très bas donnaient un air de complicité équivoque à ses propositions. J'ai eu tout de suite envie de le voir mais mieux valait lui compliquer la tâche. J'ai répondu qu'il se réveillait trop tard. J'ai cité Plon et Albin Michel. Le leurre n'a pas fonctionné. Tout en douceur, diluant dans sa camomille vocale le mépris qu'il lui portait, il a cinglé sur Dubernard :

— Vous avez rencontré Denis, ce matin. Je suis sûr que vous avez compris au premier coup d'œil l'idée qu'il se fait de l'édition. Et l'image qu'il a de lui : monsieur « Je Peux Tout ». Inutile de tourner autour des mots : cet homme, c'est de la pierre couverte de paillasson, aucun scrupule et une réputation exécrable. Il vend chaque matin son âme pour un plat de lentilles. S'il sort chez lui, votre livre est condamné d'avance...

Un tel venin m'a presque rendu Denis sympathique. Je le voyais déjà, le Mortsauf : la belle âme qui tient le haut du pavé. En revanche, je ne voyais pas du tout qui l'avait prévenu de mon imminente signature de contrat. J'ai posé la question sans faire de chichis. Je vous le donne en mille : Dubernard et lui appartenaient au même groupe éditorial et il avait appris la nouvelle par hasard, cinq minutes plus tôt, dans le bureau de leur distributeur commun. Ce détail dit tout : à Paris, les haines internes sont mille fois pires que les rivalités externes. Eussé-je signé au Seuil qu'il n'aurait pas bougé. Mais souffler la poule aux œufs d'or à un « ami » sous le nez de leur patron commun, il ne pouvait résister à la tentation. Donc, il tentait sa chance. Je ne demandais plus qu'une chose : qu'on se saisisse de mon amour-propre avec des pincettes. De ce côté-là, les Mortsauf ont plus d'entraînement que les Dubernard. Je me suis montrée conciliante. Il l'a senti. Il fallait battre le fer quand il était chaud. Il m'a invitée à dîner. Le soir même. Chez Ledoyen, dans les jardins des Champs-Elysées.

C'est le genre d'endroit où la liste des réservations va de « de »... à « du »... Glissant entre les dîneurs avec une impassibilité de bagage sur un tapis roulant, un archiduc m'a escortée jusqu'à notre table. Sans lui accorder un regard, Simon s'est levé pour déplacer lui-même ma chaise et m'accueillir. Impossible mais vrai : il avait l'air aussi calme et patricien que le maître d'hôtel que son silence venait de renvoyer à l'office. On comprenait au premier coup d'œil que, chez les Mortsauf, on est enfermé dans les conventions comme les cachets dans leurs capsules. Mais, dès le second, ce petit Simon m'a plu : grand, mince, les yeux bleus, des cheveux châtains très fins rejetés en arrière, il semblait fait pour le tennis, la voile, l'équitation et le golf. Le genre qui noue sa cravate à l'aube et ne la desserre jamais avant de se coucher. Prudence, toutefois : neutre comme la Suisse dans son apparence, il piquait vite comme une barbe. A peine assis, il a réglé son compte au cadre :

— Le décor sent son « péristyle » à plein nez. Chaque nuance de chaque coussin a été pensée. On calcule le nombre d'or avant de disposer un bouquet sur une desserte. C'est le paradis des bourgeois qui se ruinent à rester simples...

Peut-être ne trouvait-il plus l'endroit assez littéraire ? Sa mauvaise conscience a fini par m'agacer. J'aime que les gens beaux soient gentils. Je lui ai coupé le sifflet :

— C'est juste un restaurant, pas le manifeste électoral du RPR. N'y pensons plus.

Il se l'est tenu pour dit mais sans doute craignait-il que je m'ennuie s'il arrêtait un instant son numéro de claquettes verbales. A la place de Ledoyen, en guise d'amuse-gueule, il s'est glissé Denis Dubernard sous la dent :

— Qu'il ne vous ait pas emmenée au restaurant, je n'en reviens pas. La nourriture est le seul plaisir qui lui reste. A part le goût, il n'a plus aucun sens. Sa conversation a dû vous le prouver dix fois...

J'avais compris. Dubernard était un plouc et, si je voulais entrer en littérature par un soupirail, je n'avais qu'à signer chez lui. Aux Etats-Unis, ils disent : « Si tu veux passer pour un canard, marche comme un canard. » Cela me pendait au nez. A moins que ce cher Simon ne m'arrache à ce triste sort. Je l'ai laissé développer ses arguments.

Nos plats ont fini par arriver. Des pétales de fleurs de courgette, des émincés de tranches de pomme de terre, de la dentelle de carotte... Les légumes avaient la taille d'une pièce de dix centimes et l'épaisseur d'un billet de vingt francs. Simon mangeait ces verdures feuille à feuille, avec le calme d'un joueur de mikado soulevant sans hâte une baguette après l'autre. Impossible de le nier : il avait la classe. Même ses raisonnements avaient l'air élégant. Il tendait ses filets comme il se nourrissait, sans se presser. Chez Dubernard, la négociation ressemblait à un ruban qui se déroule, inexorable. Simon, lui, la traitait comme un ballon qui se gonfle et se dégonfle. Les aspects financiers devant lui sembler vulgaires, il s'étendait volontiers sur le contenu du livre. Il ne tenait qu'à une chose : je devais dire la vérité. Pas toute la vérité, mais rien que la vérité. Surtout que je ne me présente pas en victime, seulement en observatrice amusée et amusante d'un milieu où je n'aurais jamais dû mettre les pieds. Il voulait que je lise des pages de Saint-Simon, de Chateaubriand et du cardinal de Retz. Notre ouvrage vaudrait par ses portraits, pas par ses révélations. Les scoops ne l'intéressaient pas, il préférait les anecdotes révélatrices. C'était exquis : il me parlait d'un vrai livre. En une heure, il a remis d'aplomb mon amour-propre qui avait brutalement dégringolé dans la matinée.

Restait l'épreuve du feu. Mine de rien, sans paraître y attacher d'importance, je lui ai demandé s'il avait réfléchi à un titre. Réponse : oui. Mais lequel ? Il s'est mis à observer son couteau comme s'il examinait un fragment de boîte noire récupéré dans les débris d'un jumbo. Encore un peu et j'aurais vu pousser ses ongles. Enfin, il s'est lancé :

— Je pense qu'on pourrait l'appeler « Belle-Amie ». Comme chez Maupassant. Mais au féminin. Cela fera très littéraire mais il s'en dégagera en même temps un léger parfum de scandale.

Là, il me bluffait, le marquis. Au fond, il me traitait de « pute », comme Dédé, mais à sa façon, très salon. Pour marquer le coup, j'ai brutalement reculé sur ma chaise, comme s'il venait de prendre feu. Mon silence, à son tour, s'est mis à peser le poids du plomb. Pour finir, sur le ton de la concession mondaine, j'ai admis que j'y réfléchirais. Surtout ne pas lui donner le sentiment de la victoire. D'abord régler la question du Le Sueur et celle de l'avance. Pauvre Simon : on se connaissait à peine depuis une heure et déjà je jouais les auteurs exigeants dont il faut ménager la sensibilité. Il a été d'une patience angélique. Puis il est revenu à ses moutons : le manuscrit. Il le voulait pour la fin du mois de mars. Il suggérait de dresser ensemble un plan de vingt chapitres de dix pages et connaissait un très bon rewriter à *Match*. Notre train était sur ses rails. Il suffisait que je siffle le départ. Je l'ai fait. Du reste, pourquoi aurais-je hésité plus longtemps entre lui et Dédé ? Je me connaissais : à peine effectué mon choix, j'allais regretter l'autre. Autant prendre le plus sexy.

Il a commandé deux coupes de champagne. Puis il a réglé l'addition, aussi salée qu'un billet d'avion. Enfin, il m'a ramenée à la maison. Pas de chauffeur. Il conduisait lui-même une vieille Austin. Je ne saurais dire combien cette simplicité m'a touchée. Soudain, je me suis sentie très proche de lui. Vraiment très proche

CHAPITRE III

Jusqu'à mon entrée en prison, la presse et moi avions fait bon ménage. J'adore les journaux. En vacances, vous ne me ferez jamais partir pour un paradis qui ne reçoit pas *Libération* et *Le Monde*. On ne me verra pas de sitôt dans le Hoggar. Depuis mon passage à Fleury, cela dit, mon enthousiasme avait faibli. Tous les fossoyeurs du milieu y étaient allés de leur coup de bêche sur mon « personnage ». On ne m'avait épargné aucune épithète, ni aucun jeu de mots. *L'Express* avait même titré un papier sur moi : « La garce ». Ce jour-là, habituée à porter le nom des Kergantelec comme une broche en diamants chargée d'attirer la lumière, j'avais enterré mon orgueil comme on éteint une lampe. Quant à ma sympathie pour les journalistes, elle avait fondu comme neige au soleil. C'est dire que j'attendais mon nègre de pied ferme. Peine perdue. Dès que je lui ai ouvert la porte, j'ai craqué. Il avait l'air d'un fouineur comme moi d'une religieuse polonaise. Très grand, les cheveux gris, une épaisse moustache, il souriait tout le temps et semblait ne rien prendre au sérieux. Par chance pour lui, sa voix lui conférait la gravité que contestait sa physionomie. Elle était si profonde qu'elle semblait venir d'ailleurs. Quand il a ouvert la bouche pour se présenter, j'ai cru qu'on me parlait du palier inférieur. Ce malentendu dissipé, nous sommes passés au salon pour un premier « contact ». Quatre heures !

Il s'appelait François Brillant et avait une quarantaine d'années mais je n'ai jamais tiré ce point au clair. A peu près aussi sexué qu'une feuille de papier, il ne s'égarait jamais sur le sentier des confidences où, moi, il me confinait. Avait-il, du reste, une vie privée ? Pas sûr. Dès cette première conversation, quand il a levé le voile sur lui, un rideau de fer est tombé entre l'existence des gens normaux et la sienne.

— Je n'ai jamais acheté *L'Equipe*, je ne suis jamais allé à la chasse, je n'ai jamais assisté à un match de foot, ni à un concert pop, encore moins à un récital de musique classique, je n'ai même pas regardé un match entier de rugby à la télé, ni même à moitié, je n'ai pas non plus joué au PMU, ni mis les pieds dans un casino, je ne sais pas conduire, ni remplir un constat, moins encore changer un pneu, je ne bois pas de bière, je n'ai jamais participé à une manifestation, je n'ai pas l'intention de sauter en parachute, ni de faire de la plongée sous-marine, de la spéléo encore moins, d'ailleurs je ne pratique aucun sport...

Ça a duré cinq minutes. Il menait une vie à très basse teneur en frissons. Mais à haute valeur ajoutée en ironie. Quand il a interrompu son énumération, j'étais sous le charme. L'impression n'a pas changé depuis. Personne ne manie l'understatement avec plus de talent que François, parfaite incarnation de l'humour pince-sans-rire. Nos trois mois de collaboration demeurent un souvenir délicieux. D'autant que cette entrée en matière désopilante dessinait de lui un portrait aussi pittoresque pour les autres que bouleversant pour moi : il correspondait trait pour trait à celui de mon père. Lui non plus n'avait jamais acheté une perceuse, peint un plafond, remplacé un robinet, planté un rosier ou fendu du bois... Mais de cette émotion, je ne lui ai pas fait part. Nous étions là pour affaires et François Brillant n'avait qu'une passion, le travail. On s'y est mis sur-le-champ.

Il avait déjà écrit deux best-sellers signés par un journaliste très célèbre de TF1. L'un racontait l'échec de l'opération *Rainbow Warrior* et ses conséquences pour les services secrets français, l'autre passait en revue les guerres de François Mitterrand, de Vichy à Bagdad, sans rien oublier du maintien de l'ordre en Algérie. Juché sur son expérience, il a donc fixé les conditions de notre collaboration. Il viendrait une fois par semaine m'enregistrer deux, trois ou quatre heures, obtiendrait de la documentation de *Match* les détails politiques et économiques nécessaires et rédigerait ses dix ou douze pages hebdomadaires. Je n'avais qu'à obtempérer. D'habitude, la soumission n'est pas mon truc. Mon seuil de tolérance est même dangereusement bas. Venant d'un autre, de Sandster par exemple, cette arrogance discrète m'aurait mise hors de moi. Heureusement mes sentiments se retournent comme des peaux de lapin. J'ai pris ses ukases comme des conseils d'ami et j'ai tout approuvé. Après six mois de prison, mon caractère était encore en jachère. Je lui ai abandonné les rênes du livre.

Impossible de lui faire boire une goutte d'alcool. J'ai fait et refait du thé tout l'après-midi. Et je l'ai bu seule. Il n'a pas trempé une fois les lèvres dans sa tasse. Je me suis parfois demandé s'il était tout à fait humain. Le mystère demeure. Il vit seul, près de Paris, dans un presbytère ancien et somptueux. Ce lieu lui va comme un gant. Les femmes semblent le cadet de ses soucis. Il ne fait rien pour attirer leur attention. Je l'ai toujours vu habillé de la même façon : un pantalon gris, une veste en tweed et une chemise blanche. La coquetterie ne mord pas sur lui, c'est le moins qu'on puisse dire. Il ne mettait jamais les cravates que je lui ai achetées. Avec ça, janséniste au-delà du supportable, il ne suscitait aucun malaise, ne portait de jugement sur personne et désarmait les préventions par son éternel sourire. Quoi qu'on dise, François semble vous approuver. Résultat : on s'est entendus comme larrons en foire, « Belle-Amie » a filé plein vent et je n'ai pas la moindre idée de ce qu'il dira de moi s'il lui prend un jour la fantaisie d'écrire ses mémoires.

Ce premier après-midi, je lui ai raconté mon aventure dans ses grandes lignes. Le soir même, il a dressé son plan. Le lendemain, de retour à l'appartement, il avait rédigé l'avant-propos qu'il m'a tendu comme s'il s'agissait du voile de Tanit lui-même. J'ignore ce qu'il imaginait. Peut-être pensait-il qu'il suffisait de m'agiter cinq feuillets sous le nez pour me déclencher un orgasme. Je ne lui ai pas accordé ce plaisir. Mais j'ai eu du mérite : son texte m'a emballée et, pour un peu, en effet, je l'aurais embrassé. C'était digne et drôle. Il avait picoré toutes les formules dont je parsème ma conversation, les avait emportées dans sa tanière et les avait glissées dans un avant-propos de père noble. S'il traitait mes astuces en gisement de petites vacheries, on allait former une équipe de choc et la Cinquième République passerait un sale quart d'heure – mais tout en douceur. François avait des idées très arrêtées sur la manière de mener à bien un pamphlet.

— Soyons clairs : on ne dira d'abord que du bien des gens qu'on va abattre. Les plumes dangereuses sont celles qui commencent par vous désarmer. Surtout ne pas poser au Grand Inquisiteur. Cela nous grillerait d'entrée de jeu. A Paris, on se méfie autant de ceux qui sonnent le tocsin que de ceux qui mettent le feu. Un rien d'indignation excessive et on passe pour un ami de Jean-Marie Le Pen. Il faudra aussi garder impérativement nos distances avec notre propre histoire. Ne pas faire trop de crédit non plus à la vérité. C'est vite une sorte de drogue. On n'arrive plus à s'en refuser l'ivresse. La franchise tourne à la démangeaison. Dans notre récit, il faudra faire comme si on croyait que tout le monde est dans le vrai. Ne s'encombrer ni d'amitiés, ni d'inimitiés : Paris ne retient qu'elles. On n'y lit pas les livres, on y « situe » leur auteur. Toute la subtilité passe par là : accrocher le lecteur mais retenir le plus longtemps l'expression d'un jugement. Vous devrez rester amusée et distante, comme étrangère à votre propre histoire. Il ne s'agit pas d'abattre un tyran, ni de nettoyer les écuries d'Augias, simplement de raconter votre passage dans les hautes sphères. Inutile d'y mêler de l'indignation, au contraire. Si on dit du mal de l'un, il faut le peindre sous les couleurs les plus flatteuses au chapitre suivant. Rassurez-vous : c'est très facile. La vie est ainsi.

Et patati et patata. Colorié d'ironie, notre vitriol passerait comme un verre d'eau. Je n'avais que deux choses à faire : parler à François et, à la fin, signer. Ça m'allait très bien. Vous ne me ferez jamais écrire. Prendre un stylo ou saisir un homard vivant, pour moi, c'est pareil : une épreuve à ne pas tenter. Un seul détail clochait, mais d'importance. Je n'avais pas aidé à vendre des voitures, ni même des avions de chasse, j'avais travaillé dans un laboratoire pharmaceutique. Quand on se range dans ce camp-là, les procès en sorcellerie apparaissent vite. Une seule solution pour y échapper : me glisser dans la peau de l'ingénue, la gentille fille emportée par le vent avec les autres feuilles. Selon François, ce rôle m'irait très bien. La presse n'avait jamais fait grand état de mon intelligence et on jouait des journaux comme d'un piano : que je leur tende l'image de ma naïveté et ils s'en contenteraient. Mieux : dès qu'ils me trouveraient indigne de leurs sermons, ils se détourneraient à la recherche de proies à leur mesure. Alexandre, Paul et Harry étaient là pour ça. Je n'avais qu'une objection :

— L'ennui, c'est que je n'ai jamais avoué au juge que j'avais démissionné. Au contraire, j'ai martelé qu'on m'avait licenciée du jour au lendemain. Il ne sera pas facile d'expliquer que j'étais dégoûtée par les pratiques mafieuses de Poitou.

Sans doute. Mais il était plus difficile encore de faire changer François d'avis. Il s'imagine qu'avec quelques bonnes formules, on fait gagner une mule au Prix de l'Arc de Triomphe. Il a balayé mes réserves d'une chiquenaude. Trois paragraphes et mon innocence serait dans le sac :

— La brutalité de ce départ nous sert. Il laisse entendre que vos rapports avec Poitou sentaient le soufre depuis longtemps. A peine l'accord de Darmon en poche, ils se seront débarrassés de son insupportable toupie toujours en train de s'indigner. On insistera sur votre fureur lorsque vous aviez découvert qu'on expédiait des antibiotiques périmés au Bénin pour s'offrir à la fois une conduite humanitaire et des réductions d'impôts. Je ne l'invente pas, c'est vous qui me l'avez dit. Et c'est vous qui m'avez parlé des crèmes à la cortisone censées blanchir la peau...

En effet. Mais j'aurais bien aimé pour ma conscience avoir manifesté l'indignation que j'ai endossée dans notre livre. Cela n'avait pas été le cas et, dans la mode, ils n'ont pas été dupes.

A la demande de Fabrice et sur les conseils de ma mère qui tenait à ce que j'aie un salaire, je suis retournée à l'agence dès mon retour à Paris. Pour que chacun comprenne bien que je n'allais pas réciter mon acte de contrition, j'ai commencé par mettre Anika à la porte. Inutile de mentir : je n'ai jamais cherché à être canonisée. J'ai été carrément odieuse. Bien m'en a pris : en une semaine, tout le milieu était au courant et chacun a reçu le message cinq sur cinq. Résultat : aucune maison de couture ne nous a mis sur sa liste noire mais si Fabrice a continué d'être invité partout, moi c'était fini. Gianfranco, Jean-Paul, Christian et les autres n'avaient plus l'intention de me serrer dans leurs bras. J'ai mis un certain temps à m'en rendre compte car rien ne m'a été dit en face. Au contraire. Si je devais citer la phrase que j'ai entendue le plus souvent dans les premiers jours, ce serait : « Ma pauvre chérie, tu as servi de bouc émissaire. Tu as payé pour les autres. » Une dizaine de millions dormait pour moi en Suisse mais on me plaignait. Une chose est sûre : la France méprisait complètement sa classe politique. Entrée en relations avec elle, j'avais forcément été roulée dans la farine. Mon livre allait faire un malheur. Ils l'attendaient tous. Seulement voilà : quand je dis « on me plaignait », je parle de mes copines, pas de leurs patrons. Eux m'avaient mise en quarantaine. J'ai vite senti que j'allais mettre l'agence en péril. Du coup, je me suis repliée chez moi. Et là, je n'ai plus eu qu'à me ronger les nerfs en attendant la parution de « Belle-Amie ». Or, quatre mois, c'est long et j'avais envie de savourer ma vengeance tant que le plat était chaud. Je suis donc passée sans attendre à l'étape suivante. Rien de plus facile : il m'a suffi de prendre au téléphone le rédacteur en chef de *Flash*. Il faisait mon siège depuis ma sortie de Fleury. Je l'ai prié de passer à la maison. Pas question qu'on m'aperçoive dans une rédaction. Ma position officielle se résumait à une phrase : je ne déclare rien à personne. Ce silence était versé à mon actif par *Le Monde* et par *Le Figaro* eux-mêmes mais ne suffisait pas à hisser mon crédit jusqu'au 750 000 francs de caution à régler en mars. Heureusement, *Match*, *Gala*, *L'Express* et *Flash* ne demandaient qu'à me dépanner. Et ils ne me réclamaient même pas de confidences, juste quelques photos. Il suffirait de prétendre qu'on me les avait dérobées. Résister à une telle tentation s'est vite révélé au-dessus de mes forces. Pour ouvrir les hostilités, j'ai choisi le dernier. Au hasard.

Une demi-heure après avoir raccroché, Antoine Baecq était là. De longs cheveux gris rejetés en un savant désordre, le teint bronzé, les dents blanches comme un casier vierge, il portait un costume bleu marine classique mais, ouverte jusqu'au troisième bouton, sa chemise laissait voir les poils sur sa poitrine. Il devait trouver ça très viril. Grave erreur : avec sa manie de déplacer sa mèche, d'enlever ses lunettes et de les remettre, de remonter ses manches, de croiser et décroiser les jambes, il rappelait plutôt Claudia Schiffer qu'Harrison Ford. Pour tout dire, il avait l'air d'un pizzaiolo endimanché mais ce genre de personnages, tel Lohengrin, ne vous aiment que tant que vous ne les appelez pas par leur nom. J'ai donc gardé mes sentiments pour moi et j'ai fait semblant d'être sous le charme de ce vieux beau dont les fesses devaient dégringoler aux genoux. Avec les charmeurs, en général, ça marche. Là, malheureusement, les choses ont été un peu plus compliquées. Antoine Baecq avait pris l'habitude de plaire mais pas celle d'ouvrir son portefeuille. Or il était là pour ça. Ce ne fut pas si facile.

Je lui apportais un gros scoop : la preuve que Darmon avait été mon amant. C'était un secret de Polichinelle mais nul n'avait le droit d'en faire état noir sur blanc puisque ni Alexandre ni moi ne l'avions reconnu publiquement. Baecq pressentait parfaitement l'impact de la bombe que je lui tendais. Le jour où *Flash* sortirait, toutes les revues de presse de France et de Navarre parleraient de son magazine. Il allait faire la vente de l'année. Tout cela n'était qu'une affaire d'argent. Mais que d'histoires pour l'admettre. Dans son journal, à longueur de temps, ils montrent les riches, étalent leur prospérité et enchaînent les reportages sur ceux qui gagnent des millions mais là, tout à coup, pour moi, l'argent devenait sale. Baecq parlait de morale, déplorait le cynisme de l'époque et évoquait la sensibilité de ses lecteurs, contribuables respectueux toujours choqués par les petits malins qui échappent au fisc, ce service public tant aimé. A croire qu'il se ruinait rien qu'à me regarder, il m'a exaspérée. Je n'aime pas les hypocrites qui se sentent obligés d'entortiller de principes les mauvaises actions qu'ils s'apprêtent à commettre. J'ai fini par craquer :

— Si vous continuez encore longtemps ce numéro de tartuffe, je vous préviens gentiment : c'est à genoux que vous allez venir chercher mes photos.

Loin d'être gentil, le ton de ma voix était froid comme la glace mais Baecq ne l'a pas senti suffisamment à mon goût. Au lieu de sortir son carnet de chèques, il a cherché à m'amadouer en insinuant que j'aurais le droit de relire les titres, les légendes et les textes qui accompagneraient mes « documents ». Comme si cela m'intéressait. Et comme si j'y croyais. Je lui ai renvoyé ses promesses dans les gencives :

— Impossible de mettre ces engagements au coffre, n'est-ce pas ? Alors gardez-les pour vous. Ecrivez ce que vous voulez, je m'en moque, ces textes ne m'engagent pas. Ce que je veux connaître, c'est le montant de notre transaction. Si vous traînez plus longtemps, j'appelle *Match* ou *L'Express*.

On aurait cru qu'une chauve-souris entrée dans la pièce allait le décoiffer. Soudain il a perdu ses couleurs, effacé son sourire et repris pour la cinquième fois l'examen des clichés que j'avais choisis pour engager la bataille. D'avance je jubilais à l'idée de la tête que ferait Alexandre en les découvrant. En plein golfe, au large de l'île d'Arz, en maillots sur le pont avant d'une vedette rapide, étendus l'un contre l'autre, on souriait au copain qui nous avait emmenés en balade et nous prenait en photo. Il y en avait trois. Je savais déjà laquelle ferait l'ouverture du sujet : la tête sur mon épaule, une main posée sur ma poitrine, Alexandre riait aux éclats. A l'époque, cette grivoiserie l'avait beaucoup amusé. Tirée à 400 000 exemplaires, elle l'émoustillerait moins. Ça m'a rappelé une phrase qu'il avait lancée à notre vieux guide de Louxor : « La presse est la seule plaie dont Moïse a oublié de frapper l'Egypte. » Il ne croyait pas si bien dire. D'autant qu'en prime, pour prouver qu'Alexandre avait bel et bien rendu officielle notre liaison, j'avais ajouté une photo de moi en robe du soir à son bras à Cannes et une seconde au pied d'un avion du Glam alors que nous partions en voyage pour Abidjan. Baecq a cédé et m'a fait un chèque : 300 000 francs !

Pour ne pas se cantonner au rôle de vache à lait, il m'a alors posé un tas de questions sur les circonstances dans lesquelles nos photos avaient été prises. La date, le lieu, les gens qui nous accompagnaient, il voulait tout savoir. Je ne lui ai pas dit grand-chose. Je ne tenais pas à ensemencer de révélations superflues la terre à chardons de son journal. De toute façon, je lui faisais confiance : il noierait l'histoire dans sa sauce et badigeonnerait tout de morale à la noix. Tout compte fait, ses notes tenaient sur une page mais il l'a joué grand manitou : à l'entendre, ses services trouveraient mille détails sur les films présentés au festival et sur les accords passés en Côte-d'Ivoire. Le pauvre, il prenait ses archives pour un réservoir d'informations digne de la CIA. Je n'ai pas ri alors que je sais par expérience que les documentalistes de *Flash*, de vraies nullités, ne trouveraient pas la trace du nez sur leur visage : chaque semaine, dans leurs pages people, elles se trompent sur les noms des mannequins et accumulent les erreurs sur l'origine des robes qu'elles portent.

Courtoise, je l'ai raccompagné à la porte et lui ai répété qu'il était libre d'écrire ce qu'il voulait du moment qu'il ne révélait pas qui lui avait fourni les photos. Sans aucun sens du ridicule, dressé sur ses ergots, il a protesté : le secret des sources était sacré. Je l'ai quitté sur cette affirmation grandiloquente. Il a dû se trouver très noble. En quoi il se trompait. Mais enfin, je ne l'étais pas non plus. J'ai failli avoir honte de moi. Heureusement pour mon amour-propre, je me suis réfugiée derrière le mot « vengeance ». Pour qu'elle soit grande, j'étais prête à pousser les petites portes. C'est vieux comme le monde. En latin, ils le disaient déjà : *ad augusta per angusta.*

CHAPITRE IV

Une semaine plus tard, en couverture de *Flash*, j'étais en robe longue dans tous les kiosques de France. Le directeur artistique avait choisi la photo de Cannes où je montais au bras d'Alexandre les marches du Palais. Je ne m'attendais pas à cet excès d'honneur : Baecq avait seulement évoqué un sujet à l'intérieur du magazine. J'ai craint de ne plus pouvoir faire un pas dans la rue sans être reconnue. Premier réflexe, je me suis ruée chez le coiffeur pour me faire couper et éclaircir les cheveux. Cela a suffi. Les jours suivants, personne n'a semblé reconnaître la femme du monde aux cheveux longs dans la business woman qui fonçait tête baissée. Dans le milieu, en revanche, j'avais mis le feu. Toutes les pipelettes de la mode se sont jetées sur le téléphone pour y aller de leur commentaire. Je m'attendais au pire. J'en étais arrivée au point de croire que, pour une fille comme moi, les insultes étaient une promotion. Rien de tel : on me félicitait de toute part. J'avais beau répéter que je n'y étais pour rien et que j'ignorais d'où sortaient ces images, personne n'écoutait. Tous chantaient le même refrain :

— Bravo, chérie. Ne te laisse pas faire. Tous ces voleurs prennent le pouvoir pour la caverne d'Ali Baba. Défends-toi. Venge-toi. Venge nous...

Je n'en étais pas là. Ni comme pitbull prêt à mordre. Ni comme héroïne portant son malheur en broche. Les grands sentiments n'accrochent pas sur moi. Je l'ai joué modeste et j'ai envoyé promener tous les quotidiens qui me réclamaient des interviews. De toute manière, je n'avais pas le choix. Ressorti de sa boîte comme un automate, maître Colas était monté sur ses grands chevaux :

— Vous êtes devenue folle, ou quoi ? Dois-je vous rappeler que je fais en ce moment des procès à tous les journaux que j'accuse d'avoir porté atteinte à votre vie privée ? Nos actions ont d'autant plus de chance d'aboutir que je peux affirmer votre constant souci de discrétion. La vie privée n'est pour nous une arme mortelle que si vous restez à l'écart des médias. L'article 8 de la Convention européenne des droits de l'homme et l'article 9 du code civil ont beau être sans ambiguïtés, tous les avocats de presse vont brandir *Flash.* On est d'autant plus incohérents que nous avons envoyé du papier bleu à toutes les rédactions pour exprimer votre volonté de ne pas devenir une femme publique...

Voyait-il s'enfuir ses honoraires ou agissait-il pour le compte d'Alexandre, que la stratégie du silence devait bien arranger ? Mystère. Dans le doute, j'ai joué les gourdes et juré que j'ignorais comment ils s'étaient procuré ces documents. Il n'avait qu'à attaquer *Flash* ! Le temps que la justice traite l'affaire, ma vengeance serait accomplie. D'ici là, il ne fallait surtout pas qu'Alexandre lui retirât sa confiance. Connaître son espion dans mon entourage était un atout trop précieux pour que je le gâche. Quand maître Colas m'a demandé d'où sortait la rumeur que je préparais un livre, au lieu de l'envoyer promener, je l'ai couvert de sucreries verbales : « Et il serait le premier prévenu si je commettais un acte aussi vulgaire, et je ne publierais jamais rien qu'il n'ait d'abord relu, et patati et patata... » Il a vraiment dû me prendre pour une idiote mais j'ai une bonne nature et je m'aime dans tous les rôles. D'ailleurs, j'en ai vite endossé un autre : celui d'intrigante manipulatrice. Et pour cause. Devinez qui m'a enfin fait signe trois jours après la parution de *Flash* ? Ce vieil Harry !

Avec lui, pas question de passer un simple coup de fil. Il sort d'une machine à remonter le temps et s'imagine toujours plus ou moins dans un roman policier à la John Le Carré. Dans son esprit romanesque et détraqué, il allait de soi que j'étais sur écoutes. Il m'a donc fait « contacter ». A la sortie de l'immeuble, sur la place Dauphine, une touriste indienne, perdue dans son plan de Paris, m'a demandé son chemin. Pendant que je lui indiquais comment se rendre à la Sainte-Chapelle, elle m'a glissé une carte de visite dans la main. Le message était bref :

Rendez-vous ce soir à 21 heures au Calcutta Chic, passage Brady. Je vous embrasse. Harry S.

Aucun doute : c'était son écriture.

Il me manquait, ce patapouf. Dès mon incarcération, il avait disparu de la circulation. Michel Lecorre l'avait convoqué en vain. On le disait réfugié à l'étranger. On l'avait vu aux Etats-Unis. Où qu'il fût, il gardait des amis dans les parages car il avait envoyé trois lettres à ma mère, toutes postées à Paris. Il continuait à y brandir ses dossiers comme un fouet et ses phrases lui ressemblaient toujours autant, chaleureuses et mystérieuses à souhait, très « Colonel Brouillard ». Même à la fin de ses condoléances, au lendemain de la mort de papa, il avait ajouté en P.-S. :

Soyez prudente, chère Marie, brûlez cette lettre dès que vous l'aurez lue.

Elle s'en était bien gardée. Elle non plus, on ne la refaisait pas.

Le soir même, j'ai filé au Calcutta Chic. Il n'y a qu'à Paris qu'on ose ce genre d'associations odieuses – un peu comme « Hiroshima, mon amour » ou comme « Clochards Célestes », la collection SDF de luxe de Galliano, pleine de tee-shirts déchirés et de visons lacérés. Ouvert sur le boulevard de Strasbourg, le passage Brady vous expédiait en Inde en trois pas. Même les tags avaient l'air d'être en sanskrit. Une odeur d'encens flottait. Une force de la nature m'a accueillie : 1,90 mètre et, au bas mot, 130 kilos. S'il se prenait pour Rambo, il avait plutôt une allure de culbuto mais, en tout cas, il faisait écran : son ombre seule suffisait à vous protéger. Quand il m'a accompagnée à table, ses muscles faisaient craquer sa chemise. De cette montagne de viande s'est alors extraite une petite voix flûtée :

— Ne vous inquiétez pas. Personne ne viendra vous tartiner. Je reste dans le coin.

Son accent de castrat mondialisé mêlait les intonations parigotes, anglaises et bengalies mais allait parfaitement avec le décor jet-set tralala. Tout à coup, on se retrouvait dans une pub pour Singapour Airlines. Des serveuses en sari fendu glissaient en silence entre des tables où les gens murmuraient. On se serait cru dans une bonbonnière de cocotte « Belle Epoque ». C'était Barbès mais grand chic : velours rouge et passementeries, peluches et capitonnage. Même les poulets Tandoori serraient les cuisses. J'ai étudié la carte, incompréhensible mais ruineuse. Au prix du riz, j'imagine qu'on le faisait bouillir dans les eaux sacrées du Gange. Big Harry aimait toujours le luxe ostentatoire. Si je l'avais oublié, sa première remarque m'a immédiatement replongée dans le bain :

— Bel endroit, n'est-ce pas ? C'est le seul indien valable de Paris. Les autres sont pour les nuls.

Mais bien sûr ! Dans son esprit, profiter de son argent, c'était mépriser ceux qui n'en ont pas. Pour lui clouer le bec, je me suis jetée sur lui et on s'est embrassés quinze fois de suite. Jamais je n'aurais cru être aussi heureuse de le revoir. Il n'avait pas changé, plus Al Capone que jamais. Les filets blancs de son costume noir à rayures étaient si larges qu'il avait déjà l'air d'un détenu mais, tel qu'en lui-même, il continuait de traverser les flammes comme il aurait poussé une porte. Sa facilité à vivre était stupéfiante et, au fond, normale : un gangster sans esbroufe, c'est comme un homosexuel sans folie ou un voilier sans mât. Avec Harry, on était servi : il offrait la gamme complète des accessoires de l'escroc. En trente secondes, je l'ai retrouvé tel quel. Et j'ai fondu. A son habitude, il m'a expliqué qu'il avait toujours raison :

— Alors, ma puce, qu'est-ce que j'avais dit ? Que Lecorre ne lâcherait pas le morceau. Ils ne sont pas fous au palais de Justice : quand on veut nettoyer les tranchées, on appelle un Breton. Ce n'est pas à vous que je vais l'apprendre.

Accompagnant ce bon gros truisme, premier éclat de rire de la soirée. Si j'avais perdu son mode d'emploi, il me serait revenu en mémoire en trente secondes. Je n'avais qu'à écouter. Monsieur allait faire son numéro. Contrairement à moi, il n'avait pas épuisé le gisement de ses illusions, loin de là. Il continuait à se prendre pour le génie des génies, marionnette tirant elle-même ses fils.

— La presse me croit en Inde et la justice se pose des questions mais la police sait bien que je suis là, ce soir. Le garde du corps que j'ai laissé à l'entrée travaille pour la Préfecture. Quant à Lecorre, il prend son mal en patience. Croyez-moi, on n'est pas près d'assister à notre propre procès. Paul et vous avez été envoyés derrière les barreaux, l'Etat a donné l'impression qu'il faisait tomber les puissants, mais maintenant basta. Il ne va plus rien se passer.

— Sauf que pour des années et des années, vous allez devoir mener une double vie.

— En effet ! J'ai une riche vie intérieure. Peut-être vais-je me retirer sur une île, loin de tous ?

Nouvel éclat de rire. Je la voyais d'ici, son île : Hongkong ou Manhattan. Ou Malte, tout simplement. Il n'était pas du genre à s'isoler à l'Ile aux Moines pour retrouver le chemin de l'honnêteté. Cette simple perspective l'a mis en joie :

— Mais enfin, ma puce, vous tombez du nid, ou quoi ? L'honnêteté n'est pas un chemin.

Et ainsi de suite. Il dirigeait la manœuvre et tout se déroulait selon ses plans. Il a passé la commande, très à l'aise parmi ces plats inconnus. Tellement à l'aise d'ailleurs que ça m'a mis la puce à l'oreille. Il avait toujours aimé les Hindous d'Afrique orientale et ses domestiques venaient tous de ces pays. Il avait sûrement préparé ses arrières de ce côté-là. D'autant que sa vieille maîtresse, Lorna, était mauricienne. Je lui ai demandé s'il pensait à Maurice quand il parlait d'île. Là, tout à coup, prudence. A force de mentir à tout le monde, Harry ne faisait confiance à personne, pas même à moi. Au lieu de répondre à la question, il a éditorialisé :

— Les années de milliardaires se vivent en années chiens. Tout passe très vite, sept fois plus vite que dans une existence normale. Ensuite viennent les années de chien. Je suis donc prudent. Mais ne me croyez pas inquiet. Contrairement à Paul, je ne suis pas revenu de tout. J'ai l'intention d'encore beaucoup m'amuser.

Je n'étais pas revenue de tout non plus, mais de Fleury-Mérogis, puis du cimetière de l'Ile aux Moines. Cela changeait complètement les perspectives. Je n'avais pas l'intention de faire comme si de rien n'était. Harry l'a pris sur le ton de la farce :

— C'est ça. Et combien de temps faudra-t-il à mon trésor pour se calmer ?

— Des mois. Et d'ici là, je vais causer des dégâts.

C'est ce qu'il voulait savoir et ça l'a contrarié. Dans son scénario idéal, plus personne n'aurait bougé et l'agitation médiatique et judiciaire serait retombée d'elle-même. Si je secouais le cocotier, tout se compliquait. Mais, pas d'affolement : là encore, il maîtrisait la situation. A une condition : que je ne loupe pas mon coup. Pas question d'ouvrir le feu sur Darmon et de le laisser échapper. Harry m'a mise en garde :

— C'est comme à la chasse. Si tu es après le Grand Tigre, tu as intérêt à ne pas le louper. Sinon, lui, ensuite, il t'écrabouille.

En somme, il venait se renseigner sur la façon dont je comptais m'offrir la peau de Darmon. Je lui ai parlé de *Flash* (qu'il avait lu) et du livre que je préparais. A aucun moment, il ne m'a demandé ce que j'allais écrire sur lui. Il voulait seulement connaître le calibre des munitions destinées à Alexandre. Ce que j'allais révéler me semblait accablant. J'ai terminé, très fière :

— Vous voyez, Harry, je n'ai besoin de l'aide de personne.

— En effet, ma chère. Et c'est tout le problème. Vous allez tous nous couler, vous en tête.

Comme tous ceux qui se croient machiavéliques, je suis sujette à des accès de découragement. Je pensais qu'il allait m'applaudir. Ce jugement sans appel m'a tellement humiliée que je n'en trouvais plus mes mots. Il s'en fichait bien. J'avais assez déraillé. Il était temps pour lui de tout reprendre en main. A sa façon, pleine de détours. Et, d'abord, par le Vietnam.

— Savez-vous ce que les soldats noirs inscrivaient sur leur casque quand ils partaient en mission dans les rizières ? Quatre lettres : I.I.I.I. Elles signifiaient : « Moi, Insoumis, obligé par des Incapables à une guerre Inutile pour le compte d'Ingrats. » C'est exactement ce que j'ai envie d'ajouter à ma signature : Harry I.I.I.I. Sandster : « Moi, Isolé, obligé par des Ingrats à une lutte Incessante contre leurs Idioties. »

En gros, mes interventions allaient occuper beaucoup de volume mais n'auraient aucun poids. Qu'allais-je prouver ? Que Darmon trompait sa femme, qu'il tenait des propos cyniques, qu'il avait accepté d'être entretenu et qu'il avait donné son feu vert à une campagne sous contrôle gouvernemental susceptible d'offrir à la France un brevet médical qui rapporterait des milliards ! Et alors ? Ses avocats ne feraient qu'une bouchée de ces insinuations diffamantes. Il me manquait l'essentiel. « Quoi donc ? » A cette question, très comédien, se penchant par-dessus la table, presque contre l'oreille, il a répondu en baissant le ton :

— Mais l'arme fatale, voyons ! Tout ce que vous avez ou rien, c'est pareil, tant que vous n'apportez pas la preuve qu'il a touché de l'argent.

— Cette preuve, c'est la justice qui la possède. Le juge Lecorre a tous ses relevés de comptes. Il enquête sur les entrées en liquide enregistrées quand il était ministre. Moi, je fournis le contexte. A deux, on va l'anéantir.

— N'en croyez rien. Primo, la justice fera ce qu'elle voudra de ses découvertes. Secundo, elle ne connaît que ses comptes en France. Croyez-moi : il passera entre les gouttes.

Ainsi je m'agitais pour rien et Harry me renvoyait à la marelle, chez les filles, ragoteuse et bonne à rien. Chacune de ses phrases effeuillait une de mes prétentions. Tout ce qu'il disait était frappé au coin du bon sens. J'ai vu apparaître sur ses traits le sourire de l'homme qui reprend la situation en main. Je l'aurais griffé, mais pas question de lui accorder ce plaisir. Je l'entendais déjà me traiter de sale gamine luttant avec ses ongles au lieu d'employer des arguments. Je l'ai fermée et je l'ai laissé reprendre son cours. Seulement voilà, maintenant qu'il avait gagné, il n'y avait plus le feu. On est d'abord partis pour l'Inde. Le curry d'agneau qu'il m'avait commandé lui a servi de prétexte à tout un récit sur l'empire des Grands Mogols. Son préféré s'appelait Jahan Shah, un contemporain de Mazarin. Sous son règne, on avait bâti le Taj Mahal, le Palais Impérial de Delhi et la grande mosquée d'Agra. Il vivait avec une princesse rajpoute et avait réconcilié musulmans et hindous. A l'époque des guerres de Religion en Europe, il donnait l'exemple parfait du respect des consciences...

J'abrège – et, sans doute, j'emmêle car il parlait de dix rois à la fois. On était toujours au sérail du Grand Khan lorsque est arrivé le thé à la menthe. Je ne voyais pas mieux qu'une heure plus tôt comment j'allais dégommer Alexandre. De là à hâter le mouvement, il y a un pas que je n'osais franchir. Notre amitié avait beau être partagée, et même notre tendresse, les parts étaient inégales. La vache sacrée, c'était Harry. En sa présence, je redevenais la bonne élève toujours anxieuse de ne pas déplaire. De toute façon, je le connaissais : il ne lâche jamais sa proie. En effet. Quand on eut posé sur la table une bouteille de cognac, il se servit, réchauffa son verre entre ses paumes et, l'observant comme il aurait consulté une boule de cristal, il rendit son oracle sur la mort programmée d'Alexandre :

— Dites-vous une chose : il va se terrer dans son trou. Il faudra l'en sortir avec les dents. C'est pourquoi les photos de *Flash* auront été utiles : il est obligé de répondre. Du reste, autant que vous le sachiez, c'est fait : il a accordé un entretien à *L'Express*. Il fera la couverture après-demain. Je le connais : il les aura embrouillés mais à chaque fois que vous le forcerez à s'expliquer, il devra griller quelques cartouches pour se défendre. Et, chaque fois, il donnera des arguments, des détails, des anecdotes qui, à terme, se retourneront contre lui. Faites confiance aux journalistes : ils tireront chaque fil de la pelote qu'il tendra. Au besoin, on les aidera. Vous avez déjà prouvé en images qu'il était votre amant, prouvez maintenant que vous lui avez fait des cadeaux : donnez les photos des dessins de Watteau que Poitou vous a offerts pour lui... Faites-lui du mal et, entre chaque pincée de poison, laissez mijoter quelques semaines. On a le temps. Ses amis vont l'abandonner un à un et ses ennemis vont peu à peu le harceler. Quand la bombe sortira, il n'aura plus aucun argument neuf à présenter...

Qu'Alexandre ne se justifie que contraint et forcé, j'en étais sûre. Dix fois, il m'avait expliqué que le sort oublie ceux qui ne le provoquent pas. J'avais donc besoin d'une bombe, mais où était-elle ? Comme je ne suis pas du genre inflexible, j'ai posé la question. C'est tout ce qu'attendait Harry : me faire admettre une fois encore que c'était lui qui menait les opérations. Satisfait, il a fait un signe de la main et, dix secondes plus tard, complètement inattendu, est apparu le beau Rajiv, son ancien maître d'hôtel, toujours aussi séduisant et, miracle, devenu souriant.

On me l'avait changé. Qui ça, « on » ? Je vous le donne en mille : moi-même ! Mon patronage prohindou de Fleury était parvenu jusqu'au Calcutta Chic. A peine assis, Rajiv a fait signe à une serveuse et j'ai reconnu Devi, une des filles dont j'avais rédigé la correspondance. On est tombées dans les bras l'une de l'autre et, pour ne pas remuer des souvenirs qu'aucune ne tenait à rafraîchir, on a parlé de Béa. Drôle de petite conversation : les deux hommes n'ont pas dû prendre au tragique notre passage à l'ombre. Revu et corrigé par la distance (et la pudeur), le séjour devenait des vacances spartiates sous la houlette d'une Guadeloupéenne de contes et légendes. On n'a pas cessé de rire. Au point d'agacer Harry.

— C'est bien joli, mais ne croyez pas me tenter. Je n'irai pas à la Santé. Du reste, pour en être sûr, je vais vous donner le moyen d'y envoyer Alexandre. Comme le gouvernement ne s'y résoudra jamais, cela me préservera aussi...

Rajiv n'ouvrait toujours pas le bec mais, conscient qu'on en revenait aux choses sérieuses, il renvoya Devi à ses napperons d'un simple clin d'œil. A peine s'était-elle éloignée qu'il sortit une enveloppe de sa veste et me la tendit. Elle contenait une photo. L'arme fatale ! Je n'en revenais pas. Harry m'a mis les points sur les « i » :

— J'ai la même, au loin, bien cachée avec plusieurs autres prises le même jour. Celle-ci, Rajiv vous la remettra quand vous la réclamerez, pas avant. Je ne veux pas qu'on vous la vole, ou qu'on la « saisisse ».

Il suffirait que j'appelle le restaurant. Rajiv en était le gérant mais le personnel était au service d'Harry. La touriste indienne de la matinée s'occupait du vestiaire, les autres pouvaient transmettre du courrier, organiser une filature, prendre des photos, faire un casse, qui sait? Harry s'était constitué un petit commando. Je crois qu'il se prenait pour Vautrin. Il avait raison : c'était Vautrin! Il n'a pas tourné autour des mots :

— De cette organisation, naturellement, vous ne savez rien. Et vous n'en parlez à personne. Absolument personne. Même pas à votre mari. Ni à votre chère mère...

J'ai approuvé. Avec lui, de toute façon, il n'y avait pas d'autre solution. Je ne me suis autorisé qu'une petite marque d'indépendance : refuser son chauffeur et rentrer à pied. Je flottais sur un nuage. Paris m'appartenait. On n'avait pas fini de parler de la vengeance des Kergantelec.

CHAPITRE V

Dès mon retour à Paris, premier geste, j'avais déménagé toutes les affaires de Fabrice place Dauphine. Surtout ne plus céder un pouce de terrain. Et, d'abord, ne pas quitter mon appartement chéri que le juge Lecorre avait tenté de rendre invivable. Il avait posé une étiquette bien en évidence sur chaque bibelot, chaque tableau et chaque meuble. J'avais l'impression de vivre dans un stand des puces mais les retirer m'aurait fait tomber sous le coup de la loi. J'ai gardé ceux dont on pouvait masquer l'autocollant, les autres sont descendus à la cave et j'en ai racheté quelques-uns. L'impression d'ensemble demeurait celle d'un grand espace plutôt vide – exactement ce qu'était une résidence du XVIIe siècle. Le capharnaüm de mon cher époux a mis un peu de chaleur dans toute cette solennité. Il a un vrai génie pour s'étaler comme un fleuve sort de son lit. Il joue au golf trois fois par an et ne va au tennis que pour les Internationaux de France mais ses sacs traînaient partout, comme ses cartables, les pressbooks de l'agence, les journaux... Je ne parle pas de ses livres et de ses disques. Ni de sa télé qu'il laisse allumée jour et nuit, ou encore de la musique qu'il écoute sans cesse à toute force. Une ère nouvelle avait commencé : quand je sortais de la chambre, le matin, je n'avais plus l'impression de traverser un musée. Cela m'allait très bien. Je ne suis pas contrariante et je n'aime pas les tâches impossibles : j'avais renoncé depuis longtemps à inculquer des notions d'ordre à Fabrice ; autant réchauffer une boule de neige. Et puis, pourquoi le changer ? Il rend tout plus gai. J'étais complètement retombée sous son charme. C'est simple : je ne le trompais même plus. Et ce, par la force des choses. J'avais dû passer Romain, son seul rival, par pertes et profits.

Telle n'était pas mon intention. De même que j'avais réintégré mes pénates, j'étais revenue, comme si de rien n'était, au Royal-Vendôme. J'avais pris goût au luxe, même celui des autres. Pas question de plaider coupable et de porter mon séjour à Fleury en ruban au revers de mes tailleurs. Aucune inquiétude ne m'avait effleurée : chez les mémères qui barbotent dans cette piscine, les notions d'« intégrité » et de « conscience » restaient pendues au portemanteau des temps passés – à côté des mots « communisme » et « barricades ». Leurs maris jonglaient tous avec délits d'initiés et abus de biens sociaux. La morale était le cadet de leurs soucis. Mieux : elles s'en méfiaient. Le terme a des résonances religieuses qui sonnent mal et pourrait rimer avec charité. On allait murmurer deux ou trois fois dans mon dos puis tout serait oublié. C'est d'ailleurs ce que j'ai d'abord cru. Personne ne s'est autorisé le moindre commentaire, on m'a tendu les serviettes du club avec les salamalecs discrets de rigueur ; plus tard on a déposé une orange pressée près de ma chaise longue avec toute l'affectation exigée par une coupe de champagne, ou un verre de ciguë. Rassurée, après mes longueurs de bassin habituelles, je suis donc passée par le bureau de Romain pour nos exercices de routine – j'adore la routine. Là encore, tout s'est déroulé sans anicroche. Il s'est jeté sur moi, a presque arraché mon peignoir et a soulevé mon soutien-gorge d'un geste pressé comme il aurait fait place nette sur une table. Ce n'était plus du flirt ; plutôt une intervention des Urgences. J'ai cru que je lui avais beaucoup manqué. Du reste, c'est ce qu'il m'a dit, une fois au travail. Avec lui, on finit toujours par parler un peu en cours d'action : ses va-et-vient ont une espèce de régularité suisse, en plus palpitant quand même mais sans plus de bruit. Tout bas, comme s'il osait une confidence un peu salée, la tête glissée entre mes seins, la bouche pleine je dois dire, donc l'esprit un peu ailleurs, il a tout à coup suggéré que je me grave l'instant présent dans la mémoire. Pourquoi donc ? Parce que, la prochaine fois, on se retrouverait ailleurs. L'établissement ne souhaitait plus me voir sous ses douches. J'ai cru qu'on me crachait à la figure. Un rétablissement sur le coude gauche, un bond en arrière sur les fesses et, assise sur le bureau, une furie jetait l'anathème :

— Serais-tu en train de me dire que, dès que tu auras tiré ta crampe, je n'aurai plus qu'à filer ailleurs ?

Romain n'a pas inventé le café au lait. Avec moi, il ne sait pas toujours sur quel pied danser. Est-ce que je faisais un numéro ? Possible. Dans le doute, il a choisi de rire : un éternuement bref et cassant que j'ai pris en pleine poire comme un verre d'eau froide. Cinq minutes plus tard, les cheveux trempés, je me jetais dans un taxi. Mon nouveau programme était succinct : fidélité. Au moins quelque temps. Et je m'en suis très bien portée. Tout me convient, la vie conjugale autant que le reste.

A 9 heures, la concierge déposait les journaux et les croissants sur le paillasson, je ramassais tout et je jouais à la dînette. *Elle-Décoration* aurait adoré nos petits déjeuners. Devant un canapé, sur une table basse, face à la Seine, je disposais une argenterie digne des thés du Savoy. Ma seule spécialité en cuisine, ce sont les toasts : pour qu'ils restent bien chauds, je les glissais dans une serviette impeccablement repassée. Je pressais des oranges, j'épluchais des pommes et, parfois, assez souvent, cela se terminait par une séance d'allaitement de mon petit mari. Il faut dire que je ne lui épargnais rien : impossible de garder sa libido en veilleuse face à ma collection de nuisettes « Sabia Rosa ». Quant à mes minauderies au moment de tartiner de marmelade une tranche de pain de mie, je n'en parle pas : c'était du racolage. Ça marchait ! On s'adorait. D'où la fureur de Fabrice à la lecture de l'interview accordée par

Alexandre à *L'Express*. Je précise bien : celle de Fabrice. Pour ma part, dès le premier coup d'œil, j'avais été rassurée : j'étais jolie. Soyons clairs : c'était la seule chose qui m'importait. Ils avaient trouvé une photo d'Alexandre et de moi au départ d'une régate à La Trinité, parfaite. J'étais à croquer et j'avais l'air de suivre la course. Je ne portais pas de lunettes de soleil, je ne découvrais pas mes épaules, je ne riais pas aux éclats. C'était l'essentiel. Alexandre pourrait bien raconter ce qui lui passerait par la tête, mon image démentirait les propos déplaisants. Pas facile de décrire une espèce de Poppée quand les documents montrent une jolie bourgeoise attentive. Rassurée, j'ai passé le journal à Fabrice qui s'est lancé dans sa lecture. A voix haute.

En apparence, le journaliste avait rempli son rôle. Les questions semblaient les bonnes. Le lecteur de base pouvait même les juger insolentes. Ceux qui ne le connaissent pas devaient imaginer que, face à de telles accusations, les oreilles d'Alexandre lui étaient tombées sur les épaules. Je n'en étais plus là. Complètement indifférent à la contradiction, il la supporte très bien. Quoi qu'on lui dise, il a toujours en réserve une artillerie de bons mots pour détourner le tir. Là, il se déchaînait. J'ai reconnu plusieurs de ses citations favorites – dont une de Churchill, son héros numéro un, qu'il évoque trois fois par semaine : « *Success is never final, failure is never fatal.* » Loin de lui arrondir le dos, le scandale le dressait sur ses ergots. Tout le monde dégustait.

Chirac « se serait arrêté pour parler à une boîte aux lettres », Clinton « se tripotait dans le Bureau Ovale »...

Et ainsi de suite. Il avait bien entendu exigé de parler longuement politique avant d'en arriver à moi. Tout était arrangé, chaque phrase avait été relue cinq fois. Alexandre savait jouer de sa puissance. Je l'entendais dire au journaliste qu'il n'allait pas gaspiller sa salive pour une babiole dans mon genre. Avant d'aborder le thème de sa petite Arielle, il comptait refaire la France. A chaque question, il brandissait son statut d'ancien ministre comme un fouet. Résultat : il donnait une version poncée, vernie, lustrée et laquée de son passage au gouvernement. L'« affaire Poitou » se transformait en délire judiciaire, en manipulation politique, en feuilleton médiatique et en opération prometteuse pour l'industrie pharmaceutique française. En gros, il avait rempli son rôle et des roquets lui jappaient aux basques. C'était brillant. Quand son interlocuteur lui demandait si la gauche se retrouvait dans une telle arrogance, il le renvoyait dans les cordes à coups de paradoxes cocasses :

— Oubliez un peu la droite et la gauche. Nous ne sommes pas les pauvres méritants et eux les riches cyniques. Du reste, si la droite, c'étaient les nantis, alors la gauche serait éternellement au pouvoir...

Quand Fabrice commençait une citation, je la terminais avant lui. Je connaissais le numéro par cœur. Alexandre n'avait pas changé, toujours aussi vif et impudent. Aucun risque avec lui qu'il prenne l'air de mourir pour la République tous les matins. Les critiques avaient beau le submerger, les remords le laissaient au sec et il conservait sa morgue ironique. Le mensonge est sa pente naturelle, il la dévalait. Pour finir, c'est sur moi qu'il se jetait. Mais là, plus aucune classe. Du pur mépris. Son alibi, à mon propos, c'était sa carte de visite – point final. Je l'avais harcelé.

— Je ne reproche à personne de vouloir se pousser en avant, c'est humain. Cela émoustillait cette jeune femme de se promener au bras d'un ministre. Seulement elle s'est un peu pris les pieds dans le tapis. Et on s'en est rendu compte. C'est comme ça quand on se promène sur le pont supérieur, les chutes ne passent pas inaperçues.

Et ainsi de suite. Il me traînait dans la boue. Au passage, il signalait que cette fredaine n'avait duré que quelques mois. Sa vraie vie était ailleurs. Les mots les plus blessants ne lui faisaient pas peur :

— On ne remplace pas les années, on remplace les femmes...

Si j'avais cru m'élever en sortant avec lui, désormais j'étais fixée : il m'enfonçait. C'était humiliant et, pire que tout, bref. J'avais droit à quinze lignes en quatre pages. Ensuite, on en revenait aux grandes personnes. On évoquait François Mitterrand. Alexandre s'abritait derrière lui pour justifier son refus de démissionner de la présidence du Grand Conseil de la Francophonie :

— Je n'obéis qu'aux injonctions de ma conscience et à la volonté du président de la République.

La première était un maître fort peu exigeant. Quant au second, il avait un tel estomac qu'Alexandre ne risquait rien. Après avoir digéré la Cagoule, Vichy, Bousquet, les tribunaux spéciaux d'Algérie, les escroqueries de Roger-Patrice Pelat et mille petites entorses financières encore obscures, François Mitterrand trouverait toujours un peu de suc pour dissoudre les commissions suspectes d'un ancien lointain favori. Si on l'interrogeait, il répondrait comme d'habitude morale et culture. Et basta !

Voilà. J'ai tout dit. L'article se résumait à des dédains sans raison et à des sourires sans amitié. Rien de tragique mais Fabrice en a quand même fait un drame. N'ayant jamais voté de sa vie, il se moquait bien de ce que le socialisme d'Alexandre n'eût été qu'une coquetterie. Mais qu'il me bafouât en public lui a tourné les sangs. Si je ne l'avais pas retenu, il serait allé sur-le-champ lui casser la gueule dans ses beaux locaux de l'île Saint-Louis, toute voisine. Un an plus tard, d'ailleurs, il a fini par exécuter ce projet. Un soir, tard, à la Closerie des Lilas, tombant sur Alexandre qui dînait à la brasserie avec des amis, il s'est approché et, sans dire un mot, ni hésiter une seconde, il s'est emparé de l'assiette de spaghettis de mon ancien amant et la lui a écrasée en pleine figure. Personne n'aurait dû en être informé car Alexandre, en vieux matou, savait qu'on ne fait pas revenir le beau temps par des plaintes et des cris. Evitant par un esclandre supplémentaire de se retrouver plus bas encore qu'il n'avait glissé, il était allé en silence se nettoyer aux toilettes. Une chroniqueuse du *Journal du Dimanche*, Michelle Stouvenot, l'avait malheureusement appris et en avait fait le prétexte à un article désopilant. Mais, comme toujours, j'anticipe. Le jour de la sortie de *L'Express*, j'ai d'emblée mis le holà aux velléités belliqueuses de Fabrice.

Les leçons d'Harry avaient porté leurs fruits. Notre réponse devait être « mesurée » – c'est-à-dire calibrée et ajustée, assassine. Une paire de claques ou rien, c'était pareil. Les rides d'ironie d'Alexandre se plisseraient d'amertume, on le plaindrait et on me prendrait pour une virago. J'ai vite calmé mon petit guerrier :

— Très bien, chéri, tu craches le feu. Mais, s'il te plaît, quand tu manœuvres un destroyer, n'emploie pas la rame. On dispose de grosses cartouches, ne nous servons pas de pétards...

De quelles munitions je parlais ? De photos, bien sûr ! Il m'en restait quelques-unes qui ne demandaient qu'à apparaître. *Paris Match* avait pris comme un affront le scoop de *Flash*. Les photos, c'était eux ! Chaque fois qu'il venait travailler à notre manuscrit, François Brillant m'implorait de lui céder des « biscuits » pour sa rédaction en chef : on le harcelait. Je comptais bien lui accorder cette faveur – mais plus tard, à la sortie de l'album sur Le Sueur. Comme j'avais la ferme intention qu'il « marche », ce serait donnant-donnant. Mes « bombes » iraient aux magazines qui auraient bien défendu le livre de papa. Et à eux seuls ! Je n'avais même pas mauvaise conscience car je connaissais la valeur du cadeau : personne n'avait encore parlé des dessins à la sanguine de Watteau payés par Poitou et accrochés par Alexandre juste derrière son bureau du Grand Conseil. Je voyais déjà les titres sur une page entière : « Fêtes galantes sous les ors de la République. » Cela justifiait pleinement mes exigences. Et même mes caprices car j'avais la ferme intention d'en faire un : la Seyrennes allait payer. On publierait sa lettre, je raconterais les dîners chez moi, j'en ferais la maîtresse d'Alexandre... J'allais lapider cette salope. Mais plus tard. Pas question de me priver par précipitation de mon dernier cadeau à papa.

Que faire alors ? Une lettre anonyme. Lecorre les adorait. Plusieurs fois, il m'en avait lu de sa voix de vinaigre. Loin de s'en méfier, il s'en repaissait. J'ai donc appelé ma mère pour qu'elle monte à Paris avec papier et enveloppes à en-tête de Poitou. Et, le lendemain, au milieu d'éclats de rire sardoniques, en vieilles magiciennes bretonnes, nous avons accompli notre sale petit numéro de sorcellerie.

Première étape : sur une feuille blanche, un mot très bref dont l'écriture était celle de Lucie de Vibert .

— Monsieur le Juge, voici le brouillon de la lettre adressée par M. Saint-Claude à Alexandre Darmon à l'occasion des vœux pour l'année 1989. Cela devrait vous intéresser.

Suivaient ces phrases sur un carton froissé à en-tête de la présidence de Poitou :

Cher Alexandre, notre Arielle m'a dit combien vous aimiez Watteau. Je suis ravi de savoir désormais ces deux petits dessins entre les mains d'un esthète capable d'en savourer la grâce. Bien à vous.

Paul.

Pour la Lucifer, aucun problème : j'avais dix ou quinze pages annotées de sa main. Une feuille de calque et l'affaire a été réglée. Pour Paul, ce fut plus délicat. Impossible de savoir comment il exécutait un « w » majuscule. Qu'importe, on a fait au plus simple. Puis Fabrice est allé poster nos « infâmes calomnies » à la Défense. Et le coup est parti.

Alexandre m'avait peut-être « remplacée », mais pas effacée. J'allais le clouer au mur. Entre ses Watteau !

CHAPITRE VI

Le matin, je lis *Le Parisien.* C'est mon journal préféré, un peu concierge mais pas trop, sérieux sans en rajouter, débarrassé de toutes ces tribunes libres qui ne servent à rien. En France, on n'a le droit de débattre que sur les sujets où tout le monde est d'accord. En cinq ans d'affaire Poitou, je n'ai pas trouvé un seul éditorial pour dire que j'avais eu bien raison de prendre l'argent qu'on m'offrait. C'est de bon sens, mais à Paris cela ne se disait pas. Personne ne l'a écrit.

Habituée aux miracles depuis ma rencontre avec Harry, je consulte toujours en premier l'horoscope. Un beau matin de mars, il annonçait : « Vous agissez en trublion, ce qui désarçonne vos interlocuteurs. Peaufinez vos plans. » Une heure après, un flash spécial de France-Infos révélait l'ouverture d'une instruction judiciaire contre Alexandre ! Et pour quel motif ? Pour recel d'abus de biens sociaux. De quoi s'agissait-il ? Des dessins de Watteau. Ma lettre avait atteint sa cible. Sacré vieux Lecorre, on n'est jamais déçu avec lui. Et avec l'auteur de l'horoscope, encore moins. Une semaine plus tard, il prédisait : « Les planètes fortifient votre assurance. De quoi faire des étincelles. Montez vite au créneau défendre vos projets. » Et là, qui a sonné à la porte ? Un coursier des éditions Delaroute. Il m'a tendu un gros carton : dix exemplaires de l'album Le Sueur.

Suis-je à ce point exceptionnelle ? Oui, sans doute. J'avais bel et bien en main le livre de papa. Magnifique ! Pas grand, la taille d'un cahier, et peu épais, soixante-dix pages, mais d'un raffinement irréprochable. Sur le fond noir de la couverture se détachaient le nom du peintre en lettres dorées et une reproduction de *Caligula déposant les cendres de sa mère dans le sépulcre de ses aïeux*. A l'intérieur, le texte occupait vingt pages et les tableaux s'en partageaient une quarantaine. Le directeur artistique aimait les « effets ». Chaque toile prenait au moins une page, les plus grandes occupaient une double. Rédigées par ma mère, les légendes étaient regroupées à la fin du volume. L'ensemble était parfait. J'ai pleuré comme une Madeleine. Dieu sait que j'ai horreur de la sensiblerie « bonne femme » mais là, plus de retenue, je tenais mon père entre les mains, toutes les barrières entre mon chagrin et moi se sont effondrées. Au bout d'un moment, Fabrice n'y a plus tenu. Il me ressemble, le mélo le rend cynique. Il n'aime pas qu'on fasse un drame de toutes les petites tragédies. Comme les gens qui ont tout, il m'a dit, énervé, qu'on ne pouvait pas tout avoir :

— Il faut choisir : ou tu joues les fifilles éplorées, ou tu te venges. Si tu choisis la bagarre, sèche tes larmes. On te prendrait pour une hypocrite. Appelle plutôt les gens de *Match*.

Ce que j'ai fait. Et avec eux, plus de cinéma. Une semaine plus tard, ils consacraient six pages à l'album avec, en encadré dans l'article sur Le Sueur, un très joli petit texte de François : Papa apparaissait comme un vieil intellectuel élégant mêlé à son corps défendant à un scandale et brisé au passage par un de ces sous-fifres qui distribuent les sourires à leurs chefs et les coups bas aux autres. Une fois le journal entre les mains, j'ai senti ce qu'était la vengeance : le miel et le sucre. Expressément nommée, cette sale petite Seyrennes resterait désormais à sa place, au vestiaire, où elle se servait de sa particule comme d'une brosse à reluire. Folle de joie, j'ai remis à François ce qu'il réclamait depuis des semaines : deux photos prises dans le bureau d'Alexandre devant les dessins encadrés de Watteau. Aucun doute possible : on reconnaissait parfaitement les lieux. Pour le remercier, j'ai ajouté deux autres clichés rapportés de Louxor : Alexandre et moi lovés l'un contre l'autre dans une felouque en plein fleuve. Ces images tombées du Nil allaient enthousiasmer sa rédaction en chef. Vicieuse, j'ai donné mille détails sur le séjour et les lapins posés par Alexandre aux officiels égyptiens. J'aurais dû avoir honte : il ne me manquait que le rideau pour faire la concierge. Au lieu de ça, je jubilais. Soudain, j'avais découvert la vraie faiblesse de mon ancien amant : il charmait, il fascinait, il amusait mais il ne faisait pas peur. Capable d'inspirer l'admiration, il ne savait pas susciter la crainte. A présent qu'il était au sol, d'autres allaient l'accabler. Si j'en avais douté, j'en ai vite eu la preuve. Corinne Guerrier a refait surface.

Oubliée notre dispute à Fleury. Oubliée, surtout, sa liaison passagère avec Alexandre. A 55 ans, une star n'a plus l'âge d'avoir des rancunes ; des scrupules, moins encore. Il lui faut des rôles. Comme les producteurs les réservent aux souris de 25 ans, Corinne se les taillait sur mesure. Pas question de laisser échapper le mien. Début avril, elle m'a convoquée au Fouquet's, sa cantine. Le rendez-vous était à 13 heures, elle est arrivée une demi-heure plus tard. Aucun regard à droite, ni à gauche ; elle ne posait pas l'œil sur nous et n'a pas semblé voir le monsieur qui s'était levé à son passage. Sa Majesté planait au-dessus du commun. Elle avait une excuse toute prête :

— Je suis myope comme une taupe mais je me ferais couper le bras plutôt que de porter des lunettes. En plus, je ne produis pas de larmes et ne supporte pas les verres de contact. Du coup, je ne vois personne. Ça fait star. Ça me convient...

Ecouter le son de sa propre voix est son plus grand plaisir. Elle parle sans se hâter, sur un ton plat, aucun mot ne ressort, les phrases s'achèvent sans qu'aucune baisse de régime annonce leur chute. Elle faisait un numéro. Il n'était pas achevé :

— De toute façon, dans un restaurant, il y a plus de bactéries que de dîneurs. On ne peut pas avoir l'œil à tous.

Elle avait déjà dû jouer cette scène vingt fois. Bonne fille, j'ai ri. Elle a apprécié ce signe de bonne volonté. J'en avais quinze autres à son service. Ses intentions et mes buts convergeaient. Elle voulait monter un film et je souhaitais vendre les droits de mon livre. Seul problème : Simon m'avait fait jurer de ne pas bouger avant la sortie de « Belle-Amie » finalement fixée au 15 mai. J'ai cru que Corinne allait me sauter au cou :

— Le 15 mai. Sublime ! En plein festival. Chérie, on va monter les marches ensemble.

C'est ce qui s'est passé. Je suis allée à Cannes et on m'a traitée comme une star. Première étape : mon hôtel. Corinne n'avait pas lésiné. Son producteur nous a installées à l'Eden Roc. D'emblée, j'ai su que j'allais adorer cet endroit : c'était si grand qu'en entrant dans le hall, j'ai d'abord pensé que je venais d'en sortir. Pour ne pas déranger les « beautiful people », un silence d'hôpital régnait. Dans leurs aquariums, même les poissons rouges retenaient leur souffle. Cette paix m'a réconciliée avec la Côte d'Azur dont le trajet depuis l'aéroport m'avait dégoûtée. Des parkings, des supermarchés, des voies de chemin de fer et, partout, des immeubles. Quant à la nature, mystère ! Elle était rentrée sous terre. Devant ma mine consternée, le chauffeur avait tenu à me faire faire un tour dans Cannes. Sexy et gentil, il aurait bien aimé que je tombe sous le charme de sa ville. La Croisette a achevé de me faire regretter les ports bretons. Le décor se voulait splendide et ouvert sur le rêve mais n'était que démesuré et pompeux. Du cinoche ! Et je ne parle pas de la pollution. On avançait pare-chocs contre pare-chocs. Songer que des gens viennent là en vacances pour dîner en cravate. Je n'en revenais pas. Jusqu'à ce que je découvre Eden Roc.

Tout était beau, grand, vide et blanc. Ni dorures, ni miroirs vénitiens ; l'absence servait d'arme fatale au décorateur. Sur un tel plateau, il n'y a pas de gens, uniquement des personnages. Même les vagues, un peu plus bas, jouaient leur rôle, se balançant en rythme, sans hâte, aristocratiques. Visiblement le concierge se prenait pour le chambellan de *Sissi impératrice*. Quand la pauvre innocente arrivée un instant avant moi a demandé si sa chambre avait bien vue sur la mer, il a pris un ton perché sur la plus haute branche du plus vieux des arbres généalogiques :

— Nos chambres ont naturellement toutes vue sur la mer.

Elle se l'est tenu pour dit. Moi aussi. On n'était pas dans une gargote. Du reste, quand mon tour est venu, l'archiduc m'a signalé comme une évidence que la maison n'acceptait ni les chèques ni les cartes de crédit. Aucune discussion n'était possible. C'était le genre Bismarck : grands airs et diktats. J'ai répondu avec un foulard dans la voix :

— Parfait. Je vous laisserai un collier. Ça ira ?

Il a daigné sourire et, conciliant, a suggéré que j'effectuais sans doute mon premier séjour dans son paradis. Pour le plaisir de rabaisser son caquet, j'ai affirmé qu'il m'avait mal regardée. Son sourire s'est élargi, je le distrayais, il cherchait dans quelle case me ranger. Si je ne lui donnais pas la réponse, cela risquait de durer longtemps : c'était le type achevé du maître d'hôtel parfait, mais sans plus. Les intuitions n'étaient pas fournies avec l'uniforme. Perplexe, il a fait signe à un chasseur de m'accompagner.

Un seul mot sur ma chambre : spectaculaire. Immense, blanche et ouverte sur la mer – heureusement d'ailleurs car c'était le seul spectacle disponible. Si on voulait une télévision, il fallait la réclamer. Ce que j'ai fait après un quart d'heure d'extase passé à admirer les nuages dolents et poseurs qui prenaient eux aussi le temps d'écouter les compliments. Il restait des heures avant le dîner. J'ai pris un bain brûlant, j'ai commandé du thé et j'ai relu « Belle-Amie » sur la terrasse au soleil. L'histoire collait à la réalité sans se soumettre à elle ; sur le port de l'Ile aux Moines, ma rencontre avec Alexandre, en particulier, baignait dans un romantisme en rupture exquise avec les francs maquignonnages d'Harry. Pour le reste, tout était vrai, ou presque. Une ou deux fois, je me livrais à de brefs commentaires ironiques et savants sur Colbert et Fouquet ou sur Gladstone et Disraeli mais, à part ça, je comprenais tout. On ne risquait pas de me prendre en faute. Mieux : je retrouvais mes propres formules à chaque paragraphe.

M'eût-on accusée d'avoir un nègre, j'aurais été sincèrement indignée. Le soir, au dîner, quand Corinne a posé la question, j'ai joué les ahuries et Simon a fermé des paupières si exaspérées que la grande Guerrier l'a bouclé, toute penaude au souvenir de ses propres mémoires écrits dix ans plus tôt par un autre et partis en masse pour le pilon.

Nous étions cinq à table. Corinne, son producteur, mon éditeur, la Méditerranée et moi. Impossible d'oublier la mer : elle était au balcon, abondante et palpitante. Mieux valait plonger le regard en elle que sur le décor : une moquette feuillue et des fresques pompéiennes façon salle de bains. Le restaurant était une vraie catastrophe – mais réussie, grâce au panorama qui faisait tout passer, même le contenu des assiettes. En guise de bar grillé, ils m'ont servi un loup éventré et parsemé de champignons. Corinne non plus n'a pas touché à son plat. Etant donné le fourreau qu'elle avait enfilé, une bouchée de quoi que ce soit et on aurait dû la dégrafer. Pour ne rien arranger, personne ne l'avait saluée à son arrivée alors qu'à mon entrée, Naomi Campbell m'avait sauté au cou. Elle n'avait rien sur le dos mais cette fille porte le nu comme du Dior et toute la salle s'était brûlé les yeux à la regarder. Hollywood se taillait la part du lion aux tables voisines. Les restes étaient entre les pattes des stars télé de Canal Plus. Le cinéma français semblait un lointain souvenir et Corinne, ignorée, faisait la tête. On aurait dit la plus vieille adolescente boudeuse sur terre : un réfrigérateur habillé en Saint Laurent. Pour ne pas envenimer la situation, je me faisais toute petite et ça m'allait très bien. En janvier, ma vengeance ressemblait à une montagne d'où j'allais invectiver contre la France. A présent qu'elle était en marche, elle s'était transformée en grotte silencieuse où j'attendais à l'écart. Simon menait à merveille notre petite affaire. Il avait vendu les droits pour 5 millions de francs : 2 pour la maison, 2 pour moi et 1 pour François. Cela acquis, il veillait désormais à ne pas me « griller ». Il entendait bien me dispenser d'apparaître à la conférence de presse du lendemain qui allait annoncer le prochain tournage de « Belle-Amie ». Corrège, le producteur de Corinne, me voulait absolument, même silencieuse.

— L'émotion ne ment pas, ma chère. Vous êtes la femme bafouée. Inutile que vous parliez, au contraire. Le calcul n'apparaît qu'au moment des commentaires. N'en faites aucun. Souffrez en silence.

— Mais on va m'interroger. Je devrai répondre.

— Pas de panique. Quand un journaliste pose une question, il n'attend pas de vous la vérité, il souhaite seulement une phrase. Conseillez-lui gentiment de se reporter à votre livre. S'il vous demande si vous êtes de gauche ou de droite, répondez que vous êtes parisienne et que ces vieux clivages n'ont plus cours. Corinne, Simon et moi prendrons le relais.

Petit, souriant, bedonnant, dégarni, la quarantaine, Corrège inspirait confiance. On le voyait plus en Sancho Pança qu'en Torquemada pourfendant la corruption. Il tenait en main une star et un livre explosif, il espérait seulement réussir un coup. Parfois des éclairs de franchise lui allumaient l'œil, mais fugaces, comme un oiseau qui passe. Il maniait parfaitement le double langage de rigueur à Paris :

— Dénoncer les rongeurs de la République est tout simplement impossible. Il faudrait trop de figurants. Et puis je ne veux pas me retrouver dans la peau de Jorg Haider. Les grandes consciences qui parlent avec leur âme n'aiment pas qu'on désigne ceux qui font les poches de la France. Elles ferment la porte au sujet. Nous, on va seulement regarder par le trou de la serrure. Et nous amuser. Ce film, ce sera du Guitry. Voilà ce qu'on expliquera demain, rien de plus. On ne monte pas la « Nuit des Longs Couteaux », on rejoue *Tartuffe*...

C'était l'homme de pouvoir parfait : il ne se demandait absolument pas si ce qu'il disait était vrai, mais si c'était habile. Sa silhouette rassurante, son discours bonhomme et son portefeuille faisaient tomber une à une toutes les barrières. Encore deux minutes et j'aurais accepté de participer à sa conférence de presse. Je n'ai rien de la fille psychorigide. Un doigt de charme et je change d'avis. Heureusement, Simon s'en est mêlé. Avec lui, pas de bla-bla. Ces aristos ont connu Molière et Beaumarchais. Ils s'en méfient comme de la peste. Plus question de se faire plaisir. Seul son intérêt comptait. A présent qu'il avait le chèque de Corrège, il ne rêvait plus que d'une chose mon silence. Dans huit jours, je passais chez Pivot. D'ici là, je devais continuer à me taire. On ne m'écouterait que parce que je n'avais jamais parlé auparavant. Il a mis les points sur les « i » sans amabilités excessives : je monterai les marches – point final. Sans doute ravie de ne pas partager la vedette à la conférence de presse, Corinne lui a donné raison. Que je sois belle et mystérieuse lui convenait à merveille ; elle ne tenait pas à rappeler qu'elle avait vingt ans et dix kilos de plus que moi. Corrège a cédé et la corvée m'est passée sous le nez. La vie était belle, Fleury était loin. Dans la nuit, j'ai écrit une lettre à Béa. Je m'étais juré de lui en envoyer chaque semaine. La dernière remontait au mois précédent. Il faut bien le dire : je saute plus vite sur les bonnes occasions que sur les bonnes actions.

Bref, je me suis retrouvée au pied des marches, un peu intimidée, toute simple, dans une robe noire et moulante de Calvin Klein. A mon bras, Simon, magnifique, grand et mince, un lord en smoking. A ma droite, Corinne et Corrège. Elle portait une robe à falbalas rose et verte sortie des stocks de *Cendrillon* ; avec le cigare de Corrège, on aurait dit Bouvard et Pécuchette en costume de sacre. Comme faire-valoir, je ne pouvais rêver mieux. Comble du bonheur : ils rivalisaient de gentillesse avec moi. Elle souriait sans se forcer et, quand un journaliste m'a demandé si je croyais que ma place était là, il a attrapé le micro pour répliquer qu'il y avait partout sur la terre de la place pour tout le monde. Ensuite l'ascension s'est très bien passée et, arrivés à destination, j'ai répondu toute seule, comme une grande, au micro qu'on me collait sous le nez :

— Non, je n'ai pas peur. A force de monter les marches du palais de Justice, je suis habituée aux entrées majestueuses. C'est comme avec Michel Lecorre : du cinéma sur un scénario écrit par d'autres.

Toutes les télés ont diffusé cette réplique et j'ai eu l'air ingénue et fofolle. Rien de la conspiratrice qui va faire tomber la République. D'autant que, le hasard faisant bien les choses, trois heures plus tôt, les mêmes chaînes avaient filmé le regard mauvais de Bernard Tapie traversant le hall du Martinez entouré d'une dizaine de gardes du corps. Mes sourires et ma futilité faisaient un contraste exquis en ma faveur. Si on m'avait jugée le soir même, j'étais acquittée. Au lieu de ça, après la projection, je suis allée au dîner de gala. Je me suis retrouvée assise à côté d'un des patrons de la CGT. A l'entendre, être communiste était de plus en plus difficile mais il s'accrochait : il avait obtenu que la sonnerie de son portable exécute les premières mesures de *L'Internationale*. A part ça, ni lui, ni personne n'a eu un mot pour les smicards des équipes techniques auxquels on rend des hommages assommants et sans fin aux soirées des Césars. En revanche, quand Corinne a évoqué les vertus du placenta de bébé pour regonfler les joues, la bouche du révolutionnaire s'est refermée sur sa cuiller comme une ventouse. Il était fasciné

Vengeance

Je parle sérieusement : Cannes rend fou. L'Ile aux Moines m'a manqué. Et Fabrice, encore plus. Dès que je suis rentrée à l'Eden Roc, je l'ai appelé. Il dormait depuis longtemps, je lui ai parlé tout bas. Dans ce décor à la Gatsby, c'était la seule chose à faire : murmurer sous la lune.

CHAPITRE VII

Une heure avant que je parte chez Pivot, ma mère m'a appelée pour la trentième fois de la semaine. Elle s'inquiétait encore. Mes figures à Cannes l'avaient laissée sur sa faim.

— Il ne s'agissait pas de monter les marches et de prononcer des bons mots. Tu y allais pour anéantir celui qui a provoqué la mort de ton père. Si tu te rends à la télé pour faire la belle, cela ne servira à rien – et surtout pas à relever notre réputation. Tu as pour mission d'abattre Alexandre. Surtout n'oublie pas la phrase qui le tuera. Et articule !

Impossible de discuter ses ukases. J'ai promis et je l'ai priée de me laisser me préparer – en clair, me coiffer. Pour les questions, je faisais confiance à Pivot et je n'ai pas une seconde cherché à prévoir ce qu'il me demanderait. Depuis huit jours, en revanche, mon look me hantait. Noir ou blanc, cuir ou dentelles, robe ou tailleur, à rayures ou à pois, poudre ou blush, épaules ou jambes nues... Je ne savais plus où donner du délire.

Je me voyais dans tous les rôles : vestale et fatale, angélique et diabolique, belle et rebelle, Série Noire et Harlequin... Pour finir, j'avais fait au plus simple, un coup de fil à Gianfranco. L'avoir au téléphone n'avait pas été facile. Comme les autres, il me fuyait. Mais, une fois en ligne, il est redevenu lui-même, chaleureux, merveilleux. Je ne lui demandais pas grand-chose, seulement l'impossible :

— C'est facile : il faut que j'aie l'arrogance de Sharon Stone et la discrétion de la duchesse pour qui tout est dans l'ordre des choses. Tu vois ?

— Bien sour, chérie : il faut que tou aies l'air ronde et que tout lé monde té voie carrée. Céla s'appelle oune silhouette coubiste. C'est l'enfance dé l'art. Oune pétite bréloque en forme de croix entre les seins et tou auras l'air d'oune vierge – au boucher, natourellement.

Depuis le temps, je le connaissais. Il brassait des formules, balayait les courants d'air et, pour finir, habillait les milliardaires en femmes du monde. C'est tout ce que je lui demandais : prouver dès le premier coup d'œil que, dans notre couple, le parvenu, c'était Alexandre. Je ne m'étais pas « tapé » un ministre, c'est lui qui s'était offert une fille de famille. Résultat : je me suis présentée à « Bouillon de Culture » en tailleur gris – et c'est tout. Une vraie sainte, genre Marie-Madeleine. L'ensemble avait l'air d'avoir été cousu sur moi. Pas un poil de graisse sous la peau, pas un millimètre entre elle et le tissu. Les intellos auraient du mal à me regarder entre les yeux : posé entre mes seins comme sur un large écrin, un petit crucifix en diamant attirait la lumière. Gianfranco n'a peut-être pas inventé la poche mais pour faire dépouillé et ruineux, il n'y en pas deux comme lui. J'étais irréprochable. Ultime attention de sa part, il a exigé que j'emmène avec moi le maquilleur vedette de Dior.

— C'est indispensable, chérie. Sinon les filles dé la télé vont t'étaler oune couche assez épaisse pour givrer oune gâteau. Elles font dou ravalement.

J'ai cédé, il m'a envoyé son petit Lorenzo et, quand je suis arrivée au studio, escortée par Fabrice, Simon et lui, le silence s'est fait : une star entrait en scène. Ma culpabilité éventuelle n'avait plus aucune importance. On ne jugerait que mon jeu. La preuve : Pivot m'a assise à sa droite, à la place d'honneur. Pour les rôles secondaires, il avait invité un ancien héros d'Indochine mouillé dans le putsch des généraux d'Alger, un professeur de philosophie photogénique qui avait assisté au procès Barbie et un journaliste anglais, correspondant du *Guardian*, qui, en pur produit de Cambridge, réussissait à être à la fois décontracté et méprisant. Dans les loges, son sourire de bienvenue avait été aussi chaleureux qu'une grille : tout en dents et glacial.

Nous allions parler de civilisation : « La France est-elle toujours la France ? » Le prof m'inquiétait vaguement. Mon livre manquait de pauvres, de marginaux et de misère sexuelle or il prenait avec fièvre le parti des faibles pour expier son amour de la vie avec les riches. N'allait-il pas me faire payer ses reniements ? Simon avait balayé mes craintes :

— Ne vous occupez pas de lui. Ne lui répondez même pas. Il est beau, il parle très bien et on l'a vu cent fois sur le petit écran, donc les téléspectateurs se méfieront de lui. Pour le public, les gens vertueux ne ressemblent pas à des présentateurs. Dès que Buisson ouvrira la bouche, tout le monde sera sur ses gardes. Chacun sent que ce genre de personnage passe sa vie avec Darmon et compagnie. De toute façon, la conversation l'embête dès qu'il n'est plus seul à parler. Pour ne pas partager la vedette, il n'ira pas vous « chercher ». D'autant que vous vous exprimerez la première. Il sera sur ses gardes. Au cas où vous décideriez de vous venger ensuite.

Malgré mes grands airs, je n'en menais pas large. De toute la journée, je n'avais avalé que deux pommes. Si j'avais pu rattraper la pierre lancée par Simon, je serais rentrée me terrer à l'Ile aux Moines. Quand je me suis assise sur le plateau, j'étais en morceaux, la bouche sèche comme du carton et du vent plein la tête. J'allais avoir du mal à porter mes vices haut comme des vertus. Toutes les formules que j'avais préparées avaient filé au loin. Heureusement Pivot s'en est aperçu. En bon abbé de cour chargé de chatouiller nos consciences, il a craint qu'on n'entende mal ma confession et a demandé qu'on apporte une carafe d'eau. Souriant et aimable, l'œil en promenade entre ses fiches, ses invités et mes cuisses, il m'a interrogée sur mon travail à l'agence. Trois phrases aimables, un ton naturel et j'ai eu comme l'impression qu'on venait de nettoyer les carreaux. On allait donner une pièce, le théâtre habituel des bavardages parisiens s'apprêtait à ouvrir, il ne manquait que le bruit des flûtes de champagne, j'ai ressuscité. Au lancement de l'émission, ma peur s'était envolée. D'emblée j'ai corrigé Pivot quand il a affirmé que j'avais d'abord été top model :

— Top ! C'est un grand mot. J'ai défilé deux fois pour Saint Laurent mais j'ai surtout posé pour des dizaines de pages du catalogue de la Redoute. Si vous proposiez un tel shooting à Claudia, elle vous enverrait aux oubliettes. Et vite ! C'est peut-être parce que je n'ai jamais fait la couverture des magazines que j'ai écrit ce livre. Pour être enfin en vitrine.

Une jolie femme, des phrases qui tiennent debout et Pivot tombe sous le charme. J'ai cru qu'il allait rapprocher nos sièges. Loin de là. Il pratiquait l'amour vache. Pour mieux jouer avec moi, il a changé les règles de la partie. Au lieu de commencer comme prévu par « Belle-Amie », il a d'abord parlé du livre signé par le colonel de Montdragon, une culotte de peau Vieille France qui m'avait baisé la main quand son attachée de presse nous avait présentés. A part cette courtoisie et un goût prononcé pour les imparfaits du subjonctif, il était plutôt Vieille Prusse. A côté de lui, Eric von Stroheim aurait paru efféminé. Même sa mâchoire avait été dessinée par un arsenal : on aurait dit qu'il avait trente-deux molaires. Je ne parle pas de sa coiffure : ses cheveux gris en brosse avaient l'air blindés. Cramponné à la rampe de ses principes, il a lentement déroulé le tapis de son amour pour la patrie. Le pauvre était né à la mauvaise époque : défendre sa France s'était résumé à tuer des Vietnamiens et à nettoyer les Aurès. Il accordait beaucoup plus de prix à la nation qu'à la justice. Pour finir, embarqué dans un putsch, il s'était retrouvé plagiste à Marbella. Là, se prenant pour le cardinal de Retz, il avait rédigé des mémoires dont Pivot faisait grand cas. Aimer sa patrie n'était plus archaïque mais visionnaire. Je n'en étais pas là. Ses souvenirs « jugulaire-jugulaire » m'avaient assommée. Mon pays à moi, ce sont Gianfranco, Kenzo, Galliano ou Valentino – et non les nappages de rizières au napalm. Il ne faut pas me parler d'héroïsme et de discipline, ni de courage et de gloire. La patrie aux patriotes, c'est comme l'église aux grenouilles de bénitier, ça n'annonce rien de bon. Conciliante, je comptais garder ces remarques pour moi, mais il a fallu que Pivot me mêle à cette *Marseillaise* :

— Arielle de Kergantelec, êtes-vous tombée amoureuse de la France du colonel de Montdragon ?

Sa question m'a exaspérée. Je n'avais pas l'intention de passer la soirée à donner un point de vue sentimental sur chaque ouvrage. Pour bien marquer que je n'étais pas Lova Moore, j'ai ouvert le feu sur les militaires :

— Pour tout vous dire, je ne l'ai pas reconnue. J'ai mal suivi les opérations de police que nous avons menées dans les colonies mais, à l'école, j'étais bonne en histoire, et je me rappelle qu'en 1939, l'armée française se terrait au moindre roulement de tambour. J'ai eu l'impression que dans ce livre, on essayait de la faire boxer dans la catégorie supérieure.

Je ne sais pas ce que Pivot attendait de moi mais ma réponse l'a fait éclater de rire. Il a pris Montdragon à témoin : la France de Laetitia Casta n'allait pas faire de cadeau à celle de Leclerc. Pour arranger les choses, il m'a demandé si je n'étais pas sensible à l'esprit chevaleresque qu'exaltait le colonel. Là encore, j'ai parlé sans calcul :

— Je crois qu'on surestime les valeurs incarnées par les militaires. Moi, par exemple, j'ai l'impression d'être aussi bonne Française en employant six personnes dans mon agence qu'en envoyant mon fils crapahuter dans les casbahs. Les sonneries aux morts ne sont pas du tout mon truc. Aimer la France parce qu'elle a remporté autrefois des batailles, c'est comme faire l'amour avec une centenaire parce qu'elle a été jeune. C'est bizarre.

Et bing ! A force de barouder sous les parasols de la Costa del Sol entre nymphomanes et tapettes, le colonel avait acquis une certaine sagesse. Loin de se froisser, il s'est montré beau joueur :

— Quand je vois ce que mademoiselle inflige aux soldats inconnus de la République, je tremble pour ses ministres.

A mon avis, il faut se méfier de ce qu'on voit autant que de ce qui vous échappe mais je n'étais pas là pour philosopher et je me suis contentée de sourire, amusée et menaçante. Ce silence a suffi. Pivot n'y a plus tenu. Il est passé à moi :

— Je ne présente pas Arielle de Kergantelec. Toute la presse a parlé d'elle l'an dernier quand elle a été incarcérée à Fleury-Mérogis. On a écrit qu'elle était la maîtresse d'Alexandre Darmon et on l'accuse d'avoir exercé un trafic d'influence auprès de lui. Sans entrer dans les détails d'une instruction en cours, j'aimerais que vous nous expliquiez en préalable pourquoi vous publiez aujourd'hui un livre alors que vous n'avez jamais accordé d'interview ?

Aïe, aïe, aïe. Il s'adressait à l'auteur. Il ne manquait plus que ça. Je ne connais rien aux motivations d'un écrivain. Et je déteste les poseurs qui parlent de leur œuvre comme d'un trésor longtemps couvé. Pour autant, je ne suis pas folle et je n'allais pas avouer que je le faisais pour l'argent afin de payer ma caution. Surtout ne jamais faire pitié. Dans l'embarras je me suis laissée aller à ma pente naturelle, la satire :

— A force de tout dire et de tout montrer, la presse, comme d'habitude, n'a rien expliqué. Ce livre, ce n'est pas l'affaire Poitou elle-même, c'est son rembourrage, ce qu'on ne voit pas. Et c'est aussi le portrait des gens qui n'apparaissent pas dans les articles. Au premier rang desquels mon père. C'était un homme merveilleux et la bassesse de certains l'a tué. J'ai voulu montrer comment des gens sans scrupules bafouent des valeurs que certains respectent encore. Parmi ces gens, bien sûr, il y a moi-même. Ce livre présente mes excuses à mon père.

Pivot ne s'attendait pas à une telle impudence dans l'hypocrisie. Il souhaitait inscrire à son menu les jets, les palaces, les trekkings sur la roche de Solutré et les baignades au Royal-Vendôme. Il a dû patienter. Pas trop longtemps quand même. Je n'ai pas fait durer le passage sur l'Ile aux Moines. La sagesse bucolique me va comme un coup de pied sur l'œil et je ne voulais pas abuser de la crédulité universelle. Je me suis donc éloignée de mon magnifique paysage intérieur pour en venir au cloaque qui seul l'affriolait : la face cachée de la Cinquième République. Prudent et perspicace, il a d'abord délaissé Darmon pour se concentrer sur le personnage le plus romanesque de mes aventures. Harry Sandster le fascinait :

— Vous écrivez que « ses vertus se perdaient dans ses intérêts comme les fleuves dans la mer ». Cela m'intrigue car on en fait désormais le grand corrupteur du Tout-Paris. Pourquoi parlez-vous de ses vertus ?

Que faire ? Jouer les pauvres innocentes manipulées ? Ou raconter que personne ne me séduisait plus que ce gros Harry ? A la télé, seule la franchise passe l'écran. J'ai dit la vérité et fait le portrait d'un homme cynique, drôle, puissant et dangereux. Pivot m'a demandé comment je n'étais pas tombée amoureuse de lui plutôt que d'Alexandre. Je m'étais déjà posé la question. La réponse a fusé :

— J'y ai songé mais c'était impossible : la zone la plus érogène d'Harry est son ego. Je ne me voyais pas lui caresser les neurones des nuits entières.

Tous ont ri. Je les amusais. J'ai signalé à Pivot qu'un jour, chez Minchieli, avec Harry, nous avions déjeuné à la table voisine de la sienne. Et pour bien peindre le grand corrupteur, j'ai raconté comment il avait appelé le patron pour lui dire que s'il gardait ses prix (pourtant scandaleusement élevés) aussi bas, il allait être envahi. Même ce mauvais goût est très bien passé. S'ils avaient espéré une vraie « Parisienne », ils l'avaient. On en est donc arrivés à Alexandre sur un rythme de vaudeville. C'est le seul moyen de parler de corruption en France. Si on ne dissimule pas son indignation, on passe pour un militant d'extrême droite. Ma futilité convenait à merveille. Devant son écran, Alexandre devait souffler. Il n'avait rien vu. A son propos, j'ai ouvert le feu dès ma première phrase :

— Alexandre, c'est différent. J'en suis tombée amoureuse. C'est un dieu du sexe oral...

J'ai laissé passer un ange, un léger murmure est monté du public et Pivot a fait mine d'être interloqué. Alors seulement j'ai précisé ma pensée :

— Sa conversation est irrésistible. Quand il parle d'histoire ou d'art, il connaît tout. Quand il cite des gens, il les déteste tous et cache derrière son sourire une malveillance si attentive que personne ne lui échappe. Sa compagnie était très mauvaise pour l'âme mais excellente pour ma culture – et pour la santé car il me faisait énormément rire. J'ai beaucoup regretté qu'il ne m'ait plus jamais donné signe de vie après mon arrestation. Cela m'a d'autant plus meurtrie que la veille encore nous avions passé la soirée ensemble. Or, pour ne rien vous cacher, à Fleury, les marques d'amitié me faisaient du bien. Il n'a pas jugé bon de m'en adresser une seule. Ni d'écrire à ma mère à la mort de son mari. C'est ainsi. Et c'est ainsi qu'est né mon livre.

Comme je parle en général trop vite, Simon m'avait fait répéter. Je devais poser chaque mot tranquillement, à voix basse, sans me hâter et en souriant beaucoup. Ces intonations à la Bernadette Soubirous n'ont pas trompé Pivot longtemps. L'Audimat s'est mis à bouillir dans ses veines : j'allais démolir mon ancien amant. S'en léchant les babines, il a jeté quelques pincées de sel comme une cuisinière attentive à son court-bouillon. Un mot et je cavalais. Pendant dix minutes, je me suis promenée dans mes souvenirs au bras d'un Alexandre dont la fameuse éthique socialiste était garantie cent pour cent pure puisqu'elle ne servait jamais. Quand Pivot s'est enfin étonné du réveil soudain de ma conscience morale, j'en ai rajouté dans la désinvolture :

— Pourquoi aurais-je été indignée de voler en jet privé ou de descendre dans des palaces ? Ces plaisirs sont justement conçus pour les gens comme nous, afin de nous consoler de n'être pas les puissants de ce monde. C'était à Alexandre de se demander ce qu'il faisait là, pas à moi...

Les minutes s'écoulant, j'ai heureusement pensé à temps à ma mère dont la colère devait monter. L'heure du coup de grâce avait sonné. Comme disaient ces merveilleux Romains : *« Omnes vulnerant, ultima necat. »* C'était le moment ou jamais de décocher la flèche mortelle. Je l'ai tirée comme on lâche une remarque insignifiante :

— Je ne regrette pas tout. Alexandre a été un merveilleux professeur de civilisation européenne. Seul mon père savait rendre le passé aussi joyeux. Je n'oublierai jamais nos voyages à Prague, à Florence, à Salamanque, ou, que sais-je encore, à Lugano bien sûr, la ville où il aimait tant passer quelques heures...

Et toc ! Lecorre savait désormais ce que je ne lui avais jamais dit. Le mal était fait. J'ai répondu poliment aux remarques des autres invités et je ne l'ai plus ramenée. Quand le jeune philosophe a parlé de façon émouvante du procès Barbie, soulagée d'en avoir fini et consciente d'avoir réussi mon numéro, je ne l'ai écouté que d'une oreille. Pivot m'a bien embarrassée en me demandant après si je croyais à la vertu de ces grandes mises en scène judiciaires. Comme tout le monde attendait désormais mon procès, c'était évidemment un piège. S'il croyait que j'allais m'abaisser à quémander la clémence, il me connaissait mal. J'ai envoyé la vertu républicaine aux fraises :

— Non, je déteste ces shows humanistes et je les crois complètement contre-productifs. Cela fait procès de Moscou et on prend spontanément le parti de l'accusé. On nous annonce l'arrivée d'un tueur de la Gestapo et on voit avancer à petits pas un vieillard si maigrichon qu'on entend craquer ses articulations quand il se lève pour répondre. On a l'impression de tirer sur une ambulance. Le résultat est pathétique : on rend émouvant un monstre.

Qu'est-ce qu'ils espéraient ? Que j'allais faire l'éloge d'une justice qui m'avait envoyée six mois à l'ombre pendant qu'Alexandre plastronnait ? Il ne faudrait pas me prendre pour une cruche. Du reste, j'ai été bien inspirée de dire ce que je pensais. Le philosophe ne m'a pas donné tort. Celui-là, je le trouvais de plus en plus sexy. Quant à l'Anglais, je ne l'ai même pas écouté. Plus question de faire le moindre effort. J'avais passé mon examen et j'étais reçue. On n'avait pas fini de parler de « Belle-Amie ». Je me voyais déjà en tête des listes de ventes. Et j'y suis arrivée. Puis restée. Pendant des semaines !

CHAPITRE VIII

Début juin, un matin, maître Colas est passé me chercher en voiture. Il voulait qu'on parle et a proposé qu'on aille se promener dans le parc de Versailles. Pourquoi pas ? Mon père m'y avait emmenée, petite fille, lors de mon premier séjour à Paris. Ensemble, nous y étions retournés à deux reprises. La dernière fois, ayant oublié que le château ferme le mardi, on s'était rabattus sur le parc. Pas de couleurs, ni de senteurs, des lumières froides, un froid glacial. C'était en décembre, rien ne bougeait, nul ne semblait en vie, le temps avait l'air de retenir son souffle, le Grand Canal se jetait dans le brouillard... Loin de le déprimer, cette hibernation avait enthousiasmé mon père. Face au désert d'un parc à l'abandon, il avait peuplé les allées de personnages sortis de ses souvenirs. Là où je ne voyais que des fontaines grelottantes, il avait parlé de jeux aquatiques, de feux d'artifice et des marivaudages du duc de Lauzun. Au fond, à ses yeux, le charme d'une époque, d'un lieu ou d'une personne, c'était son absence. Aucun risque pour lui d'être déçu par le XVIIe siècle. Il aimait ce qui ne pouvait pas lui faire peur. Ce jour-là, j'ai cru qu'il allait se mettre à chanter.

Maître Colas conduisait une énorme Mercedes, à la fois démesurée et tape-à-l'œil pour un homme fluet et raffiné, le contraire du nouveau riche. Comme pour s'excuser, il m'a expliqué que ce tank lui servait à aller plaider en province. Se traînant à 80 kilomètres-heure sur l'autoroute de l'Ouest, il a affirmé aller à Rouen en une heure, à Tours en deux. Cela tournait au gag : mon sort était entre les mains d'un avocat dont je ne croyais jamais un mot. Mieux encore : lui non plus ne m'accordait aucune confiance. La parution de « Belle-Amie » l'avait ulcéré. Si je l'avais prévenu, il n'aurait jamais laissé passer certains aveux qui, à terme, selon lui, se retourneraient contre moi. Sans doute avait-il raison mais les six mois à Fleury avaient porté leurs fruits : je savais désormais qu'on ne jugeait pas mon dossier (très pauvre) mais ma personne (très riche). Je me chargeais donc moi-même de façonner une personnalité sympathique : bien élevée, amusante, un peu irresponsable et complètement dépassée par les intrigues des gens tout-puissants croisés sur son chemin. Pas question de jouer les fines mouches de la Cinquième République ; désormais j'affichais l'étiquette de la victime charmante qui n'en veut à personne. Cette impudence ne le gênait pas trop.

— Pour les gens confus, tout est confus. Pour les autres, c'est l'époque qui l'est. Si les juges appartiennent à cette seconde espèce, votre plan peut marcher. Je ferai avec.

On n'était pas plus accommodant. J'aurais dû me méfier. Dans les allées menant au Trianon, il me prit le bras. Il avait du charme et en usait peu, mais avec habileté. Il aurait mis son pire ennemi à l'aise. Peut-être, d'ailleurs, à cette heure, était-ce moi ? C'est ce qu'il a laissé entendre, à sa manière, furtive et ironique, souriante et menaçante :

— Tout compte fait, vous êtes une cliente exquise. Jamais la presse n'a cité mon nom aussi souvent et, en outre, vous êtes très séduisante. Je crois que j'ai un faible pour les femmes qui me cachent quelque chose.

Je n'ai pu m'empêcher de faire ma maligne :

— Dans ce cas, maître, notre idylle ne fait que commencer. Vous allez m'adorer.

C'est ce qu'il craignait. Mais j'en avais autant à son service et, si j'en avais douté, la preuve m'en a été servie quand nous avons longé le bassin de Latone, une déesse empruntée qui observe d'un œil distant quatre vasques où des paysans bien roulés se rincent au milieu d'une flotte de grenouilles. Soudain son portable a sonné. S'en excusant poliment, il m'a fait signe de continuer vers l'Orangerie et j'ai poursuivi toute seule notre promenade. Une phrase de mon père m'est revenue à la mémoire. Il affirmait que sa géométrie évidente rendait à tort le parc lisible au premier regard car, en réalité, il ne réservait que des surprises. Eh bien, il ne croyait pas si bien dire car, à ce fameux instant, qui ai-je vu apparaître ? Alexandre !

Nous n'avions pas le droit de nous voir mais défier Michel Lecorre devait l'exciter. En juin, aucun lieu en France ne rassemble autant d'appareils photo que les abords du Grand Canal. Si la morale lui servait de marchepied, la prudence aussi. Il devait se régaler de cette audace de dandy affamé de jeux interdits. Amusée, j'ai donc avancé pour lui tendre la main. Il a choisi de la baiser. Cela ne m'a pas surprise. Il avait horreur du naturel. Parmi ces bosquets, il devait se croire à la Cour. Un mot brillant, un geste élégant et il pensait rayonner. J'ai calmé son entrain en n'avançant que par paliers, tout en douceur, vers nos retrouvailles. Lui-même ne tenait pas à brusquer les choses et a tout de suite glissé entre nous notre vieille chaperonne, la culture. Il m'a demandé quelle superficie occupait à mon avis la pièce d'eau ? Aucune idée. Réponse : 23 hectares. C'était une sorte de jardinier : il aimait enjoliver la nature avec des mots. De la colonnade aux diverses nuances de marbre bâtie par Hardouin-Mansart, il a prétendu que Le Nôtre la détestait. Au roi, il l'aurait présentée comme un « jardin de maçon ». Etait-ce vrai ? Mystère. Mais si ça ne l'était pas, c'était bien trouvé et, comme d'habitude, je l'ai écouté attentivement. Au bout d'un moment, enhardi par ma politesse, il a posé la main sur mon avant-bras. C'était le pas de trop. Je l'ai renvoyé sèchement dans les cordes :

— Alexandre, soyez assez aimable pour ne pas me toucher. C'est étrange mais si je vous prenais le bras, j'aurais l'impression de boire dans une tasse sale.

Il en faut beaucoup pour le froisser et il n'a pas bronché. S'il tâtait le terrain, ma franchise simplifiait les choses. Il a juste suggéré qu'on continue la promenade. Pourquoi pas ? On n'appartenait pas à une tribu de banlieue et on n'allait pas se lacérer à coups de cutter. Mieux valait respecter les règles de notre milieu : on pouvait très bien se faire la guerre à voix basse et à la seconde personne du pluriel. D'autant que c'est la paix qu'il proposait. Il me l'a offerte dès qu'il a trouvé un banc de pierre à l'ombre où poser ses conditions.

— Ma chère, la justice ne nous lâchera plus. Heureusement, elle n'a rien de grave. Quelques dessins du XVIIIe, des notes d'hôtel, des entorses à une morale idéale... Nos avocats n'en feront qu'une bouchée. A moins que le juge Lecorre n'obtienne de nous des aveux embarrassants. Je ne vous demande donc qu'une chose : ne dites plus rien contre moi. En échange, je serai très généreux. Vous imaginez bien que votre commission n'a été qu'une goutte d'eau dans l'océan. Les laboratoires ne lésinent pas. Votre ami Sandster en sait long sur le sujet. Et j'ai aussi quelques lueurs en ces matières. Mais, nous, nous ne parlons pas. C'est pourquoi je vous demande de ne plus rien dire. En échange, nous vous reverserons la somme que le juge Lecorre a saisie sur votre compte à Lugano. Et nous l'arrondirons.

J'aime beaucoup la clarté. C'est mon faible. Là, j'étais servie. Indignée par un tel culot, je me suis cependant bien gardée de l'envoyer promener. J'aime aussi réfléchir. C'est un autre travers : je prends mon temps. Et j'ai songé que j'avais bien assez de millions. Mon problème n'était pas d'en accumuler plus encore mais de rapatrier ceux qui prospéraient en secret à Lausanne. D'Alexandre, je n'attendais plus d'argent, mais des excuses – mot qui n'appartenait guère à son vocabulaire. Combien de fois ne m'avait-il pas expliqué le secret de son maître François Mitterrand : « Ne jamais admettre sa responsabilité, ne rien céder, ne pas se rendre soi-même vulnérable, n'abandonner aucun avantage. » Contraindre Alexandre à plaider coupable, c'était exiger d'un lion qu'il miaule. Je n'avais aucune chance. Je le lui ai quand même proposé tout en douceur :

— Mon cher, nous ne sommes plus sur la même longueur d'onde. Ce que je veux, c'est que vous blanchissiez le nom des Kergantelec. Que vous reconnaissiez que j'étais une maîtresse très officielle, que vous évoquiez avec tendresse nos trois années ensemble et que vous proclamiez que j'ai été mêlée à ce scandale malgré moi, pauvre cigale plongée à son insu dans une fourmilière. Je n'ai pas du tout aimé être décrite comme une petite pute dans *L'Express*. Vous pouvez garder vos virements bancaires pour vous. Trouvez plutôt un moyen de réhabiliter le nom de mon père.

Pauvre papa, je l'employais vraiment aux basses besognes. Alexandre n'en est pas revenu. Ses deux yeux m'ont fixée, telles Stupeur et Fureur, l'un éberlué, l'autre enflammé. Auprès des syndicats de son ministère ou en compagnie d'un journaliste vindicatif, il pouvait avaler couleuvre sur couleuvre avec un air de gourmet enchanté mais pas avec une ancienne maîtresse. Il a explosé. Il n'était pas d'humeur à larmoyer :

— Trêve de pleurnicheries, je vous en prie. Laissez vos proches à l'écart. C'est indécent. Du reste, évitons les sentiments. Vous êtes déjà en train de saccager ma carrière, vous ne briserez pas ma famille. Il est exclu que je parle de nous dans les termes que vous souhaitez : ma femme ne le supporterait pas. Ni mes enfants. Envisagez plutôt ma proposition. Jadis vous n'aviez pas peur de regarder l'argent en face.

Sa femme ! Il ne manquait plus qu'elle. Voilà que ce pauvre petit-bourgeois paniqué courait se réfugier à l'ombre des immenses cornes de la sainte qu'il humiliait depuis vingt ans. Et ses enfants ! Parlons-en. Pour les 5 ans du dernier, il avait fait un repas d'anniversaire au ministère avec trois bougies. Cette duplicité m'a exaspérée mais, par chance, au lieu de me tourner les sangs, ça m'a mis l'eau à la bouche. Il perdait pied. Il fallait s'éloigner en vitesse de ce radeau en perdition. Je l'ai donc prié d'appeler maître Colas. Comme de bien entendu, cela n'a posé aucun problème. Trente secondes plus tard, le félon qui m'avait amenée dans ce traquenard était là. Quand je lui ai demandé ce qu'il pensait de la proposition d'Alexandre, il n'a même pas demandé qu'on la lui répète. J'ai apprécié cette franchise. Et plus encore sa réponse :

— Je préférerais en parler avec vous seule. Ensuite, je transmettrai notre position à M. Darmon. Réfléchissons avant d'arrêter un parti. M. le juge Lecorre en a pour des mois. Quand il aura achevé ses investigations, croyez-moi, on ne comprendra plus rien. La Justice travaille comme un jardinier fou : elle fait semblant de soigner la vérité mais, au fur et à mesure qu'elle l'arrose, elle en arrache les racines une à une. Inutile de nous presser.

En somme, il me conseillait poliment de ne pas dire oui. Peut-être changeait-il à nouveau de camp ? Cela m'arrangeait mais j'ai fait mine de ne pas y prêter attention. Surtout ne pas mettre Alexandre sur ses gardes. Et filer au plus vite. Je tenais de moins en moins à être prise en photo à ses côtés. Pour ne pas défier le sort plus longtemps, je lui ai dit au revoir dans les formes et, repartis vers le château, c'est maître Colas à son tour qui m'a étalé sa culture comme de la confiture. D'après lui, quand Louis XIV proposa à Le Nôtre de l'anoblir, le jardinier de Versailles choisit pour armes trois limaçons, un chou-fleur et une bêche. Son humilité calma la fureur des ducs, indignés d'accueillir un employé parmi eux. Mon défenseur en restait tout rêveur :

— Habile, ce Le Nôtre. Il labourait aussi à merveille les terres de l'étiquette. A Paris, la modestie voyante est une clé qui ouvre toutes les portes.

En effet. Mais moi, j'étais différente. Je poussais dans les hautes sphères comme une ronce qui écorche tout ce qu'elle touche. Et je m'en portais fort bien. Le soir même, j'ai repris mes basses œuvres et, sitôt fini le dîner, avec la veuve maléfique de mon père, en nous tapant les cuisses de rire, sous l'œil effaré de Fabrice, nous avons rédigé la petite lettre dont la duplicité de mon ancien amant m'avait donné l'idée. Rien d'invraisemblable : j'ai simplement répété par écrit les perfidies qu'il m'avait dix fois glissées à propos de l'une ou de l'autre. A ma façon : déformées et amplifiées !

Arielle chérie,

Catastrophe ! Ma secrétaire vient de me rappeler que Viviane fête ce week-end ses 40 ans . Depuis le temps qu'elle m'assomme, je lui en donnerais plutôt 60. Grave erreur. Comme il me faudra une patience sérénissime pour la supporter quarante-huit heures, je vais l'emmener à Venise. La pauvre n'a pourtant rien d'une de ses fameuses courtisanes. Entre ses bras, Casanova se serait endormi. Elle n'aime que ses chapelets. Je ne veux pas savoir combien elle verse au denier du culte : même Poitou froncerait le sourcil. Enfin, elle rachète mes fautes et j'en ai bien besoin. Je prierai aussi pour vous car, avec Viviane, pas de surprise : on va d'église en église. Ce sera vraiment un pèlerinage au bout de l'ennui. Quant à notre suite au Danieli, n'en soyez pas jalouse : elle en fera une chambre expiatoire. Quand je la rejoins, elle fait le signe de croix. Si, par miracle, j'offre un sacrifice au dieu de l'Amour, il vous sera dédié. Vous savez bien que je n'aime que vous. Ce que je préfère dans votre charmante personne ? Votre largeur d'esprit. Exercez-la donc dimanche prochain.

A bientôt,

Alexandre.

J'aurais dû avoir honte. Jamais Alexandre n'aurait ainsi bafoué la mère de ses enfants. Il avait du respect pour elle et, s'il l'évoquait, c'était pour dire qu'elle ne savait faire qu'une chose : du bien à ses proches. Mais c'était exceptionnel : il évitait de la mentionner, comme par superstition, pour que le miracle dure. Alors qu'il adorait se vanter de ses aventures passées, il ne supportait pas que je pose des questions sur cette madone. Seulement voilà, moi, légère et rancunière, je ne ressemblais en rien à Viviane Darmon. Je savais aussi faire du mal à mes intimes. Dans cette lettre, j'ai mis le genre de perfidies qu'Alexandre adorait distiller sur son entourage. Ces mots étaient les siens, le ton aussi, sa femme les retrouverait. Sûre de porter ainsi une blessure violente, ma main n'a pas tremblé. Et celle de ma mère, non plus. Elle avait précieusement conservé toutes les enveloppes des mots innombrables que m'adressait mon prestigieux amant. Il y en avait une du 18 mai 1989, trois jours avant l'anniversaire de sa femme. Quand nous eûmes retranscrit la lettre, nous l'avons soigneusement pliée et glissée sous pli. Puis nous avons ouvert une bouteille de Veuve Clicquot.

Contrairement à notre attente, Paris ne s'est pas jeté sur ce dernier épisode de mon affaire. Alors que, dès le lendemain, enchantée de mon scoop, j'avais appelé François, sa rédaction en chef a refusé de publier le document. Ces tartuffes de *Match* le trouvaient « dégradant ». Il a fallu jouer plus habilement, comme au billard, en frappant la boule rouge pour qu'elle déplace la blanche. Qui s'est dévoué ? *L'Express*. Depuis des semaines, le journaliste qui avait interrogé Alexandre demandait qu'à mon tour, je lui accorde une interview. Je l'ai donc reçu et là, comme au passage, sans paraître y attacher de prix, je lui ai passé ma petite bombe. Ainsi que je le craignais, il n'en a cité que trois phrases sans reproduire le document. Seulement voilà : comme prévu également, de rage Alexandre a grimpé au rideau. Outré, il a exigé un droit de réponse, attirant lui-même l'attention sur un passage que le reste de la presse n'avait guère relevé. A mon tour, à la radio, j'en ai rajouté dans l'indignation. C'est devenu une affaire d'Etat : avait-il écrit des horreurs sur sa femme ? Même *Le Monde* s'est posé la question. Comme de bien entendu, patelin, dans un noble souci d'informer, *Match* s'est alors dévoué pour reproduire in extenso la lettre. Trois jours plus tard, une dépêche de l'AFP annonçait que la femme d'Alexandre Darmon réclamait le divorce. Cette fois-ci, il était seul. Je n'avais plus qu'à le pousser pour qu'il s'écroule. Je ne me suis pas pressée. J'ai laissé à chacun le temps de porter son coup de bâton. Ses anciens amis ont été les plus féroces. On réclamait sa démission de tous côtés. Alors, je suis retournée au Calcutta Chic et Rajiv a envoyé à toutes les rédactions la photo où l'on voyait Alexandre sortir bras dessus bras dessous avec Harry de la Banque de Saint-Bernard. Dès le lendemain, elle était dans tous les quotidiens.

Le surlendemain, il démissionnait du Haut Conseil. C'était le 21 juin 1992. L'été commençait !

ÉPILOGUE

Chaque matin, pendant cinq ans, au-delà de la place Dauphine, j'ai vu de mes fenêtres les marches du palais de Justice, immenses et majestueuses, comme un escalier géant pour sacrifice humain. Elles nous attendaient. Abrités derrière une batterie d'arguties juridiques, Paul et Alexandre ont tout fait afin de retarder le procès. Moi seule n'ai jamais glissé un bâton dans les roues de l'instruction. Jamais non plus je n'ai mis en cause le juge Lecorre. Je ne m'exprimais plus en public. Une fois *Belle-Amie* installée en tête des ventes, je m'étais écartée de la presse, silencieuse et sage comme un chat sur son coussin. A quoi bon expliquer ma bonne foi à ses lecteurs ? Autant décrire les couleurs à un aveugle. Je n'y aurais pas cru moi-même. Prouver mon innocence n'était plus le propos. Il suffisait que ma modestie me rende assez sympathique pour qu'on juge mon séjour à Fleury une punition suffisante. Pourtant, si je ne m'exprimais pas, je pestais intérieurement. Ce procès, je le voulais.

Qu'on en finisse avec les lenteurs de cette justice qui approchait du dénouement comme un escargot d'une laitue ! Heureusement, le sort veillait. Soudain, la chancellerie a décidé de nommer le président de notre tribunal à la cour d'appel. Or cet homme tenait autant que moi à sa grande pièce de théâtre. Pas question pour lui de louper le rôle de sa vie. Fin avril 1997, il a frappé les trois coups.

Un seul absent : Harry. Comment est-ce possible ? Mystère. Lorsqu'il s'était agi de ramener Jacques Médecin d'Uruguay, la France n'avait pas tant traîné. Aucun zèle de ce type dans notre affaire. Nul ne savait où se cachait mon vieil ami. Nul, surtout, ne tenait à le débusquer. Son absence arrangeait tout le monde – surtout Paul et Alexandre, mais aussi Michel Lecorre : qu'il eût réapparu et il aurait dû reprendre son travail de zéro. Il n'y tenait pas. Du reste, Harry aurait volé la vedette aux magistrats. C'eût été odieux. On s'est tous très bien passés de lui. Les correspondants américains ont fait mine de s'indigner. Ah ça, on n'était pas aux Etats-Unis ! Sans doute. Mais même là-bas, les journalistes sont-ils si efficaces ? Quarante ans après la mort de Kennedy, aucun journal n'a trouvé les vrais tireurs ! La presse n'est pas ce qu'on croit.

Allais-je me présenter seule au Palais ou en compagnie ? Nous en avons parlé cent fois. Pour finir, on a décidé de sortir le grand jeu. Chaque matin, je suis passée devant les caméras avec ma mère, le recteur de l'Ile aux Moines en soutane, Fabrice et notre fille, Justine, alors âgée de 3 ans. Ainsi qu'avec Béa. Sortie de Fleury, elle était entrée à l'agence. *Libération* publia un écho sur elle, Canal Plus l'interviewa. A l'entendre, j'étais une sainte. Cela fit rire mais avec sympathie. L'étiquette « comédienne » me marquait le visage aussi nettement qu'une plaque d'herpès mais, au moins, le clan faisait front. On n'en dira pas autant de mes deux comparses. Paul avait divorcé, Alexandre aussi, nul ne les accompagnait. Sans doute voulaient-ils éviter de ressembler aux mafiosi dont les femmes, les mères et les sœurs exhibent leurs visons quand les parrains se retrouvent dans le box des accusés. Ils prouvaient seulement que la mafia avait changé. Cette solitude leur fut comptée à charge : même leurs proches laissaient tomber ces deux notables véreux dégringolés de l'Olympe. Inutile de dire qu'on les a fuis comme la peste. A la première audience, quand ils se sont approchés pour la saluer, ma mère leur a tourné le dos. Ne comptez pas sur elle pour lancer un canot de sauvetage à des naufragés dangereux. Elle avait un trou à la place du cœur. Quand il la regardait, je suis sûre qu'Alexandre sentait un courant d'air glacé.

L'affaire a duré sept jours. Paul s'est battu sur chaque point. Pour échapper à ses responsabilités, il se serait glissé entre un timbre et son enveloppe. Alexandre n'a pas ouvert le bec. Calé dans son fauteuil, il a gardé du début à la fin les paupières à demi closes, comme accablé d'ennui par un film dont il connaissait déjà toutes les scènes. Si une phrase de Paul ou une de mes affirmations le contrariait, il écartait le propos d'une main de cardinal, légère, lente, souple et méprisante. Dans ces conditions, il ne jeta que des étincelles de son intelligence. Sa morgue enfumait la salle. Elle asphyxiait sa défense. Son avocat devait le supplier pour qu'il daigne répondre à la cour. Son avocat ! Disons un d'entre eux. Il en alignait quatre. Et Paul trois. Encore un détail qui s'est retourné contre eux. Surtout quand on comparait cette escouade à mon cher maître Colas, seul à sa table, souriant, précis, laconique et brillant. Car, trêve d'hypocrisie : les traîtres, il n'y a que ça. Face à la déconfiture d'Alexandre, il avait rejoint mon camp corps et âme. Précieux atout : il connaissait pas mal de détails de sa stratégie. Comme par hasard, il abattait sa carte avant celles de ses avocats. Tout se passait très bien. Au cours des plaidoiries, à chaque fois qu'un défenseur de Paul ou d'Alexandre a prononcé le mot « Belle-Amie », la salle a grogné. Pour un peu, j'aurais effectué ma sortie sur un pavois. Heureusement pour la justice et pour moi (la comédie parisienne exigeait que j'aie l'air de souffrir), le substitut du procureur de la République veillait. Son réquisitoire m'a laminée : j'étais vénale, j'avais menti, il ne croyait pas un instant à ma naïveté. C'était féroce mais ce fut bref – et même rassurant : jamais il n'a mis en doute mes explications vaseuses sur l'argent sorti de mon compte à Lugano. Comme les dates de retrait prouvaient que je ne pouvais les avoir récupérés moi-même, il a implicitement admis que ces fonds étaient retombés dans d'autres poches – celles d'Harry, ont insinué Paul et Alexandre. De toute manière, ce point ne passionnait pas le ministère public. Pour lui, je n'étais que du menu fretin. Il réservait ses munitions pour un plus gros gibier. Mes deux coïnculpés ont eu droit au grand jeu.

Tous les mots emphatiques liés au sujet y sont passés : des politiques fourvoyés et des arrivistes dévoyés avaient employé des méthodes de gangsters. Chaque phrase faisait résonner au loin un bruit d'écrou. La justice se vengeait enfin par sa bouche des insinuations qu'Alexandre et cent autres politiques distillaient depuis des années. Quand il est parvenu à la conclusion, le substitut n'avait plus de voix et il a dû boire un long verre d'eau avant de prononcer la péroraison : « Non, la France n'est pas soumise à la tyrannie des juges. Non, les magistrats ne veulent pas confisquer le pouvoir. Non, nous ne cherchons pas à garnir nos tableaux de chasse. Ce sont les temps qui ont changé. C'est un cynisme sans retenue qui aujourd'hui s'affiche. C'est le retour de la loi du plus fort. Et là, il n'y a plus qu'un rempart : la Loi – tout court. Je suis ici pour proclamer la fin de l'impunité. »

Si nous pensions encore que la justice pratique le balancement circonspect, équilibrant les vices et les vertus ou les bons et les mauvais points, le procureur avait vite remis les pendules à l'heure. Ce qu'il voulait, c'était un bain lustral : à la sortie du Palais, la France serait propre. Au lieu d'exploiter son dossier, il avait l'air de déclamer pour les Jeux Floraux. Ce soufflé lyrique aurait dû faire rire, mais pas du tout. Il a requis nos peines dans un silence de mort. Alexandre n'a pas bronché mais Paul a dû s'appuyer contre un de ses avocats. Contre moi, il réclamait 2,5 millions de francs d'amende et un an de prison. Ma préventive couvrait la peine. Je n'avais qu'un chèque à faire. *Belle-Amie* y pourvoyait déjà. Je n'ai pas demandé mon reste. Paul condamné à cinq ans ferme et Alexandre à trois se sont, eux, pourvus en appel. Sans moi. Désormais leur affaire n'était plus la mienne. Dès le lendemain du jugement, je suis rentrée à l'Ile aux Moines. Où, seule, je suis allée sur la tombe de mon père.

Le soleil brillait au-dessus des nuages et, quand ils franchissaient ce matelas gris, les rayons redessinaient avec une précision magique les rives qu'ils frappaient. On aurait dit que la lumière « faisait le point ». Se faufilant comme un serpent entre les îlots, la mer ruisselait d'éclats vifs, se perdait à tribord d'une pointe de tilleuls et revenait glisser à bâbord d'un haut mur pieds dans l'eau. L'air sentait les feuilles mortes. Les mouettes criaient et dansaient. Ma vie recommençait. Désormais, j'étais riche et blanchie. Même mes rêveries ont pris des teintes luxueuses : face au golfe, j'ai eu une pensée pour la Suisse où, comme ici, l'argent du ciel se reflète dans celui des lacs. Si la vie éternelle existe, mon père a dû me juger incorrigible. Mais je le connais : comme d'habitude, il m'a donné raison.

Mon cœur aurait dû battre des ailes, mais non. Pendant cinq ans, traitée en matière négligeable dans des centaines d'articles, je m'étais sentie comme un eunuque au milieu d'une orgie. J'avais vu Paris sous son vrai jour : un festin de cannibales qu'on rassasie avec des nouilles. Désormais, cette ville me dégoûtait. Dire que là-bas, certains chewing-gums se collaient à la table du pouvoir et n'en bougeaient plus. Ils croyaient la vie amusante parce qu'ils assistaient à des fêtes passées en « charges ». Mon « histoire » me soulevait le cœur. Alors que les jours s'écoulaient, j'ai décidé de rester un moment sur l'Ile aux Moines. J'avais renoncé au pain et au vin. Puis au beurre et à l'huile. Sortie du citron, je ne connaissais plus rien. Le matin, je courais une heure. Puis le matin et le soir. Il fallait que j'élimine. Quoi ? Mes souvenirs. Cela aurait pu sembler une mortification. Au bout de quelque temps, ce fut l'inverse, une vraie volupté. J'avais encore envie d'être belle mais je ne souhaitais plus être l'amie de personne. Ni l'ennemie. Surtout, je ne voulais plus jouer un rôle. J'aurais été la plus heureuse des femmes préhistoriques, coupée de tous, sur une île. Au fond de mon cœur, on ne trouvait plus rien, ni morale, ni rêves, seulement le sourire de celle qui est revenue de tout sans jamais être allée bien loin. La solitude à Kergantelec ressemblait à une forme de paradis et je rêvais parfois d'enfoncer mes griffes dans le sol pour qu'elles prennent racine. Seulement même le paradis a des côtés infernaux. A quoi sert d'y être libre ? Je n'en avais pas la moindre idée. Au fond, je ne souhaitais plus qu'une chose : ne plus m'éloigner des traces de mon père. Il me manquait.

C'est fou ce qu'il me manquait. Je l'avais cassé. On ne s'était pas dit « au revoir ».

TABLE

Cet ouvrage a été réalisé par

FIRMIN DIDOT

GROUPE CPI

Mesnil-sur-l'Estrée

pour le compte des Éditions Grasset
en janvier 2002

Imprimé en France
Dépôt légal : janvier 2002
N° d'édition : 12211 – N° d'impression : 57582
ISBN : 2-246-62321-9